一城江山

狄江平 ◎ 著

黄河出版传媒集团
宁夏人民出版社

图书在版编目(CIP)数据

一城江山 / 狄江平著. —银川：宁夏人民出版社，2018.8
（阵地文丛 / 白麟主编）
ISBN 978-7-227-06947-8

Ⅰ.①一… Ⅱ.①狄… Ⅲ.①散文集—中国—当代 Ⅳ.①I267

中国版本图书馆CIP数据核字（2018）第209220号

阵地文丛　　　　　　　　　　　　　白　麟　主编
一城江山　　　　　　　　　　　　　狄江平　著

责任编辑　赵学佳
责任校对　丁丽萍
封面设计　朱振涛
责任印制　肖　艳

黄河出版传媒集团
宁夏人民出版社 出版发行

地　　址　宁夏银川市北京东路139号出版大厦（750001）
网　　址　http://www.yrpubm.com
网上书店　http://www.hh-book.com
电子信箱　nxrmcbs@126.com
邮购电话　0951-5052104　　5052106
经　　销　全国新华书店
印刷装订　陕西天丰印务有限公司
印刷委托书号（宁）0010945

开本　889mm×1194mm　　1/32
印张　8.5　　　字数　200 千字
版次　2018年11月第 1 版
印次　2018年11月第 1 次印刷
书号　ISBN 978-7-227-06947-8
定价　48.00元

版权所有　侵权必究

用脚步走出来的文字

——《一城江山》序

孙天才

江平是我的内表弟，人长得很排场，也很会说话做事。在我的印象中，他是个爱热闹的人。亲戚邻家有婚庆寿宴之类的事，都喜欢请他主持。江平有调控场面的能力，也有把握节奏的本事，就像写文章一样，懂得张弛和起伏。当他说到动情的地方，你会忍不住掉眼泪；而当说到诙谐处时，又能把你笑得肚子疼。每逢过年过节回宝鸡，我都要打电话约他，饭桌上没有了他，气氛似乎就热不起来，酒菜的味道似乎也淡了许多。

这个小我几岁的内弟还爱看书，一段时间，他甚至还开了自己的书店。有时他来我家，也会挑些他喜欢的书带回去。他还是个"驴友"，经常在朋友圈发一些骑行乡村、穿越山脉的照片，戴一顶头盔，背一副行囊，从那身武装中你就知道他是个"真驴"。可能他过去也写过东西，但我从未见过他的文字。我以为，写作需要静气，像他那样整天风风火火地到处跑着，可能把劲都用在了腿上，用在了嘴上，是不会甘于寂寞坐冷板凳的。直到今年10月的一天，当他把两沓厚厚的书稿摆在我面前，并嘱我为之写序的时候，我才知道，这个内弟原来是个"文武双全"的人。有句话说：动如脱兔，静若处子，可能他也能算到其中吧。

"一城江山"本来是他们地产公司一个项目的名号。我原想着,这本书是不是一种变相的广告宣传,但仔细读完全书,才知道那只是一种"喻体"。这些文字都是他用脚一步步走出来的,是来自脚下的文字,是来自心灵的文字,字字句句都有踏实的来处。仅凭这一点,我就觉得这本书是独具特色的"这一个"了。现在有些人写文章,是为写作而写作,仿佛谁的文字堆堆大,谁就能很快"著名"了。那些文章,要么是粗制滥造,要么是华而不实,要么是剪刀糨糊的功夫,要从其中找到自己的发现,自己的情感,自己的生命体验,是一件很难的事情。在我看来,那样的文字就像无源无根之水木:看上去似乎枝繁叶茂,但那枝叶是人家的;听起来似乎哗哗作响,可那声音也是人家的。江平的这本《一城江山》,可能还有这样那样的不足,但文字的颜色是自己的颜色,文字的声音是自己的声音。就凭这一点,这本书就有它独特的价值和意义。

先说第一章第一篇吧。鳌山是秦岭海拔很高的一座大山,我虽心有所慕,但未曾登临。看了江平的《鳌山四章》,我似乎也跟着这个内弟兴致勃勃地攀爬了一番。从"练驴坡"60度的陡坡起步,步步而曲,步步而高,渐渐进入"前不见古人,后不见来者"的原始森林。那些粗糙得像庄稼人的手背一般的干裂的树皮,那些在狂风乱云中扭曲得像接受鞭打的刑徒一般的树身,那些从石岩狭缝中顽强生长的无名小草,那些红艳艳粉嘟嘟金灿灿的漫山野花,都让人感到了秦岭的那种博大丰富的存在,以及那种张扬着生命个性自由的本真生态。太阳落山了,山夜不胜寒。呼啸的寒风摇撼得帐篷欲摧欲飞,刺骨的寒冷让胡子眉毛染霜结冰,高山缺氧让人稍有活动就喘不过气来,睡梦中的坠崖又让人惊呼不已……在那望眼皆是林海石海云海的无人区,天下驴友一家亲,五湖四海皆兄弟,人类的心灵变得同天地自然一样纯净美好。正像江平在文字中写道:一路走来,我们的心胸像伟岸的山势般开阔起来;我们的烦恼随着飘逸的云彩逸飞而去;我们的人格像倔强的无名小花般独立绽放;我们的生命像高山的针叶林坚挺在风雨的天空。这样的"天人合一"之悟，在江平的文字中随处可见，但又不是那种无病呻吟、空泛议论，都有实际的支撑和来处。

江平的驴友生活已有十多年了。秦岭南北的大小山脉，他都一一踏访翻越过。像《重装穿越傥骆古道》《白云峡日记》《太白二章》《天台山》《铁笼山》《旋瓦山》《秦岭三峰》中描写的各种地方，有些山我连听都未听过，在阅读中有一种视觉的冲击和赏心悦目的感觉。还有一些单篇是从微观着眼的，写得具体深入细致翔实。如写山中的杜鹃花，写怪树林，写户外初夜，写登山鞋，写怎样做个好驴。也有以日记的形式记录行旅，记录发现，记录故事，记录心情的。我曾想，假如我是个驴友，是个登山爱好者，是个喜欢旅行的人，这本书则不失为一张"活地图"，不仅有向导作用，而且有"诗和远方"。那些翔实缜密自由的抒写，字里行间都逸散着山野的芬芳清新，都充满着穿越的惊险和刺激，也可从中感受到一种人类挑战极限、挑战自我的勇敢豪迈和坚韧不拔的意志力。这些用双脚走出来的文字，占了全书内容的很大部分，这种安排和取舍也是智慧的。文不在多，贵在能给读者提供多少新东西。说实话，我是最看好和推崇《山野清风》这一章的。

可能与多年的老驴有关吧，这本书还收入了多篇"饮食随笔"。比如写锅盔，写烤肉，写古家火锅，写石油羊杂，写杀猪，写酒场乱弹，等等。我曾在宝鸡工作过13年，江平写的这些吃食也一次次勾起了我舌苔上的记忆。比如"石油羊杂"，20世纪八九十年代，我不知多少次骑着自行车光顾过。那是父女俩开的一个铺子，说是铺子，其实就是塑料棚下支一口铁锅。案桌上的几个瓷盆分装着羊肠羊肚羊肝羊肺，还有那盆凝结着厚厚一层羊油的红辣子，以及那铁锅中翻滚的老汤和冒腾的热气。在我的印象中，可能是人多顾不过来吧，那吃饭的地方并不怎么干净，但一早一晚去了，你还真找不到坐的位置。人们或站在或蹲在棚外的冬天冷地上，一边热腾腾地喝着羊杂汤，一边总要偷偷瞟一瞟那个捂着头巾的"羊杂西施"。那个年代人们生活清苦，碗里都没有多少油水，于是物美价廉羊杂碎也就成了人们争先恐后的美食了。当然，现在想来，"石油羊杂"之所以有名，那个美得像一朵鲜花的"羊杂西施"，也是吸引"回头客"的一个重要原因吧。在江平的文字中，似乎有一种天赋的幽默。如在文章的结尾写道：现在人们的生活好了，营养过剩了，又懒得运动，"三高"问题已不是少数。但每次路过这家羊杂店，他的心还是痒痒的。有时佯装着看不见，但总归能骗过眼睛骗不了心。每当此时，他都会咬牙跺脚，一步三回头地悻悻离去……能把话说得有意思，这是江平的本色。我以为，他的这些写小吃的文字，也是具有宝鸡特色的"地方小吃"了。

另外，令我感兴趣的还有写老家和亲戚的那些篇目。因为我们是亲戚，读来就觉得格外亲切。如《父子之间》《二姑》《虎娃》《韩家崖的土窑洞》等。韩家崖是我爱人的老家，在金台区北坡的台地上。那里有7000多年前的古人类遗址，与我曾在语文课本上看到的北首岭遗址近在咫尺。可能与历史文化悠久有关，这个古老村落有重视文化教育的传统。一等人忠臣孝子，两件事读书耕田，这是那些庄稼人的家训家风。还有，这村里的人在坡上种地的时候，经常一镢头下去就会挖出个石铲石镰，一锄头下去又会挖出带刻画的陶罐陶片。老岳父曾做过文物保管员，那些盆盆罐罐堆在院子里，每隔一段时间积累得多了，他就悉数装车上交给政府，家里没留下一件值钱的宝贝。这村子的后人以教师和军人居多，这在我爱人的家中也有具体体现。除了说文人不爱钱，军人不惜死的话题，江平还讲了"磨镰水"的故事，还讲了"姑娘不对外"的故事。"磨镰水"成为外甥的代名词，这对我这个东府人来说还是新鲜的。但"姑娘不对外"却是包括东府西府的整个关中的旧俗。苦涩年代的生活情趣，千年习俗的鼎新改革，一个村庄，正如一个人一样，都是双重或多重历史的统一，这种辩证法的光芒在江平的文字中也多有闪烁。记得有一年，我曾看见他在家读《西方哲学史》。显然在他的文字中，也有些哲学的意味。

还有一章叫《观海听风》，理性要强一点，人生体悟要多一些。如《一城江山》《坚守寂寞》《老何所依》《生活简单就是享受》等。江平的脚步不仅仅一步步走过秦岭山川，也一步步走过人间世事。他小时候在乡下生活过一段时间，有过摘酸枣，打核桃，割苜蓿，在涝池游泳，在麦场捉迷藏的"美事"。他的高中是在城里上的，但由于"整天胡浪荡"，使他高考落榜。是《平凡的世界》中的孙少平，让他重新捡回了生活的信心。从一所技校毕业后，他当过车工、镗工，后又调到粮食部门做文秘。在"猪上千，牛上万，菜油卖到六块半"的时候，他又下海做生意。粮食市场不景气，他又开过书店，还在超市、酒店干过，现在是一家民营企业的高管。这些人生的经历，如一面镜子，照出了他的过往，也照耀着他的今后。虽然从文字上看，有些地方还显得不是那么圆熟，但这正如美玉之瑕，他的文字中充满着真诚，而又有什么能比真诚更可贵呢？人在职场，几经折腾，一路走来，风雨兼程，活着的艰辛，命运的逼仄……这些文字似乎离我们那样亲近，有着人间烟火的温度，也让人能触摸到他的心迹。从一个血气方刚踌躇满志的"愣头小伙"，到一个波澜不惊书香茶坊的"半百老汉"，所有的跌跌撞撞都成为了今天的宽厚和财富。以我对这个内弟的了解，他这50年值得肯定的是：无论在任何情况下，都没有停止读书与学习。有一句话叫：有精神曰富，这一点他做到了。还有就是无论在任何情况下，他都没有做那些为五斗米而折腰的事，在人格上他是站立的。我想，这么多年，他之所以把自己变成一头"驴"，之所以把自己变成一只"读书虫"，之所以把自己变成一个主持人，甚至今天把自己变成了一个写作者，这种种的角色变换，其实都是在寻找有意义的生活，也是在生活的苦闷迷茫中寻找着身体、精神、性情、才华的宣泄出口，而这些文字可谓就是打开心灵的阀门而流淌出的清泉,这既是一个曾经的生命的总结,也是一个重新找回了信念力量的生命的开端。江平人生的这种跌宕起伏多姿多彩,也成就了其文字的跌宕起伏多姿多彩。一言以蔽之,江平的文字是走来的,是活来的,是修来的。

孔子讲,十五而志于学,三十而立,四十不惑,五十而知天命,这其实是讲生命的进阶。路漫漫其修远兮,吾将上下而求索。不问收获,只管耕耘,做那个最好的自己,这就是我最后要对江平说的话。祝愿他能坚持下去,写出更多更好的作品。

2017年11月16日夜于北京

(孙天才:散文作家,第七届冰心散文奖得主。)

目录

山野清风

鳌山四章 / 003

户外四章 / 017

秦岭三峰 / 026

太白二章 / 037

天台山 / 042

白云峡日记 / 047

石塔山 / 061

铁笼山 / 064

青峰山 / 069

辛落西山 / 073

旋瓦山 / 076

黄柏塬 / 079

西山漫步 / 083

重装穿越傥骆古道 / 087

鸟语花香 / 103

秦岭花谷 / 105

梦中的香格里拉 / 109

给牛兄弟的一封信 / 113

做个好驴 / 117

山野清风 / 121

美食记忆

点菜 / 125

胃口 / 128

爱吃锅盔馍 / 131

咚字号烤肉 / 133

豆花泡馍 / 136

古家火锅 / 139

石油羊杂 / 142

五处油茶 / 144

眼镜饺子 / 147

苏轼与美食 / 150

说食事 / 153

说酒局 / 155

酒文化 / 158

酒与茶 / 160

径山茶 / 163

酒场乱弹 / 167

老碗面 / 169

杀年猪 / 173

过年 / 176

观海听风

老何所依 / 181

生活简单就是享受 / 189

一城江山 / 191

人在左岸 / 194

心灵游戏 / 197

坚守寂寞 / 199

二姑 / 201

父子之间 / 205

太极拳师 / 211

虎娃 / 214

地震过后 / 216

冬日暖阳 / 218

读书旨趣 / 220

观海听风隅书房 / 224

北堡子的老城墙 / 228

韩家崖的土窑洞 / 231

迷醉泸沽湖 / 235

七宝古镇 / 238

水乡乌镇 / 240

宽窄巷子 / 245

人间最美四月天 / 248

阳春三月 / 251

落叶 / 253

附录

后记 / 255

《一城江山》跋　符中华 / 257

字里行间跳动着自己的"心电图"
　　——《阵地文丛》总跋　白麟 / 259

山 shan
野 ye
清 qing
风 feng

鳌山四章

天 空

潺潺流水，蓝天白云。这一切，对久居都市，整日为无尽欲望疲于奔命的人来说是一种奢侈，无暇顾及，无福消受。

功利性的成功标志，使人们渐渐失去纯朴天真、享乐自然的闲情逸致，透支天成的同时也透支着生命。

一群向往阳光，乐观向上，崇尚健康，尝试探险的户外爱好者，三五成群踏上回归自然的寻根之路，分享攀登的艰辛与快乐，感悟自然的唯美意境，体会内心的愉悦快乐。

几次擦肩而过之后，今年五一，又一次踏上了鳌山穿越之路。从太洋公路二十三公里练驴坡开始，到太白县塘口四组出来。酸甜苦辣，欢喜悲愁和酸痛的肌肉，摇摆的双腿一样令人记忆深刻。

练驴坡是一段六十多度，陡且长的斜坡。抬头望去，碧绿的草丛中曲曲折折踏出一条蜿蜒小路，小如蚂蚁的人们顺序排列，各自喘息，慢慢挪动。目光相交坡顶处，像极一个漏斗，聚光于天地相接处。

三五块碎石不经意间从脚下弹起，蹦跳着向坡下滚去，惹得人左躲右闪。

有太白原始森林前不见古人，后不见来者的独行经历，心里做了充分的准备，应该不成问题。但练驴坡一开始就给了一个下马威，想停下歇息，但后面急促的喘息和脚步声仿佛擂响的战鼓，只好咬牙坚持。

身子渐渐发热，额头开始冒汗，眼角被沁出的盐粒蛰的有点睁不开，拉开拉链，一阵凉风，顿而醒悟：什么是幸福。

上了练驴坡，过了葱花坪，一片豁朗。天空碧蓝如洗，清空透彻，像是能看到底，又觉得底一样的蓝，别无他意。朵朵云飞，轻盈随意，像一群挥舞霓裳的仙女，互相追逐嬉戏。有的调皮地隐了身，惹得同伴焦虑地探头探脑，四处寻觅；有的几朵交织在一起，唱起欢快的歌。说到开心处，不觉间抖动起身子，又不舍地散去，仍旧漫无目的、悠闲自在地飘扬。

高山之巅，密林之间，树枝上，暖暖的阳光，让这些鳌山杜鹃、杉树、柏树、松树更加坚毅，粗糙干裂的树皮像老农的手，历经沧桑而不惧风雨，反而期盼更猛、更烈的节奏和冲击。

针叶林树木的生命力尤其顽强。扭曲狰狞的枝干，像一个个接受酷刑，鞭打抽筋，甚或剥皮掏心、开膛破肚却无所畏惧的勇士。我们能看见的只有血渍，只有残缺，只有坚守阵地，只有死而不屈，绝没有妥协和退让。

都市里整天呼朋唤友，疲于应酬，路都懒得走，偶尔玩个刺激的，真有点受不了。回头看看"好色"兄弟，步履蹒跚，气喘如牛，堂堂的仪表、健硕的身躯，竟被背包压得低下了头，想想还有人可以关心，成就感油然而生，不觉间加快了脚步。

脚下草根，不知是死是活，从石缝崖豁顽强地扩展领地，稍有平地，即连缀成一片草甸。

几朵不知名的野花尤其扎眼，红艳艳，粉扑扑，黄灿灿，各自舒展在这阔野荒郊，没有城市花儿的屈膝媚俗，开得豪放，开得张扬，开得令人肃然起敬。

躺在柔软的草甸的，沐浴着明媚的阳光，暖意遍布全身。微风徐徐，花儿朵朵，向这群不速之客频频招手。花香草香，蝶飞凤舞，蚂蚁以及诸多不知名的小虫从脚，从手，爬上身体，向火热的胸膛和发烫的面庞进军，不知道睡在此地的，是否就此睡去，急急地占领这块嬉戏玩耍的阵地。

索性也不干扰，他玩他的，我睡我的，睡得酣畅淋漓，玩得不亦乐乎。

一觉醒来，疲惫些微缓解，伸伸懒腰，惊起一身毛虫飞蝶，绕来绕去，不肯远离，山里的尤物，都这样恋人。

眯着眼斜靠在一块巨石上晒暖，惬意舒坦，那种享受，那种陶醉被"陵江"兄拍到，"锡兵"题名曰：初夜过后。

到达营地时，两顶帐篷已然扎好，找不到一块平地，大概看看，赶快扎营。此时寒风呼啸，凛冽刺骨，摇得帐篷呼呼作响，套上羽绒服却像裸身，稍一活动就气喘吁吁。

钻进帐内，三人合围，鳌山顶盆景园吃了顿帐篷火锅，颇有情趣。距离不远，洛阳的十七名驴友遥相呼应，五颜六色，颇为壮观。

此时的鳌山，落日余晖，如火如荼，如焚如烧，红带着黑，像青春的血，浓烈张扬。

极目远眺，叠嶂连绵的群山在光环迷离的折射线下青翠欲滴，越来越深，越来越暗，花儿羞涩地埋下了头，唯有盆景园的杉树，坚毅而挺拔。

鳌山初夜，在"好色"兄弟时而高亢，时而低缓，时而大吹，时而小停的史诗般的鼾声中辗转反侧。翻了翻身，实在不忍叫醒。

扎营的地方头高脚低，身体不停下滑，梦中有坠崖的惊呼，几番折腾后，把羽绒服垫在脚下方才保持基本平衡。

经过一天的艰苦跋涉和阳光沐浴，极度缺水。取出一瓶近乎结冰的脉动，放在滚烫的胸膛渐渐捂热，翻过来一口，翻过去一口，就这样天明。

天下驴友是一家,洛阳的驴友,只有一位领队走过鳌山,几次近乎迷路,"锡兵"耐心指点,最后干脆两队合一队结伴而行,邻里扎营。

一路走来,与洛阳驴友互相呼应,相伴而行,最终大家合影后留下联系方式才依依不舍地离开,这是最淳朴的感情,是发自内心的感激。

佛渡有缘人,大千世界,能在鳌山顶相遇,不知何时修来的福分。

在都市,生活的压力,竞争的焦虑,让人们整天绷紧着神经,团队、合作、大度、宽容成为挂在嘴边的词组。而在户外,人与自然和谐相处,人们之间无私互助,在强身健体、享受自然的同时也磨炼意志,陶冶情操。

这,才是真正的收获。

回来几天时间,白日忙忙碌碌,晚上静下心来。鳌山的清澈天空,鳌山的朵朵白云,鳌山的宽阔草甸,鳌山的不屈枝藤,鳌山的诡异,鳌山的神秘,时隐时现,若有若无,似一缕甘甜的雨,像一阵清新的风,挥之不去,诱人心魂。

鳌山,保持你的古朴!

鳌山,保持你的纯真!

杜　鹃

又一次踏上鳌山攀登之路,感受纯净的空气、碧蓝的天空、飘逸的云彩、生命顽强的高山植被、自由洒脱的野生动物……

西太白鳌山跑马梁云海壮美,石海宽阔壮丽,景色一览无余。

这次,不是传统的二十三公里上山,而是另辟蹊径,从人迹罕至的大贯子东沟进入,途经娘娘台、秦岭梁,扎营白起甸塬,从塘口下。

这是一条新线路，一行三人，虽是老驴也不敢怠慢，因为没有一个人走过全程。

早上六点钟就从太白县出发，七点十分开始登山。

穿过碧翠傲然、枝叶茂密的灌木丛，重重的晨露，不一会儿就打湿了脚面、裤腿。速干裤粘着湿漉漉的光腿，格外清冷，不敢停步，只有不停地走。

山里空气清新无比，湿润甜丝，河道蜿蜒、水声潺潺。药农踏开的小道鲜有人走，路边的树树草草开始扩展自己的地盘，挡住了去路。

曲径通幽、时有时无，更增加了几分神秘。

水潭旁，磐石边，一条青蛇，远远地从眼前穿过，没有人出声，三人互相交流一下眼神，抡起手杖，不停地挥舞。

静谧旷野，几只鸟鸣，悠远嘹亮，叽叽喳喳，像是争吵，像是讨论——早起的鸟儿有虫吃，不好好捉虫，倒练起歌喉来了。

走出密林，视野无比开阔。碧绿的草甸像一张巨大的绒毯，点缀着星星点点的野花，质朴而娇艳、洁净而无染，穿过硕大的石墙，叠连起伏的山峰映入眼帘。

穿过松林，越过石海，真正投进了大山的广阔胸怀。举手蓝天近，俯视云海奇，处处感受到大自然幽静古野的原始情调。

一路走来，我们的心胸像伟岸的山势般开阔起来；我们的烦恼随着飘逸的云彩飞舞而去；我们的人格像倔强的无名小花般独立绽放；我们的生命像高山的针叶林般坚强。

虬枝盘桓、形态各异的杜鹃树，粉白色的大叶杜鹃，紫色的小叶杜鹃，艳丽脱俗，竞相开放。

山里的杜鹃花，开无拘无束，落自由自在。它散落在灌木丛，蓬勃在山崖边。有的枝叶扶疏；有的干枝百千；有的郁郁葱葱，俊秀挺拔；有的曲若虬龙，苍劲古雅。

山里的清风，赋予它迷人的魅力，山里的水土，滋润出它与众不同的妩媚。杜鹃花的每一次怒放，都显示出生命的奇迹。

如果你把它捧在手上，心都会染的鲜亮。

但恶劣的生存环境，让这些自然的宠儿，在盛花期，也许一场大风降温或暴雨，花就全败。

默默地看着杜鹃花，那遒劲的枝干，铭刻着一路走来的风雨；那墨绿的叶片，渗透了饱经霜雪的苦难；那柔美的花瓣，演奏着酸辛旅程的胜利乐章。

鳌山杜鹃，让我又一次感觉其独特之美，欣赏其笑傲山野，自得其乐，甘于寂寞，远离世俗的超脱品格。

喧闹的尘世，烦躁的心灵，留给自己一份宁静，一份淡泊，难能可贵。智者不言，言者不知；智者不争，争者不智。水善利万物而不争，故莫能与之争，这是一种状态，更是一种境界。

杜鹃之独立，是一种性格，更是一种追求，是一种孤傲，更是一种自信。知福惜福，遇见已属不易，卓尔不群，傲世独立。

到娘娘台已正午时分，艳阳高照，风轻云鹏。放下背包，轻装奔赴娘娘台一废弃导航塔处，此处是一重点标志，不在正路，属秦岭梁鳌山最西端。拍完照片，听得后队人马已赶上超了过去，急急返回，重拾旧路。

再次进入植被茂密的原始森林。路难辨认，呼吸急促，前进困难。枯枝当道时，要么弯腰躬身，要么四肢着地。几近周折，身上多有划痕，背包不断撕扯，脚下越来越滑，天气越来越暗。多少有些感觉疲惫，不知离营地的距离，心里没底。

穿过最后的林子，一片草甸，汩汩的水声在脚下流动，有水。自言自语道：这里也可以扎营。但见前面丝毫没有停止的意思，只得加快脚步，急急追赶。

一阵风飘过，雾化为雨，丝丝缕缕，气温骤降，只得把帐篷扎在白起殿塬东南方百十米的一个林子里。

三个挖药人在此已经生起火，在他们的简易棚子旁，烤烤火，吹吹牛。得知他们一月上来两三次,一次在山上待三四天,主要挖黑参或猪苓,运气好的话,晒干后背下去,能卖个两三千元。

觉得他们辛苦,可从脸上看无不快乐,随性,自由自在,无拘无束。其中一个说原来在陕汽当工人,受不了约束,不愿朝九晚五上班,才跟着来挖药。

自由弥足珍贵。人们每天为一个个目标而努力的同时失去了很多快乐,失去了一些原始的本真,失去了发现、欣赏自然美的眼光,虽然我等本一俗人,但淳朴与自然的本心决不可失,否则就失去了作为独立个体存在的价值。

针叶林幽静深邃、几缕阳光透洒进来,更加神秘而坚强,枝干扭曲向上,根须深深地扎进石缝、土壤,汲取着大地的营养。

雨雾中的鳌山,寒风凛冽,六人裹紧捂严,围着一堆火,凉了脊背,热红了脸,天上一句地上一句地闲扯。

清晨出帐,一片云虹,烘托太阳渐渐升起,阳光穿透云层,照耀大地,举目一望,盆园景咫尺之遥,昨天路遇的驴友正在开火做饭。

事情往往如此,有时,距离成功,就差一口气、一抬足,需要的,是坚持。

鳌山,带给我们的,不止是攀登,更多的是生活的智慧,是卓尔不群、坚毅顽强的独立和自信。

怪树林

如果你还不能理解秦岭是中华文明的摇篮,中华民族的父亲山,那么,我请你登上太白,登上鳌山,看看秦岭大梁,你的疑惑将得到完美解答,你的胸怀将更加开阔,你的境界将更加高远,你对生活和未来的看法将更加豁达透彻。

中华龙脊鳌太大梁在阳光照耀下清晰可见,近几年,无数的登山爱好者穿越鳌太。

夕阳像烧红的火炭,把一朵朵云烘烤得羞涩绯红,炽热的感情像要融化整个苍穹,缝隙中残余的几朵乌云像涂染的幕幔,呆呆地挂在高空,痴痴傻傻思索眼前发生的一切。

夕阳的美,不像朝阳,几分羞涩,躲躲藏藏,也不像正午的阳光,热情奔放,暴烈粗犷。夕阳是一团燃烧的火焰;是用生命弹奏的最强呐喊;是壮美历程的华丽谢幕;是对自己,对过去的完美总结。

夕阳,看似浓烈,看似执着,但你感觉到温暖,却不觉得胁迫、刺眼,更不会有任何伤害。它是无私豁达、依依不舍地告别,她以自己的节奏,热情洋溢、激情满怀地迎接夜幕的到来。

这是一组绝美景致,一副天籁配图,阳光让冰冷的秦岭大梁有了几分温暖,几分温馨。这条西起昆仑,中经陇南、陕南、东至大别山,横亘甘肃、陕西、河南、安徽,中国南北的分界线的秦岭主峰蜿蜒盘旋,龙脉毕露。

秦岭是在四亿年前露出海面,上升为陆地,又在喜马拉雅运动的强烈改造下,经过大幅度块断式垂直升降运动形成最终的格局。

举目远眺,第四纪时期冰川遗迹留下的茫茫石海一望无际,一块块或大、或小,或棱角分明、或圆融光滑,或中规中矩、或鬼斧神工,或站、或卧的石头,经过历史的积淀洗礼,见惯了日出日落的风风雨雨,都像倔强冷峻的兵马俑般百折不挠、威武不屈,都像一个个投向母亲怀抱的游子,烘托起秦岭大梁,虽然他们被压在身底、被踩在脚下,但各个乐天知命,无怨无悔。

阳光没有了色泽,和灰蒙的天际融为一体,也没有了热度,气温骤降至零度以下,身穿抓绒外裹冲锋衣仍瑟瑟发抖。

脚下凹凸不平,时不时被藤草羁绊。低洼处找到小水潭,小心翼翼地拨开蔓草、浮叶,吹去水面上嬉戏、肉眼很难发觉的生灵,朝圣般地取水。

几个人唏唏嘘嘘钻进帐篷,在狂风摇曳的帐内吃起火锅。狭窄的空间不足以正襟危坐，有坐着的、有躺着的、有趴着的、有蹲着的，总之，借地理之便，松疲惫身躯，敬辛劳五脏庙。

吃饱喝足，加穿衣服，爬出帐篷，要待站起，大风刮得又要匍匐，几经周折，方直起身子。

眼前一棵棵不知死活的铁杉，个不高，腰不壮，枝不繁，没有叶，光秃秃，孤零零，像一个个独生子女，只有朋友，没有手足，它们或竖立，或弯曲，或俯身低吟，或仰天长啸，一根根僵硬的枝条，像铁骨铮铮的战士，威武不屈，屹立挺拔。

不知何年何月，苦命的种子降落在如此贫瘠的土地；不知有多么大的力量，才能在山崖、石缝、板结的砂石地孕育生命；不知有何种力量，才能忍受雹打幼苗，电击嫩枝，暴雨摧残，风雪侵袭，在寒风刺骨、烈日当头、无所庇护的环境中坚强地生存；不知何种力量，才能熬过无人喝彩、无人点赞、鸦雀无声的生活。

这些松杉和城区的、阔叶林地带的树木迥然不同。一种像丝线，一种像钢针；一种像秦淮不知亡国恨的商女，一种恰如横眉冷对、咬碎钢牙的战士；一种像洋洋洒洒踱着四方步，衣食无忧的离休老人，一种像靠骑着三轮，满大街捡拾废品助学帮困的耄耋老人；一种像花前月下卿卿我我的痴情男女，一种像遗忘在异国他乡的爱国冤魂。

它们一排排，一行行，肩并肩，不是兄弟胜似兄弟，不是战士胜似战士。

不由得心中发热，两眼迷蒙。

这里成了穿越鳌太的完美营地，许多人把它叫做盆景园，在我心里，一直坚持固有的感觉：怪树林。生活固然需要鲜花，需要盆景，更需要固守一隅，扎根边陲的怪树林。

郭沫若赞美过银杏，茅盾赞美过白杨，丰子恺赞美过杨柳，秦牧赞美过榕树的美髯，陶铸赞美过松树的风格。我要赞美这些秦岭之巅默默无言、顽强挺立、宁死不屈的铁杉树，它们才是大山的英雄！树中的豪杰！生活的楷模！

风雪夜

人们常常只有在历经艰险，甚至九死一生时，才会感受对生命的渴望，激发出生命的力量和勇气。

鳌山，上了至少五六回，冬季登山，不止这一次。可死亡如此之近，甚至起了生死在天，听天由命的念头，是第一次。

连峰去天不盈尺，高峻连绵绝顶寒的大秦岭怪石嶙峋，峭壁耸立，千岩万壑，步挪景异。

这，我之故乡，赐我之福。

无需舍近求远，浅山如鸡峰山、蜂泉山、旋瓦山、九龙山、石塔山、架花山、青峰山、天台山、石榴山、冻山等抬腿就到。

"举手可近月，前行若无山"的秦岭主峰太白山、鳌山远在天边，近在眼前。

鳌山位于太白山以西，海拔3475.9米，是秦岭主峰太白拔仙台西面的另一制高点，又被称为西太白，与太白拔仙台一同组成高耸连绵的鳌太大梁，是陕西第二高峰。

这块秦岭山脉中最为原始的区域，动植物种类非常丰富，石海遗迹遍布山坡，山间云雾缭绕，被户外运动爱好者奉为国内最佳六条户外运动之地及十大非著名山峰之首。

相传远古时代，女娲炼五色石以补苍天，断鳌足以立四极。那时中华大地上洪水纵横恣肆，相互冲激，灾害连连，大地震动，地维不稳，东海龙王第九子神鳌，献出四足，以立四极，但从此不能游泳爬行，女娲念神鳌断足之功，谴断足神鳌雄镇中央，分流南北，从此天下风调雨顺，水流东去，地维沉稳。鳌山从此成为一道雄伟的龙脊，横亘在中华大地上。

鳌山极顶的航标塔、秦国大将白起庙、娘娘池等人文景观，药王孙思邈隐居鳌山研究中草药悬壶济世的古今佳话使得这方净土更加扑朔迷离。

多次登顶穿越。有时，真感无法登顶，无法穿越，沮丧、懊悔、埋怨、自弃。但，登山就是这样，开弓没有回头箭，萌生去意时，回去反而可能要付出更多艰辛。

咬牙坚持，没有人不累，无人不辛苦，最后，走的是路，拼的是毅力，是忍耐。生活中，一味追求激情，但绝顶一览，振臂高呼，只是一瞬，大多时间，都在路上，平静地走。

皑皑白雪，磐石枯枝，偶尔几只动物脚印格外刺眼，天阴沉着脸，没有阳光，没有暖意，没有表情，漠视大山的行者。乌云凝滞木讷，没了飘逸洒脱。想起秋高气爽，天蓝草碧，花红鸟鸣，无不惬意。

人，就是这样，不懈追求，不易知足。一个地方久了，没了激情，没了幸福感，穿过原始森林，走进无际石海，感悟生命沧海一粟，天地常驻永恒，毒瘾般体验活受罪的感觉。

一块石碑，记载着丧失的性命，可以想见，青春热血，如何在这恶劣环境做最后的挣扎，可能风雨交加，可能雨雪交加，可能体力透支失去知觉。

生命如草芥，在自然面前，何等孱弱无力，此刻，深刻理解那僵硬躯体，渐渐丧失抗争的勇气，缴械投降。

人定胜天，在这里是莫大的讽刺。

暗藏残酷，也是魅力所在，酸甜苦辣咸，五味杂陈才是生活。在温暖的办公室，在舒适的安乐窝，都有一颗亟待放飞的心，一种充满诱惑的欲望，这些，或是前进动力，或是致命陷阱。

冬季，石海上穿越，积雪覆盖，危机四伏，不知哪是陷阱，一脚踩空落入石缝中，轻则崴脚摔跤，重则深陷其中，不得自拔。

一过鳌头，空气湿冷稀薄，雾障弥漫，重装背负，踏雪前行，步步吃力，步步艰辛。

帽子石处，一股凉风，呼呼袭来，人被吹得摇晃，帽子随风而去。顿觉头顶森冷，眉发瞬间凝固，寒气由头到脚似要贯通。四周一扫，急朝一块巨石奔去，倚靠在背风处，掏出羊毛棉帽紧紧罩在头上，待拉冲锋衣时节，手指已不太灵活，来回几次，才拉紧并扣上冲锋衣帽子，裹粽般将自己包了个严严实实。

坐下急促喘息，风不像阵风，无减弱迹象，再往上走，只会越来越大，要么下撤，要么扎营，遂起身追赶前面同伴，商议速定。

赶上同行驴友，决定立即扎营，没有理想营地，无法，只能在山脊一个洼地扎帐，卸下背包，踏平积雪，神速支起帐篷。冻雪太厚，无法扎下帐钉固定，无奈放弃。

明知错误，但又是无二的选择，生活常常如此。

气温急速下降，低于零下20度，钻进帐篷，风怒吼着，撕扯着，拍打着。帐杆被刮得几乎匍匐，人蜷缩在帐篷里，坐，坐不起来，躺，躺不下去。打开背包，翻出羽绒衣裤，往身上直裹，手几乎僵硬，睡袋拉链拉不上，胡乱在身上披着，刺骨的寒风顺着帐篷缝隙固执地闯进来。

一块隆起的石块垫在腰下，横竖不得劲，斜靠还是侧躺，都很艰难。帐外，明月高悬，冷酷淡漠，想起天黑请闭眼的杀人游戏，这是一个怎样的夜晚？

风，呼呼的，像杀红眼的战士，排山倒海，气动山河，前赴后继，无休无止。今夜，茫茫鳌山顶，只这一红一黄两顶帐篷，刺眼而高傲，狂风，一次次，一轮轮，不知疲倦地冲击着、摇撼着。

头枕的侧方一块利石，紧紧挤着帐篷，高高耸起，捍卫自己的领地，怕把帐篷划烂，就用坐垫隔了一下，大风刮得帐杆和石头咔咔作响，每一次摩擦都心惊胆战，不停地翻身以保持平衡。

忽地一声，坏了，外帐被掀起。巨风裹挟着寒气灌进帐中，下意识地神速打开内帐，用手去拽外帐，黄色的外帐在月明夜深的鳌山梁上啪啪作响，唯一的固定点正在做最后的挽留与挣扎。

半个身子探出帐篷，紧攥外帐和大风开始撕扯，这是生命的抗争，瞬间，手已经麻木，没了知觉，待将帐篷一角拉进内帐时，已经精疲力竭，瘫坐在地。手指、脚趾疼痛，可能要出问题，取出厚手套，两双套在一起，戴在手上，取出热帖，贴在脚掌心，用抓绒衣将脚包紧，不停地活动脚趾，扭动关节。

咔嚓，一声清脆的响动，头顶的帐篷塌了下来，帐杆断了，两只手死死拽紧外帐，定格般不敢撒手。时间像疲惫的老牛，疲沓而无力，看看手表，度日如年。这难熬的夜！

一点半钟，风更加凶猛，手有些拉不住，遂夹在两腿之间，借着腿力，换手歇歇，感觉有点瘆人，有点恐惧，掏出手机，拍抖动的帐顶，录凄凉的吼音。

两点十分，又录一次，时间稍长，此时抖动更剧，风声鹤唳，鬼哭狼嚎，心里也多少有了寒意，打起冷战，不时抖动身子，不致睡去，只怕这一眠，会就此安息。

月亮若隐若现，诡异深邃，透过浅灰色内帐，狡黠地窥视，拉链缝隙间挤进几片冷风，如刀切斧斫，手脚冰凉，脚心的热帖被吓傻了般，无一丝暖意。听着无尽的风声，忍受着，坚持着。

风向不住变换，拉住羽绒睡袋一角，挡住寒风，用冲锋衣一遍遍塞住不断被拉大的缝隙。此时，速干衣、保暖衣、抓绒衣、羽绒衣、冲锋衣悉数登场，抵御最后的攻击，默想只要撑到天亮，立马启程回府。

迷迷糊糊间，风小了，屈尊一夜的帐杆伸起了懒腰。狂风肆虐，毫无战果，想偃旗息鼓，又心有不甘，放不下面子，遂时而刮，时而放，算是总结，给个交代。

东方，天边晕红，太阳迟疑地探头，望望挣扎的月，欲言又止，反复几次，最终，耐不住烦，看不过眼，似在说：你差不多就行了，这些娃，可怜的跟啥一样，教育下就得了么，还咋呀！遂猛地一抖，升上天空。

天亮了，钻出帐篷，连人带背包，四百斤左右，硬是被暴风移动了近一米距离，几乎坠下石沟。

看着太阳穿过迷雾茫茫的鳌山大梁骤然升起，就像漂泊多日的游子投入母亲的怀抱，泪珠在眼眶中打转，逃过一劫，满怀感激。下望刀劈斧斫般陡峭的石沟，更是倒吸一口凉气，感谢上天，感谢天堂的母亲。

顾不得唏嘘感慨，忽地站起。活动活动僵硬的四肢，开火做饭，摄影留念，背起行囊，踏积雪跨石海，开始新一天的艰苦跋涉。

户外四章

户外初夜

第一次在野外扎营,和小郑同帐,后来我们笑称:把初夜献给了你!其实我们都把初夜献给了云盖寺。

2005年冬季,我们一行从秦岭启程,过嘉陵江源头,到云盖寺。

当时户外的人很少,整个城市也就几十个人,不像现在,一到周末,驴子跑遍了峡谷、河道、山峰、平原,有极力探险的,有休闲腐败的,踏上驴途,各怀心事。

云盖寺位于秦岭嘉陵江附近,因祥云笼罩而名,始建于周秦,鼎盛于汉唐,历史悠久,文化积淀深厚,建筑宏伟,香火极盛。《封神演义》中三百六十五位神仙的祠庙殿宇俱全,修行僧众多达千余名,后因战乱天灾渐毁。

唐朝著名诗人贾岛曾在此隐居修行,其著名的"鸟宿池边树,僧敲月下门"就出自此处。

这条线路如今被当地驴友称为拉练线路,现在看来,路途太轻松,根本没有强度。

那时,长久不锻炼的我们,走几步就气喘吁吁,有出的气没进的气,腿脚跟不上心思,总是抬不起步子,走不出路来。几年后的一天,我们进山抵达云盖寺,往回返到公路边等车时才刚过中午,但在当时，要走两天的路，还要野外扎营。

上了一段极陡的练驴坡，当时还不太习惯重装背包，一个个龇牙咧嘴，三步一停，五步一歇，踏着积雪战战兢兢地向上攀爬。

到一个梁顶，一股冷风袭来，发热的身子顿时凉爽，老驴提醒，赶快加衣服，热身子凉风一吹最容易感冒，户外运动一定要做好防护。

翻过梁，垭口处一个瀑布银帘般倾泻而下，冷风吹过，水雾从天散来，无比惬意，稍有感觉，马上各自离开。

登山对于常在都市的人来说具有极大的诱惑力，山野茂密的植被，清心润肺的空气，悦耳动听的鸟鸣，偶遇的野生动物，无不让人们时时振奋，刻刻惊喜。

一次拔高，见小道上有兽夹，互相提醒，一定要注意脚下。在山里，一是兽夹，二是电网，威胁极大，稍不留神，伤筋动骨甚至危及生命。这两年虽然少多了，但在深山动物出没的地方还是有，而且隐蔽性很强。

一驴友坐在梁上喝水休息，悄声说，前面好像有东西。这一块山林，主要是山羊比较多，没有大型动物，歇了会儿，想着动物早跑了，就起身赶路。没走几步，路边灌木丛中忽地站起一物，老远看见一脊背，吓得我们连连后退，跑了一阵，发现没有追赶，才松一口气，瘫坐在地上。

几个人合计，感觉可能是一头黑熊仔被套子套住，不得脱身，这样的话，附近肯定有大熊，想来想去，各个一身冷汗。

"飘尘"从背包里取出报纸缠裹，明晃晃、森气逼人的杀猪刀，说：要是套住时间长，小熊无法脱身会有生命危险，不如我去把套子打开，把它放掉。

众人纷纷相劝，怕有危险。"飘尘"坚定地说，真要是熊伤人，我这把刀，随时就能把熊的脑袋剁下来。

他小心谨慎地靠近，临近跟前时，猛然尘土飞扬，我们离得远，这次看清了，是一只大雕，扇起的翅膀有磨盘大，这种猛禽主要生活在西北及青藏高原，是山羊、野兔、豺狼的天敌，有时候和狗熊都能捉对搏杀。

"飘尘"离得近，吓得撂下砍刀，连滚带爬地跑回，也忘了把后背留给动物是野外大忌。

看清了是雕被钢丝套住不得脱身，可能已有几天时间了，我们小心翼翼地松开缠在大雕腿上的钢丝，大雕愣愣神，心有疑虑地活动活动筋骨，看看真正获得了自由，展翅向高空飞去。

我们心有余悸地快步过梁，又走了一阵后就地休息，这时候"飘尘"发现自己的手杖掉在远处，不得不返回捡回。

户外就是有惊喜，有插曲，一惊一乍后走了不久，找了一块相对较平的地方，开始安营扎寨，支起帐篷，打好地钉，四处找些树枝木材，生了堆篝火，准备过夜。围着篝火，天南海北地吹牛，眼看进入后半夜，才钻进帐篷。

至今想起，户外的初夜惊心动魄，老觉得有野生动物的气息，老听着鬼哭狼嚎般瘆人的音调，搞得一夜无眠，想不明白，我们到这儿来做什么？

后来在太白山暴雪中扎营时，"草根"仰天高呼：我们是有病吗，老娘的热炕上不睡，睡在这冰天雪地里，我们是疯了吗？

就是这位"疯了"的企业家老兄，一出山，就急急地打听，下一次啥时候走，到哪去啊？

在家里沾枕头就着，甚至在沙发上坐着都能睡着的自己，翻来覆去，一夜未眠。

听风声，听草声，听虫鸣，听水流，忆忆过去，想想未来，盘算盘算要是有獾来怎么办，有羊来怎么办，有狼来怎么办，有蛇怎么办，有熊怎么办，想着想着天亮了。

太阳迟疑地探着头，浮出地平线，层层的光晕烘托着，洒落在高山、密林、河道、山坡，洒落在自然万物上。

有天黑就会有天亮，有恐惧就不会迷茫，平淡的生活不会因一次次日升而感动，太阳也不会因万物的思绪而落升。我是太阳，就要升起，完成了使命就要休息，日出而作，日落而息，适合我的，感受我的温度祝福，逆我而行者，我是我，你是你，我照样升落，而你，终有一日，会永久降落。

走神乱想间，太阳猛地一抖，挣脱了红晕的纠缠，升上天空。

户外的初夜，在恐惧和惊奇中度过。

至今，不知道，那个不眠之夜到底经历了什么。

户外之趣

人生短暂，世事无常，每个人都有人生的追求与目标，追求目标各不相同，如何珍爱生命，活出健康，活出精彩，既利己又利人，在单一价值观衡量标准的社会很有难度。

喧闹都市中，很多人在得与失、进与退、上与下、权与钱的矛盾交织中挣扎，在物欲与精神的抉择中苦痛，或不愿思考、酒醉人生，或随波逐流、跟着感觉走。

随着社会发展，人类进步，市场繁荣，物质丰富，诱惑越来越多，选择越来越难，衣食住行的基本要求已不是首要考虑因素，别墅、豪宅、美女、香车，各种奢侈品接踵而至，明星煽情的导购广告充塞媒体，吸引眼球。

每个人都被这股潮流所裹挟，在"你渴望成功吗？"的诱惑下，夜以继日地工作、奔波，耗费自己的青春和生命，谁都不能例外。

从宝宝在妈妈肚子里开始胎教，就叫嚷着不要输在起跑线上，一旦出生，又多了一个经济增长点，花花绿绿的衣装，眼花缭乱的婴幼儿用品，上小学择班，上或许和小孩兴趣一点关系都没有的各类兴趣班。

每天学习的知识就是为了应付考试，进入名牌高中、上知名大学，从此一生的轨迹被绑上成功的标签。

掌握自己的节奏，固守自己的幸福，保存做人的尊严，既不脱俗也不落俗，不为无止的物欲追求疲于奔命，不为内心的信仰坚守贫穷，保留一块心灵的净土，在世俗的社会中奋力拼争，这可能是大多数人的生存底线。

毕竟，大义凛然、视死如归的理想主义者只是心中梦想。

这个时候，放松自己，投入美妙的大自然，在蓝天白云、青山碧水之中，感悟生命的真谛，享受生活的乐趣，欣赏鬼斧神工的自然奇观，陶醉于明媚阳光的照耀沐浴；锻炼灵活的强健身躯；沉迷万物共生的和谐境地，离开烦扰的都市，休整歇息。

这，就是户外的乐趣；这，就是人生的乐趣。

喜欢登山

喜欢登山，从蜿蜒小道，潺潺溪流，碧草鲜花，到茂密森林，寥廓石海，漫无边际的跑马梁，巍峨的奇俊险峰，碧空如洗的蓝天白云。在登山的艰辛中能得到生命的升华和感悟，能得到自然的生发和启示，能带来心灵的抚慰和平复，能从勃然蓬发的峭崖古柏中得到昂扬斗志和生命的勇气与力量。

大山以博大胸怀包容万物，山水之间，刚硬阴柔，坚毅回缓，蕴含着道法自然的规律，山有多高，水有多长，山水相伴，滋润生灵植被，珍藏宝物璞玉，万物众生之间，形成完整生物链，遵循自然的规律。

一进山，总会被诱人的气息吸引，被潺潺流水、悦耳翠鸣吸引，被湿冷甜爽的空气所荡涤，人是自然之子，只有回归自然，才能像婴儿回归母体般完全放松，使得在都市工作生活的紧张焦虑得到释放。

无论松树、柏树、杉树还是各类花草，无论脚下是泥土，是砂砾，是岩石悬崖，根部像一柄柄利剑，狠狠地向地下扎去，头高高地扬起，奋力向上迎接太阳，吸收太阳的光芒，放射着娇艳的色彩，不怨天，不怨地，立足当下，面对现实。尤其是经过狂风暴雨、严寒风雪洗礼，被誉为天作盆景的苍劲杉柏，盘曲扭转，几乎匍伏贴地的身躯，看不来死活的相貌，倔强地不认输，拗着头，像是一个准备冲锋的勇士，冷酷严峻地面向对手，直面未知。

高山杜鹃，一朵朵，一簇簇，一排排，一片片，高傲地尽情绽放，像鲜艳亮丽的绸带组成花的海洋，不顾孤芳自赏的冷落和嘲笑，阐释顽强饱满的生命力，给冷酷刚毅的高山石海带来一丝柔情，给高山带来绚烂多姿的色彩。

如果我是一棵松杉、一枝杜鹃，能不能扎根于山野，扎根于闹市，做到无论环境优劣，有无围观点赞；能不能做到绽放由己，收放自如；能不能做到根深深地扎向地下汲取营养，叶张扬傲气地沐浴阳光；能不能哪怕面对一堆沙砾，一块岩石，撒下自己的种子，寻找生存的机会，探求生命的顽强。

人生一世，草木一秋，自然回复往返，阴阳轮转，有得就有失，有成就有败，有生就有死，物竞天择适者生存。一次登山穿越中，秦岭羚牛的死使自己感到震撼而肃然起敬。

在一个山清水秀的原始森林，完整的羚牛骨架，整个身子干干净净，不知是自然风蚀还是蚂蚁分食，没有发现大型动物啃咬的痕迹。

据药农讲，羚牛是群居动物，发起疯来非常恐怖，当地有"一牛二熊三老虎"的说法。羚牛一般都由头牛带领，每年春夏之交，在发情期，为争得交配权，会有一次头牛争夺战，按人类的说法是权力再分配，原来的头牛一旦落败，要么认赌服输，顺从新领导，要么就会被赶出牛群孤苦余生。

还有一种说法比较民主，有"禹舜"让贤之义，说是头牛一旦感觉自己年老体衰，不能带领家族繁衍生息，再创辉煌，为不拖累族群，会主动让贤，使后来者居上，自己则找一块风水宝地养生终老，默默地给自己的族群送上美好祝福。

如果真有此一说，那应该号召向"为羚牛服务"的头牛学习，它比利欲熏心而空喊口号的贪腐者不知境界要高出多少倍。

学习不学习倒不要紧，我们自诩万物之首，坚信人定胜天，开山辟地，杀戮生灵，普天之下，唯我独尊，短暂的欢愉过后，必将带来罪孽轮回，必尝恶果，势必波及后代子孙。

物质享受在生命历程中带来的欢乐是暂时的，轻浮而倏忽的，只有精神的欢愉才是生命的真谛，而精神的追求只能从自然中来，从自然中发现，从自然中感悟，从自然中升华。

登山和读书一样，给人接近自然、提供理解自然的机会和途径，行千里路与读万卷书有异曲同工之妙，登山带给我们的不只蓝天白云，山高人为峰的振臂一呼，不只劳其筋骨、疲其体魄、健其身躯、壮其精魂，更多的是体悟，是发现，是自然万物和谐生长，山石河流、大树小草各自舒放，是感知在熙熙攘攘、摩肩接踵的喧闹都市中已经稀缺的生命之魂、自然万物。

忙里偷闲，卸下壳甲束缚，放下沉重负担，自然舒展地生活，努力饱满地绽放，哪怕一时，哪怕一季，回归自然是必经之路，而登山是不二的回归路径。

爱上户外

喜欢户外，喜欢云淡风轻花飞凤舞的舒缓；喜欢户外，喜欢旷野密林松涛虎跃的惊险；喜欢户外，喜欢水流低处火就燥物同类相近的同伴；喜欢户外，喜欢一次次平安归来吹吹小牛写写笔录，为自己加油，为驴友点赞。

喜欢户外，尤爱重装。每次一身披挂，整日正襟危坐、肃穆呆板的表情舒缓了很多，僵硬无力气血凝滞的躯干灵活了很多，老迈沧桑左摇右晃的步伐青春了很多。

从小区出走，一双双眼神，从速干帽速干衣速干裤，到重装背包外挂水壶；从手杖帐篷防潮垫，到一双笨重的登山鞋，上下打量，来回搜寻，这是那个他吗，没病吧。

走得多了，熟悉了，笑笑搭言，又登山去啊，有赞赏的，有鼓励的,有羡慕的,有嫉妒的。这家伙,迟早就掉沟里了;这家伙,啥时候叫狼拉了去。

自嘲道:人,来自自然,必归于自然,迟早都要滚沟里,狼不拉,叫人就拉去了!

户外的趣事很多,诱惑很多,这也是有些驴友一进山哭爹喊娘高呼:受这洋罪,再也不来了;不等出了山门,急问同伴,下次到哪里,啥时候走啊?

山在那里,无兄弟不登山,有兄弟,又有山,为何不登,有病?

每一个户外人都有自己的经历和故事。记得2008年春节,北方逢几十年不遇大雪,我们踏皑皑白雪,顶严寒冰冻,重装穿越秦岭主峰太白山,自己感觉是多年登山最为艰苦的几次之一。

从文公庙老刘哥感冒体温忽冷忽热,貌似高反;到拔仙台自己步履蹒跚石海滑到,险些坠崖;从头驴"锡兵"迈大步趟积雪,探路狂奔,到"草根"兄长跪雪地仰天高呼:苍天保佑;从夜幕降临山高谷幽千回百转,自顾不暇,到"大爱"名副其实奔袭往返接回脚伤队友;从"草根"鼓励刘哥十分钟就到了,到披星戴月咬牙狂奔两小时,红河谷太乙山庄连吃三碗酸辣热面片,有病的人回来了。

人的一生,不单靠理想,有时也靠故事支撑,在这水泥钢筋的都市,迈着四平八稳的脚步,过着朝九晚五的生活,像圈在笼里的鸟,囚在圈里的狼,腻歪极了,偶尔有挣脱现实的想法,亦无脱俗的勇气,走进大山,回归自然,唤回野性,算一种心灵的慰藉,短暂的放归。

自然界没有任何一种动物,要像我们一样肩负如此重大的责任,无论自己过得咋样,哪怕像老人说的提着裤子寻不着腰,还老要操心解放全人类的事。其实自己没那么重要,离了谁地球都转,没了谁人都能活,不是有谁没谁,而是这就是自然,自然就这规律。

当你走在茫茫无际的跑马梁，望着前面如豆大的若隐若现的同伴的背影，叫天天不应，呼地地不灵时；当你离开大秦岭奔赴四川"四姑娘"，站上"三姑娘"美丽的腰俏，感叹"父爱如山，诱惑有难"时；当你穿越傥骆古道遮天蔽日的原始森林，百折千回终不见顶，感叹先祖"明修栈道，暗度陈仓"的勇气和魄力时；当你面对白云峡宽阔奔腾泥沙俱下的滚滚河水，不慎湿身捶胸顿足时；当你疲惫至极，双手伏地，瘫坐在秦岭梁，任凭汗水打湿草甸浇灌沃土时；你根本无暇顾及，我为什么？我图什么？我开心吗？我幸福吗？

这一切，唯我所愿。

所有的负担累赘都由逆心而来，都由欲望而起，都由烦恼而至痛苦。返璞归真，回归自然，放下重负，多进山，望天高，看云淡，嗅花香，听鸟鸣，痴溪水潺潺，醉草木青青。躺在草甸，禅悦会心，或举杯问天，或煮茶问道，或翻书悦己，或三五言欢，顿觉自己平和很多，豁达很多。

爱上户外，其实是一种生活方式，一种探求人生本源、追寻人生本质的心灵体验。

户外很诱惑很阳光，很时尚很健康，你越贴近自然，越能感受幸福，越会痴迷于户外。

秦岭三峰

冰晶顶穿越纪实

秦岭作为中国南北分界线，中华文化龙脉，最高峰太白山海拔3767米，二峰鳌山3467米，三峰就是冰晶顶，海拔3015米。

穿越冰晶顶是从一个叫刘思思的女孩引起，刘思思是在2014年9月独自一人由冰晶顶穿越太平峪失踪，至今未见踪影。

早上5:30，从左岸出发，上高速，朱雀口下，至朱雀森林公园大门，左手进乡村道路，往营盘沟方向，路边树木渐渐茂密，绿意盎然，打开车窗，一股清风携着凉意扑面而来，浑身舒爽。

一户户农家乐沿河傍水，古朴静谧；一面面旗帜在山中飘扬，悠闲随意；草叶嫩绿而鲜润，水流充沛而欢畅，亮丽的色彩在绿幕的大山，不由产生一种神圣的膜拜和心灵的净悦。

从营盘沟口到冰晶顶是非常成熟的路线，刚进沟，沿着河道一直往前，路旁树上拴绑着一个个醒目的飘带路标，坡度不大，我们前行速度很快。

茂密的阔叶林遮盖了阳光，走在湿漉漉泛着草木清香的山间小路，欢快地从一个个石头上跳过，从一棵棵横七竖八的大树下钻过，从潺潺流水间绕过，从山坳间盘旋转过，气息渐渐粗重起来。

路中央树上吊下一根六七米长的藤条，很结实，有人猿猴般敏捷，攀爬而上，摆出各种造型，有一瘦小汉子，竟然攀至五六米高，荡起秋千，下面一片惊呼。

随着海拔上升，到了箭竹林和其他树木混合区，茂密的箭竹把本身就很窄的小路完全覆盖，有些路段路迹不明显，必须在竹林中钻过，才能发现路的痕迹。

其实这种路，只要大方向是对的，找一条比较稀疏的林子穿过即可。

快到山梁，是纯箭竹林，山上起雾，气温骤降，雨雾蒙蒙，能见度低，取出冲锋衣套在外面，拿出一件抓绒给未带外套的同行驴友，几人前后照应着继续向前。

这一片竹林，面积大而茂密，路狭窄而隐秘，有些地方简直没有路，竹叶不停划刺着人们的肌肤，竹竿热情地阻挡我们前进的脚步。

转过山梁，眼前豁然开朗，满山的杜鹃五彩缤纷，姹紫嫣红，在路边，在山崖，在陡坡，在沟壑，纯白、粉白、粉红、玫红无不傲然独立，一朵朵，一片片，一个山坡接着一个山坡。

秦岭的高山杜鹃生长在海拔2500米左右的高山上，每至五六月，忽如一夜春风来，千枝万朵，竞相开放，开得急，也败得快，可能一夜间，一场暴风雨就会香榭花落，要想再开，只待来年，正因为瞬间绽放，更是惊艳卓群，众多驴友为目睹芳容，不得不早早打算，免得留下遗憾。

山脉空灵，花开无声，一个个手中相机拍个不停，只为把这自然大美带回都市，用经过风霜雪雨洗礼的高山杜鹃，用浓郁的山野气息平复喧闹的内心。

一块平缓之地，横七竖八几块木板，到了驴友说的小木屋。

小木屋是登顶冰晶顶非常明显的标志，从到这里的时间，基本上能够知道自己今天能不能登顶成功，如果太晚或体能太差，可以在这里休息补养，原路返回，至此，没有什么岔路和风险，再往上，就进入冰川石海，路迹不太明显，很易走失。

往上走了几步，在一个风势较弱的洼地，找一片草甸坐下用餐，西安的驴友也赶了上来围坐在小木屋前，各自发着感慨。

这些被圈养在钢筋水泥里的都市白领像饥饿的羊群奔向草甸，在这美妙的大自然中诗兴大发，引吭高歌。

连绵不绝、沟壑纵横的山脉在此一览无余，团团乌云悬在头顶，一直阴天，诡异地看着我们，心中不由默默祈祷：山神保佑。

巨大的石块在自然造化下组合成无数奇异的造型，或拙，或巧，或威猛，或灵秀，或携手，或独立，或引吭高歌，或低头沉思，在这片4世纪冰川遗迹的石海中，大多数时候，要收起手杖，或跳跃，或匍匐，或爬行，或迈步，小心谨慎地穿梭其中。

石海中行进，最易崴脚，而对于登山，这是致命伤，一旦崴脚，轻则影响行进速度，重则无法行动，只得等待救援。前几日在鳌太穿越中一云南驴友就是因为脚伤滞留引起失温而被冻死。

到了，冰晶顶被迷雾笼罩，一块凸起的石头上用朱红油漆涂写着"秦岭之巅"。与之相对，是"冰晶顶3105米"的巨石，四顾周围，漫无边际的茫茫石海，不知死活的杉树林，一道道若隐若现的山梁。

雨雾借着风势拼命地拍打脸庞，刚刚还热气腾腾的身子瞬间冰凉，顺着巨石寻找下山的路。就是这次不经意间的选择使我们在石海中多走了半个多小时的路程，而这半个多小时，体力的消耗和毅力的消磨是巨大的。

正确的路线是从巨石东南方向下山，我们却鬼使神差地从西南穿过一片杉树林极速而去，想早点摆脱阴云密布的顶峰，走了一段，发现离轨迹越来越偏，遂调整线路，又开始往东北方向攀升。这个过程，危机四伏，石海特别艰险陡峭，两位没有穿越石海经验的同行驴友，在后面战战兢兢，如履薄冰，我们一边鼓励，一边艰难前行，和轨迹重合时，深深地出了一口气，其实这条路比较明显，有许多俱乐部用红漆做的箭头标识。

事情常常如此，马失前蹄，大意失荆州的事往往在认为不可能的时候发生。

下山进入朱雀森林公园，一路山脉连绵，杜鹃花开，相伴相随，山谷满眼葱绿，缕缕花香，瀑布涟涟穿越云间，飞溅而下，如雨如雾沁人心脾，斑驳的山崖像泼墨般的国画厚重大气，潺潺流水唱着欢快的歌喧闹地向山外奔去，耳畔处处都是坠落的哗哗水声，走在景区路上，不由得哼起小调，越走越快，越走越急。

挟着自然的气息，舒展疲倦的身躯，让灵魂贴近自然，感悟自然之美，一路上，新的诱惑、新的体验、新的生活，就在眼前。

鹿角梁穿越纪实

鹿角梁位于秦岭腹地分水岭西南，海拔2700米，是牛背梁保护区西段的一段山梁，因形似鹿角而得名，也是长安区、宁陕县的分界线，高冠河的源头所在地。

鹿角梁人迹罕至，植被原始，冷杉林风骨峥嵘，大草甸山花烂漫，是至今保存最为完好的一方净土。

鹿角梁山势险峻，南坡皆为悬崖深谷，纵览群山，险峻壮观，山高云闲风劲。梁上草甸广阔，花草丰茂，沿山梁渐次登高。

——摘自百度百科

五一前夕，得知有一支队伍要穿越鹿角梁，怦然心动。这条秦岭经典穿越路线景色宜人，几次因故未能成行，遂和领队联系，希望参加此次穿越，完成多次擦肩而过的心愿，弥补作为户外老驴心中的遗憾。

网上交流，领队出于安全考虑，严格审核参加队员，以往都是熟悉的驴友，经常一起登山，身体及体能状况彼此非常熟悉，这次队伍里无一人相识，纯属独驴入群。

"你是70后还是80后？"

"60后。"

"这条线路强度很大，你可能不适合，我们对人员有要求。"

"建议你明天去医院做个体检，回头再说。"

这是个负责任的领队，明显是拒绝了我，不想留下遗憾，必须说明自己是个老驴。

"我经常参加户外，鳌山太白经常走。"

对方口气明显和缓，又说："这是风险自负、责任自担的AA制活动。"

"这事我明白，户外活动一直是风险自负、责任自担。"

"你可以参加。"

一块石头落了地，开始穿越的准备。先是网上收集驴友穿越资料，包括路程、景色、标志、穿越需要时间及注意事项，比较可能出现的问题及应对措施。

多年的登山穿越已经养成了事前预习准备、事后记录分享的习惯。特别近年来，身体比不上70、80后，更有朝阳似火的90后。在事前准备、行进技巧、体力恢复上更用心思，对膝盖的保护更加谨慎，眼看着身边一同爬山的老驴友渐渐稀少，一批批青年才俊加入户外队伍，能玩在一起的人越来越少，要想和年轻人愉快地玩耍，必须有一个好的体能和素质，用经验弥补体能不足，跟上队伍，绝不拖后腿。

想着可能年轻人队伍行进速度快，没有充分的用餐时间，遂决定以路餐为主，不开火。带烧饼、牛肉、卤鸡蛋、榨菜、小麻花、奶粉、苹果等速食，灌满两升水壶一个，900毫升保温壶一个，600毫升水杯一个，穿速干衣裤，带抓绒衣、冲锋衣。

闹钟上到3:40。凌晨三点就起床烧水做饭，灌满几个水壶，从冰箱取出食物，打好背包，4:10出家门，出小区发现路口有出租车等待载客，一路驶往体育场，到达时看表刚刚4:30，离通知的5:00集合提前了半个小时。

相约不如偶遇。每次户外，总能遇见几个久违的驴友，这次遇见一位资深驴友，相互招呼，这是在当地响当当，甚至是国内首批登上鳌山的为数不多的几个驴友之一，也是女驴友中的佼佼者。

5:10发车，6:40在眉县服务区短暂停留，此刻东方红晕，太阳像一个散黄的土鸡蛋，红艳艳、黄澄澄，夜的乌蒙仍未散去，包裹着，交缠着，透过车窗照在一张张迷迷糊糊、昏昏欲睡的脸庞上。

到武功服务区，车又停，驴友纳闷，只见司机连颠带跑地向厕所狂奔，副驾驶说司机肠胃不好，看这架势，真怕跑慢了到不了目的地。

太阳像一块反光板，开始泛起黄白的刺目光线，驴友们东倒西歪呼呼大睡，车子在高速上疾驶，有几位兴致勃勃地窃窃私语，可能是经常一起活动的驴友。自己则眯起眼睛，戴着耳机听着音乐，陶醉在愉快的旅程中。

一路几次周折，走了一段冤枉路，到秦岭分水岭时已经9:30，因时间紧急，领队积极联系看是否能找一个车将人们往里送一段，几次三番无果，遂决定立即徒步进山。

盘山路宽阔漫长，为找捷路，我们选择从灌木林中直插，这样体力消耗大，但节省时间。驴友们手脚并用地开始攀爬，走了一段，各个头顶冒汗，气喘吁吁。

到山门，几名护林员威风凛凛，守住大门：不能从这过，这几天有检查！好说歹说没有效果，上前私密交流想交几个钱过关，怎奈横竖不行。大家伙一合计，遂告退，又从西南方向攀爬，想绕过山门。哪知这几位紧追不舍，抄近路拦截，死活不让。

大家忙解释我们是跑了几百公里到这里的，希望能够通融一下，不行交点钱也行。说着说着有点急，自己说出我们不可能从那么远的地方跑来再回去。这句话像油锅里落进了水滴，激起了几人的性子，举起手机，边拍照取证，边咆哮呼叫着向我扑来。伙伴们见状又一阵安慰劝导。

好事多磨，再次踏上山路心情好了很多，转过弯道，豁然开朗，碧空如洗，一片湛蓝，朵朵白云飘逸，美妙变幻。碎石路在脚下按摩着脚踝脚掌，使走惯了水泥路面的贵足，像被腥腻泡涨的肠胃接受了一碗苜蓿搅团一样舒坦，揉搓着，磨合着，摇摆着，行进着。

重峦叠嶂，起伏连绵。一山势耸立，下大上小呈椭圆状，翠绿的松杉像块遮羞布层层包裹，只露荷花点点，如王母蟠桃鲜果，似娇乳挺立饱满。

瀑布飞流直下，将绿色山体冲出灰褐幕幔，跌落的水花溅起来弥漫整个山谷，树上、枝上、路上、花上、叶上处处水润，处处碧翠。

大美秦岭，步挪景异，对面山梁，一块若龟背驮石，倨傲向天，高高昂起龟头，嘴、眼、眉清晰可见。在阳光的照射下，经过万年洗礼和积淀的龟裂皮肤如战士的盔甲，栩栩如生，熠熠生辉。想是这只龟在此等候多少个日夜，才迎来朝圣拜山的驴友，不由得目不转睛，脚不挪步，直到同伴远离才依依不舍，一步三回头地匆匆追赶。

翻过道道山梁，不知谁喊了声："看，对面就是鹿角梁。"不远了，大家心里嘀咕，但老驴知道，隔山跑死牛，看着咫尺之遥，走起来却一两个小时，甚至几个小时。

太阳热情洋溢，甚至有些过分亲热，大家不由得戴上墨镜和头巾，看看时间，正值中午时分，停下脚步，短暂休整，喝水吃饭，自己带的路餐，很方便，坐在草甸上，看云朵飘逸。

几人吃过饭后，点起了烟，而且不止一人，这倒是我多年登山头一次见到。在原始森林，特别是高山，烟头可能比气炉明火隐患更大，因为明火在可控范围内，一般都会有挡风板，且选择平坦之处甚至石头上做饭。而吸烟不同，大多坐在舒适的草甸上，有些疲惫了，甚至躺在草甸上，稍一起风，火星落在草甸，后果不堪设想。

看着领队提出异议后，有些人并不配合，心中有些不悦，户外运动，安全第一，不只是人身安全，更要注意防火安全，这也是山门被拦的主要原因，我们在抱怨尽职尽责的林管人员时，想一想巨大隐患，值得反思。

随着海拔渐渐增高，开始在竹林中穿梭，修竹坚韧而热情，时常拦住去路，使你不得停下脚步。在接近梁顶时，我从左手一个比较陡峭的竹林向上攀爬，找了一条自以为的捷径。

后面喊着，这是条绕路，我仰头看看，是条绕路，再往回看，要退回去，好几十米，算了，往上爬吧，上梁再说。

失之毫厘，差之千里，人们往往如此，小的失误不改正，不修复，必将付出更大的代价。再往上走，路迹偏离越来越明显，到梁顶后，我只得从竹林中硬穿，向鹿角梁顶挺进，眼看着后队变前队，刚才还在我后面晃悠的几位靓丽的背影赫然醒目地指引着我前进的方向，登山就和生活一样，不走到头，谁也难说第一。

临近梁顶的一段几乎干拔，驴友们大多几步一歇。望苍天，辽阔渺茫，碧空如洗，蓝的令人心醉，忽而惊呼：看搓板云。

东南方出现一块如搓衣板、蓝白相间的云彩，让人想起浩渺大海中威武的海军战士。可能由于气流的原因，云在飘动，搓板在缩小，一会儿时间，像是暴怒的老妇收回罚跪的衣板，天上瞬间恢复了平静，仍旧是万里晴空，水洗的天空。

看脚下，路迹若隐若现，崎岖蜿蜒，沟壑连绵，巨石林立，若虎、若兔、若鸽、若老妪、若老僧、若猩猩，真一个巧夺天工的天然盆景！

梁顶的一块巨石，像是垒集的饰片，拦住去路，一层层错落堆积，黑褐的石片刀劈斧凿般雕刻出一个活脱脱前鞠的猩猩模样，抬眼望去，四目相对，憨厚愚拙的神情像是诉说着身居山野、远离伙伴的寂寞。

西边一块石壁，一段石桥，透过中间桥洞，峭壁悬崖、山野沟鏊赫然在目，驴友纷纷站在桥下洞中拍照留念，渺小的身影在空透的阳光的投射下如悬挂于空中的纸片，一幅幅照片像极了心灵手巧的民间艺人手中栩栩如生的剪纸，另有一番风味。

三块巨石像犬牙般和山顶脱离，伸出山崖，崖下万丈深渊，深不见底。巾帼不让须眉，一美女坐在最长最险的巨石端头，两腿吊悬于半空自由摇摆，看得人眼晕，领队疾呼注意安全，怎奈置若罔闻，调换姿势表情，拍个没完。

无限风光在险峰，要留下刻骨铭心的记忆，必要冒极大的风险，值还是不值，仁者见仁，智者见智。

再往南，一个活脱脱的金蟾，蹲坐在崖边，鼓起的双眼疑惑地打量着这群闯入其领地的不速之客，厚厚的背部隆起健美运动员才有的肌肉线条，极为漂亮。看着这只玉璞欲扑的天工之作，无不惊呼大自然的诡异神奇。

神似鹿角的南北峰风格迥异，若阴阳两界，北峰峭壁悬崖，巨石诡异，松杉耸立，南峰舒缓开阔，安谧包容。

柔软的草甸由于高海拔的缘故，没有一丝绿色，和山下的花飞凤舞、昂昂生机相比显得单调而落寞，但他们无怨无悔，仍旧年复一年地保持低调卑微的姿态仰望天空，喝彩花红，固守着这块领地，只待气候回暖，满山杜鹃飘香。

看景不如听景，虽然站在海拔2600多米的鹿角之上，却没有远远地仰望感受那么强烈，你一直以来翘首仰望他的雄伟、他的壮美。此刻，在你身旁，甚至在你脚下，就像恋爱中的男女，彼此仰慕，诉说衷情，一旦合二为一，整日厮守，倒少了一种敬佩，一种情趣，一种神秘。

大山亦是如此，此时，不是我们登上了山，而是山包容了我们，不是我们征服了对方，而是对方认可了我们，生活的乐趣由此而来。

虽然都知距离产生美的道理，但和你保持距离的人和物相对久了，我们会自问：这些和自己有什么关系？倒不如相守相伴来得实惠。我们登顶，对山峰的仰视和敬畏如果有所淡化的话，那是因为我们揭开了它神秘而美丽的面纱，如果由此而憾不去登顶，那才是终其一生的遗憾。

俗话说上山容易下山难，不是因为下山比上山费力，而是下山比上山更加危险。

这有两个因素，一是觉得已经成功登顶，大功告成，有了松懈，加之经过长途跋涉体力消耗很大，很容易产生头发晕、腿发软现象，如遇陡坡，对膝盖冲击力会加大。这时，要借助双杖支撑保护膝盖，增加安全系数；如果没有手杖，一定要放低重心，后脚掌用力，利用树枝、石头等稳定性好的协助，减轻膝盖压力，越是年纪大的驴友，越要注意保护膝盖。从鹿角梁到蒿沟的这次反穿，海拔上升956米，可要在短时间里迅速下降1775米，这是一个极大的考验。

陡峭的下坡像直立起来一样，这样的山路在每座山都有，被驴友戏称为"练驴坡"。

这段练驴坡上起来不易，下起来更难，比鳌山塘口段更为陡峭，但要容易下一些。如果遇上下雨，那就另当别论了。塘口段都是碎石，费膝盖，耗体能，这里都是土路，虽滑但可接受，下雨天这里就根本无法走，极易滑坠。

队伍渐渐拉开，下山主要还是安全，只要不停，前队和后队拉不开多少距离，大家都顾不上看景，顾不上说笑，两边都是灌木丛，也没有什么景致可看，只想早点下到底，走出大山。

一前一后的两个帅哥相向而来，疲惫不堪地坐在一块相对平缓的路旁石头上，打声招呼，前面一人抬抬头，张了张嘴，没发出声音，后面一位压根就没抬头。

一般在户外，驴友都非常热情，相互招呼，看这两人的神情可能是累坏了，懒得搭理或是无力搭理。一对情侣，也是重装，男孩在前，女孩在后，年纪都不大，估计要在梁顶扎帐，二位神情自如，好像体能不错。其实户外锻炼对恋人来讲是既省钱又高大上、有情趣的活动。既可以考察体能，又可以观察体贴；既可以山顶扎帐浪漫看星星，又可以草甸打滚玩新潮。这对喧闹都市中焦虑烦躁的热血青年来说无疑是既有品味又很实际的选择。

　　山里黑得早，在山里赶夜路是非常难受的，哪怕是大路。

　　记得有一年穿越傥骆古道时，顶着满天星斗，听着潺潺流水，走在华阳自然保护区的林区道路上，盘旋回转的道路好像永远也走不到头。夜里走路，打着头灯，照亮着几米远的地方，越走心越急，早没了月光下悠闲散步的闲情逸致，恨不得插上翅膀飞出大山，早早结束这熬人的山路。

　　在碎石灰土中跳跃前行，山崖上不时坠下石块、碎石，抬头观察无险情后急速通过。河道渐渐变宽，清澈见底，忍不住掬起水，洗去一脸的汗水盐渍，顿觉神清气爽，坐在河道磐石上，等后来的驴友。

　　终于有了人家，看见路口有卖香椿的，几位驴友纷纷上前购买，这是真正的无污染纯天然食品，他们卖香椿时，我和一位同伴又迈开脚步向山外走去，到达路口时，已经20:10，穿越全程历时10小时10分钟。

太白二章

端午平安寺

平安如意是心中所愿、梦中所求，驴友们常借平安寺寓意，祝福自己，祝福家人，也祝福普天下亲朋好友平安康健。

平安寺四周峡谷深幽，峰峦叠嶂，千峰竞秀，万壑藏云，平安云海霭雾缭绕，云雾翻腾，时隐时现，变幻无穷，身临其境，确有飘飘欲仙之感，无愧太白八景之谓。

无限风光在险峰，想观美景，必登高峰，在秦岭北麓无论从柴胡村，还是从羊皮沟向上攀登，出不了几身汗你就别想！

但对驴友来说，这种自虐，这种酣畅淋漓，是一种快乐，当疲惫至极哭爹喊娘时，对天发誓，打死再也不会犯病受这罪、干这活了，可一旦随着海拔一路下降，走出峪壑峡谷那一刻，回望雄阔伟岸的峰顶，哪根筋又不对，或自言自语，或相互招呼：下一次，啥时来？

自虐是一种病，不好治。

今年端午，又上平安寺。当我们从羊皮沟经过近6小时的不断拔高，汗水沁透衣衫，几近蒙蔽双眼时，两棵直插云端、不知死活、坚挺傲立、被驴友称为消息树的苍松映入眼帘，平安寺到了！

这次速度很快，到顶还不到下午4点钟，先到达的驴友开始择地扎营，想着后面还有来自全国各地几十号人马，不敢怠慢，抓紧安寨扎营。

不一会，五颜六色的帐篷扎满了平安寺不大的院落，各地驴友南腔北调地抒情怀，发感慨，摆拍合影。

遥望天空，碧蓝清澈，朵朵白云，缥缈变幻，如霓裳纱衣，随意组合成曼妙画卷，天地相接处，满目青翠，一座座山峰，逶迤连绵，像亲密的弟兄，手挽手、肩并肩，高耸云天。偶尔的几块高山草甸，如绿毯铺地郁郁葱葱，野花随风摇曳，各自舒展，阳光下更加夺目耀眼。

年轻人的到来给这寂静的大山带来了活力和激情，整个平安寺人声嘈杂，渐渐沸腾。

空灵的山野承受不了如此的喧闹，乌云密布铺天盖地而来，顿时电闪雷鸣，大雨如注，将这伙青春四射的俊男靓女一次次赶进帐篷。

大山给予提醒，前面路还很长，为确保平安，需张弛有度。

钻进帐篷，打开营地灯，紫红帐篷，乳白灯光，灰红睡袋，银白色防潮垫，成就了和谐的平安之夜。

帐外雷鸣雨声，时脆时柔，时缓时急，时大时小，雨珠从外帐或倾泻而下，或慢条斯理画出串串影线。

人为自然之子，自然寓意深刻地指导人类的行动，当一个个睡意渐起，懵懂迷糊时，雨却住了。疲惫体衰者动动身子，有心无力，精力充沛者，又蠢蠢欲动，遂钻出帐篷，大声呐喊，畅快淋漓，待再疯狂时，又招来一阵暴雨浇头。

无奈返回帐篷，和着音响，伴着风雨，低吟高唱，歌声飘荡山野，萦绕心间，久久不息。

就这样，反反复复中，平安寺收留了一颗颗登山者的朝圣之心，给他们希望与激情。

是的，人生在世，平安是福，平安知福。

极度深寒

生命的快乐在于心灵体验，体验的魅力在于崎岖的过程。

历经艰辛达到终点时，旅途的疲惫已被痛并快乐着的情绪所替代，征服的喜悦使自己更加自信，这种自信推动着工作和生活，让我们更加珍惜拥有的一切，更加努力地奋发拼争。

登山时体力的困苦，自讨苦吃的哀怨，将临绝顶却峰回路转顶峰依然遥远的绝望悲观，如飘逸云海般消失的无踪无影，急急地计划下次攀登。

迎着百年不遇的大雪，踏上了穿越之路，蕴藏着几多风险和艰难自己都难以预料，2008年春节的这次秦岭主峰太白山北南穿越经历的惊险和挑战至今刻骨铭心。

参加此次穿越的有七男三女共10位驴友，最大的55岁，最小的16岁。

从鹦鸽南源小学出发，顶着凛冽寒风，一路慢上，雪越来越厚，路越来越陡，刺骨钻痛，走起来疲惫无力，停下来瑟瑟发抖，渐渐地，浑身开始发热，汗流气粗，心博亢进，两腿如铅。手脚并用，不停地走，不知道有多远，不停地走，不知到哪是终点，只有咬牙，只有坚持。

队伍逐渐拉开，戴着头灯孤身行进在原始森林、空旷山野，忘记饥饿、忘记恐惧，只有不停地追赶，到达平安寺时已晚上9点多钟，饥渴难耐，疲惫不堪，抓紧化雪做饭，今天走了整整11个小时。

这是有生以来第一遭，太慢了，太急了，太累了，转眼看着一路跟随、步步不离的儿子，内心一股暖流，本想让跟着锻炼一下，现在看来未免有些残酷，但他的表现又着实让我发自内心的高兴，甚至有点敬佩这小男子汉，平时总要接受呵护、关心的儿子长大了！

第二天早晨，不到6点就起床，热水实在珍贵，拿雪擦了擦脸，嚼了木糖醇就算了事，简单用餐出门合影，山上的太阳光洒在皑皑白雪上格外耀眼却无一丝暖意。

路程更加艰险，而且迅速拔高，在海拔3000米以上长时间行走，体力消耗非常之大，高山反应随时发生，没走几步，开始刮起小雪，如沙砾，如针扎，扑面而来，卷着风，裹着雪，吹得人摇摇欲坠，彻骨透凉。戴好帽子，紧紧衣服，拉拉背包，躬身前行。

步子越来越急，雪越下越大，没有言语，忘记疲惫，只听见厚重的脚步声和急促的喘息声。彼此距离不是很远，彼此呐喊还能听见，身体需要休息，疲惫已到极致，但见愈行愈远的背影，听着渐渐无人的回音，飘荡在山谷的凄凄之情让你不由加快步伐。

平时自感体力不错，但呼吸越来越急促，步子越来越沉重，走两步就想停下来。儿子一直跟着我，不停鼓励我，离开队伍只能越走越难，越拉越远，就这样爷俩在后面不停地追赶队伍，快到文公庙时天已漆黑，陡坡上结满了冰，侧面是刀劈斧斫般的万丈深渊，隐隐听见同伴呐喊：小心危险，打开头灯加快步伐疾步向前。

初次参加的老刘呐喊中夹带着绝望与恐惧，执意要在石崖下扎营，不由得心里发寒。这是此次年龄最大、令人尊敬的兄长，受这份罪于心不忍，但现在已没有退路，只得大声鼓励，这么寒冷的天气赶不到营地等于自取灭亡。

好在攀上最难的一段，大声呐喊再没有了回声，终于到了！

闪进文公庙，放下背包急切地寻找，刘哥缩在墙角，脸色苍白，浑身发抖，赶紧给吃了感冒药，加了羊毛衫，喝了姜片葱胡汤，压上冲锋衣，喝了几杯开水才让睡去。几位驴友有轻重不同的感冒或高山反应，明天还有更长的路要走，边化雪水边看着昏睡的老哥，直到鼾声四起才放下心来。

天亮再说！

依稀梦中惊醒，笨鸟先飞，想翻身起床，躯体却像僵尸般，几经努力才起身，准备早餐。看着跟我而来的一老一少，说不出什么滋味，是感染了别人还是连累了别人，心中一阵酸楚。还好，老刘是一个天生乐观的人，一缓过来又哼起了他那拿手的秦腔小调。

赶往大爷海这段，雪深过膝，艰险异常，冰冷湿滑的松林石海时刻埋藏着危机，在石海上步履蹒跚，随时有人滑倒，深不可测的陡壁山崖，大大小小的石块让人不寒而栗，每一次跌倒都让人揪心，一位驴友跌倒让同伴惊叫出声，近40斤的背包带着人向下滑去，左手死死地抠住了一块救命的巨石才止住了下坠。第二天手撕心的痛才发现指甲都已劈裂。

下到下板寺，群情亢奋，终于看到希望，似乎马上可以回家了，可厚厚的积雪。坚硬的水泥路面让走惯山路的脚极不适应，没走几步亢奋的情绪便消失殆尽。

依旧是低头不语，依旧是默默无言，太阳落下，月光初升，人们摘下墨镜，打起手电，收起笑容，戴上头灯，默默地行走，不知何时是头，盘山公路蜿蜒曲折，脚下的步子愈加沉重。

世上本没有路，走的人多了，也便成了路，驴子们开始拾便宜路，从公路的外侧平常一看就头晕、布满藤条荆棘的羚牛路一路下滑，后面的驴友眼看距离越来越远，咬牙跺脚、连滚带爬地下了山。

路明显短了很多，但露营地仍不知在何处。这时离出发已近10个小时，后面收队追上来说有人受伤，放下背包回去接应。

晚上9点多，行进了近13个小时的队伍终于停止了脚步，敲开了红河谷太乙山庄的大门，值夜的一对老人热心地烧了开水，汩汩暖流浇灌着干渴难耐的嘴唇，冰冷的肠胃也开始复苏，端上热气腾腾的烩面片时，幸福的定义如此简单。

浇上红艳艳的油泼辣子，哎，神仙也不过如此，吃完饭本想喝点水钻进睡袋暖和一会，谁知竟浑浑睡去。

一觉醒来，大家欢歌笑语，几步路便到了景区门口，急速向县城奔去，受罪回来归心似箭，背上背包，戴上墨镜，顶着满街异样的眼神打道回府，结束了春节的穿越之旅。

一次艰难的旅行，一次难忘的记忆。

天台山

都市待得久了，到山里转转，做短暂放松。山里的一草一木、一河一水，无不充满活力和生机，使人流连忘返。博大雄伟、叠嶂连绵的大山，像巨大的净化器，过滤都市的喧嚣，涤去疲倦与焦虑，唤回青春朝气。

从正沟水库伴着潺潺流水一路拔升，两边峭壁耸立，遮天蔽日，路上鲜有人走，野草灌木不时拦阻，挥起开路砍刀剁枝去杆。遇到"倒拉牛"的勾刺，手臂上被划出道道血痕，挂在衣服上，越拽越紧，不得已只有后退撕扯下才能前行。秋日的阳光透过崖壁的枝叶挥洒下来，闷热的峡谷像一个蒸笼，汗水不住地流下来，山旋回转间，感受到一丝丝凉风，顿步享受，体内的燥热从偾张的经脉中积极地寻求出路。

沿着河道崎岖前行，有时在河东，有时在河西，被河水冲刷，布满青苔的石头给过河带来极大的隐患，稍不留意，就会坠入河中，虽不至于有生命之忧，但崴脚甚至摔伤很是常见。

拔升这段陡坡，有一片开阔地，是烧香台，也是天台山山门所在。

天台山人文景观丰富，有神农祠、烧香台、伯阳山、炎帝骨台寝殿、老君殿、玄女洞等10处，以及天台莲花、天柱峰、磊磊石、鸡峰山等奇丽多姿的自然景观，其中主峰天台莲花顶海拔2198米，三峰排空，石莲映天，人称"三味出奇花"，为古时宝鸡八景之一。

据说老子曾在天台山讲道，如今天台之峰有道家尊崇的祖庭"玄都"，山脚有"玄关"，人称"老子骑牛过玄关"。

据《宝鸡县志》载："周尹喜为散关令。"在尹喜故宅里，遗有老子给尹喜授经的"说经台"。老子的《道德经》是应尹喜之请，经老子"语之伍千言"，由尹喜"过而书之"。

也就是说，在被传为老子讲经的楼观台之外，天台山也是讲经之所。老子骑牛过玄关的玄关如今仍在悬崖峭壁上，远远望去，像是空中楼阁遥不可及。转了几圈，寻见一小路，手脚并用向上攀爬，一块巨石如龟背中间隆起，两边是望不见底的悬崖。贴着龟背向龟头移去，到一块能站三两人的平地，几棵松柏在崖壁坚毅地生长，缓一口气，往上一望，一条隐隐的小路像挂在天上的直梯一般，感觉一阵眩晕，忙低下头，嘱咐同行女士，往上太危险，你就在这儿等，不要再上了，我们走一段看不行就会返回。

紧贴崖壁，手攀树枝，频频小步挪动，向玄关逼近。

玄关依山石而凿，里有老子像，最多容一人的狭窄石洞，外面能容三两人的平地让同伴照相不敢后退，祭拜了老子像，战战兢兢地返回，多了对老子返璞归真，大道至简看似简单、实则玄机深奥的敬畏。

天台山之景美，更有许多美丽的传说，和足可佐证的历史印记。

据说天台山建造于西周年间，蜀地有一个九楼村，村上有一位九员外，吃斋行善，名扬四海，年过花甲，堂前无子，只有9个女儿，最小的名玄女，家父做主许配给邻村郭员外之子为妻。

结婚这天，八抬花轿迎娶，九玄女走下轿来，轻撩红纱，微露红颜，顺着红毡铺地、芦席盖顶的长廊而入，用一双慧眼瞧看郭公子，暗想，此人相貌凶恶，动作乖张，必不善良，岂能配他。于是，灵机一动，唤伴娘端来一碗清水，含一口喷向空中，霎时下起了红珍珠来，看新娘的人群，争先恐后地抢拾珍珠。

九玄女趁机化作一道红光，从空中穿过，直到村头大桂树下，恰又碰到一个骑白马的人。此人姓黄名叶，原是黄飞虎之后裔，自幼学就文武双全，不愿做官，弃家出走，云游四方，踏遍不少名山大川，原想拜一名师学艺，唯因时运不佳，终未求得。夜住店偶作一梦，梦见一新娘在花轿里向他招手，还隐约听见喊他的名字，口念："天台修庙你有缘，喜逢千里今会见，同伴驰奔雍州地，天台山上建奇绩。"当闻声向花轿扑去时，突被惊醒。自觉奇怪，早起向店家问明去郭家村的路径，便策马而来。来到村头，只见大桂树下站着一位如花似玉的女娇娥，貌若天仙，心想，莫非果真遇到梦中人？

九玄女打量此人，二十多岁，眉清目秀，脸白唇红，眉宇间隐约透出一道白光，相貌非凡，俩人一见钟情，情投意合，同去雍州，九玄女骑上白马，黄叶后随。

一天，到了宝鸡姜水之滨（原雍州地）。当晚住在兴善寺里（即瓦峪寺），九玄女问黄叶，黄叶跪拜叩头，口称师尊，详述了自己的来历。

翌晨，九玄女和弟子黄叶从兴善寺出发，一直走到烧香台前，他们谋划在这一带修建六座寺院：瓦峪寺、毗芦寺、灵山寺、向山寺、阳黄寺、高家寺。

又翻山越岭来到莲花顶北望，这里是一处开满奇花异草的平川，东西各有一条小溪，苍松翠柏，竹木参天，古桦青松和千年老藤比比皆是。溪岸坡上开满了桃花，真可谓双涧似澜，花开似锦，天照福地，神农药山，四面峰峦叠嶂，恰似莲花初绽。天台山上生莲花，莲花蕊上筑天台，两人赞叹不已。

晚上住在老君顶下的石洞里，九玄女画了一幅天台山全景图。设计妥善后，两人忙奔走在岐、陇、宝、凤、千等地化缘布施。不久，五会首资助修建天台，兴土木、运砖石、破土动工。

在修建时，黄叶的白马因驮运物资有功，死后就埋在途中，此地曰：白马观。

　　彼时的白马观现在已经修成了水泥台阶，从烧香台一路到达，无论老少都可以到此一游。从此处往上还是原始的小路，其实在山里，走在洒满落叶的小路上，感觉比水泥路好得多。一边蓄水的马槽孤零零地被遗落在路旁，在马槽边的一片开阔地，新修了一座庙宇，但还未完工，算是对白马的祭奠。

　　后来，一对恋人的执着感动了玉帝。有一天，天台莲花顶上，红日霏霏，雾霭霓霓，风开云散之处，忽听高空弦乐交响，郁香阵阵，云头出现一天使曰："玉帝旨到!封九玄女为九天圣母!"九玄女赶忙接旨，叩头谢恩。

　　后来不恋天宫恋人间的九玄女重又转世，到人间体察民情，修炼正果，为民除害，天台山所存庙宇和天然美景，皆为九玄女修筑和点缀。

　　过白马观，一片草甸，水流潺潺，众人卸下行装，取出气炉，各自开火做饭。在户外，做饭也是一种乐趣，但要时间允许，有时走的急，根本没有留下做饭时间，只能用些路餐。路餐以烧饼、面包、火腿、牛肉等为主，路上还可以带些葡萄干或巧克力之类以便随时补充能量。遇着时间允许，又有山中清泉，煮一壶茶，细酌慢品甚是惬意。

　　天台山是天然的优质水源地，山下有清泉多处，尤以传说中炎帝沐浴过的九龙泉最为有名，水质清香甘醇，古封为"圣泉"。我们起步的正沟水库山清水碧，也是绝佳水源。

　　一路连香树、水青树、太白红杉、冷杉等茂密树林，杜鹃花、朱砂玉兰、紫牡丹等名花异草相伴相随，蝶飞鸟鸣，草木青青，大地密林的湿润缓解了行进的疲顿，随着鸟鸣欢快地迈开脚步，匆匆前行。

　　不知谁叫了一声，看壮阳石。抬头一开，远处一块巨石耸立，下粗上细，圆润饱满，活脱脱一个裸露的雄健男儿阳具，那是力量和生命的昭示，坚挺、自然、张扬、随意。

路途很长，不太艰险，一出高家河，绿油油的麦田错落有致，油菜花开满山坡，黄绿相间，小花点缀，好似美妙的油画，弥漫着丝丝泥土的清香。

远远望去，城市被浓浓的大幕遮掩，若隐若现，几十万人生活的都市，工业污染、生活污染让老天无法承受，又通过食物、呼吸、水源以及愈加严重的温室效应反馈给我们，人类在创造历史的同时也在不断毁灭自己。

享受丰裕物质的城里人接受污浊的大气，而物质相对贫瘠的农村则享受着明媚的阳光、新鲜的空气、泛着麦香的原粮和悠闲自在的生活。

这，或许是天意。

白云峡日记

这是一条始于秦岭北麓太白县东北30公里处白云峡口，中途翻越海拔3100多米秦岭主脊，止于秦岭南麓的核桃坪村的高难险经典穿越线路。

全程分北、中、南三段，以北段最为陡峻，最为崎岖，也最为艰险。此段从海拔1060米的白云峡口一路拔高到3100多米的秦岭主脊，始终在峡谷河滩中行进，在高山陡坡乱石堆中攀登。中段自秦岭梁顶到大垭口，与鳌太穿越线路同行，沿秦岭大梁行进。南段从海拔2920米秦岭大垭口下降至1450米的核桃坪，一路下坡，穿行于密林峡谷间。

整个线路要走长达几十里的乱石河滩，淌过数十道湍急河流，手脚并用攀爬于乱石河道，经过布满陷洞、暗含杀机，野生动物活跃的原始森林，百公里无人区。

景色之美，强度之大，难以言表。

正如多次穿越鳌太的"太白游侠"游记中所言：

"白云峡—核桃坪徒步穿越较之太白山—鳌山徒步穿越条件更为艰苦，难度、强度更大，对体能、意志力要求更为苛刻，一般驴友难以胜任。穿越线路在地图上直线距离45公里，实际穿越行程90公里左右，一般需要4天左右时间，如遇天气恶劣情况则更难确定。"

2010年6月14日　星期一　晴

2010年6月14日，利用端午节放假，七名驴友相约穿越，从市区出发，上高速，在蔡家坡下，经高店到眉县，转姜眉公路，车在斜峪关停歇，下去买两个大饼，沿姜眉公路，9:30到达白云峡口。

一行人下了车，与司机告别，跨过公路，顺土路往峡里走。

天蓝草碧，水流潺潺，云飘蝶舞，花儿绽放。一朵朵白云，如仙女，如鲜花，如鱼鳞，随风变幻，飘逸洒脱。有时，像追逐的痴情男女，像放学的读书郎，追逐嬉戏；有时，像冷峻的哲人，蹙眉闭目，陷入沉思；有时，像搭弓射箭的丘比特，向心爱的姑娘射出定情的种子。

一路走来，喧闹都市的嘈杂渐渐远去，向自然回归的力吸引着急快的脚步，清闲而舒适。

山崖下有一座房子，房前有几处水池，一老汉正在屋内，我们进屋聊起来。

老汉面色红润，矮小精瘦，鹤发童颜，身轻矫健，戴一石头镜，噙着铜烟锅。

一打听，老人姓刘，今年82岁，1929年生，原籍四川，落户在桃川，在这里看护鱼池，儿子每周上来一次，带点吃的用的。

在碧水蓝天的深山幽谷修身养息倒是不错，可我们多虑，老人已经80多了，万一身体有个状况，身边连个人都没有。想想城里的老人，早已颐养天年，哪条件好住哪，哪离医院近住哪。

反观这位老者，身子骨硬朗，吧嗒吧嗒抽着烟锅里的旱烟，悠闲自得，若神赛仙，真羡慕老人健康的体魄以及平和的心态。

如今看来，无论达官贵人、市井小民，还是山野老农，各有各的苦，各有各的难，各有各的幸福，各有各的欢乐，不攀比，不焦虑，懂感恩，易知足，是快乐的本源。

鱼池清澈见底，养的秦岭细鳞鲑，逍遥自在，尾尾可数。

白云峡保留了中国乃至世界上极为罕见的纯自然状态山涧溪流生态系统，使得珍稀细鳞鲑能世代繁衍，绵绵流长。

和老人照了几张相，询问得知桥底坪距此40里，就此挥别出发，踏上真正的穿越之路。

不多远，一条十几米宽，流速湍急的河流横在眼前，挡住去路，几人分头行动，想找个好过的地方，但河道窄的地方流速太急，水缓的地方河面又宽，有人索性穿鞋挽起裤腿，选择水缓处过河。

户外过河，险相丛生，特别是有些石头布满绿苔，很滑，稍不注意，就会湿身落水，此次都是重装出行，更要多加小心。

不想湿鞋，扎紧背包腰包，踩着石头过河，在迈过一块石头跨越时，松动的石头使自己失去了重心，身子一斜，随着湍急的水流惯性，险些跌倒，紧跟我的"小强驴"一把抓住背包，将趔趔趄趄的我固定。

在奔腾汹涌的河道摔倒是大忌，极易发生危险，虚惊一场的我们前后呼应，互相搀扶，很快过了河。顾不得感叹惋惜，抖抖腰包里的水，看看相机和手机都被打湿，取出电池，听天由命吧。

白云峡就这样冷着脸，给我们来了个下马威。

沿弯弯曲曲的峡谷继续前行，不时趟水过河，两侧百余丈的峭崖绝壁，绿色植被将整个峡谷包裹的密不透风，一下午就这样在河里趟来趟去，在石头上跳来蹦去，在峡谷中来回穿梭。

天空晴朗，烈日当头，峡谷无风，湿热憋闷，头顶太阳晒，脚下石头蒸，加之重装，大家汗流浃背，顾不上擦，汗水蜇得眼睛生疼，用手一抹，满脸盐粒。

刚开始，嘴里默默念叨，过了一条河，两条河。到后来，渐渐麻木，也不脱鞋，见水就下，见河就过，鞋和袜子始终是湿的，脚掌被河水泡的泛白，像久不见光的深闺娇娘。

河滩乱石无止无尽，艰难行进，不知何时是尽头，前方突然出现一个人影，对，不是幻觉，是人影。

走到近前，一位太白县野生动物保护站的工作人员，四十来岁，清瘦干练，手拿一木棍，提一瓶水，像是闹市漫步，散漫自由，他每天的主要任务是转山巡查，保护秦岭野生细鳞鲑及其他珍稀动植物，预防盗猎行为。

交谈休息中，我们知道他一天要转多少次山，走不少路。在都市人看来，在山清水秀、景色宜人的大自然中游山玩水多么惬意，但他们的辛苦，他们的寂寞，他们的坚守，无不值得我们尊重。

越往里走，越加险峻，峡谷两侧峰峦叠嶂，山水相依，林木葱茏，景象万千，山因水而俊秀，水依山而妩媚。放眼青山绿水，千峰万壑皆成美景，碧流飞瀑尽显奇观，置身峡内，林涛阵阵，水声轰鸣，鸟语花香，令人心旷神怡，流连忘返。

下午两点多，我们按野保人员说的在西峡河道旁边的树林间找路。前方河道分岔，丛林里路迹模糊，人兽共行的小路，枝叶纵横，蛛丝挂脸，背包不时被枝蔓蹭挂。横倒在路中央的朽木，四处暗伏的藤条像一个个索命小鬼似的逼你低头弯腰，匍匐而行，越是悬崖陡壁，越多障碍阻隔。但为避免过河，我们只得诚服弯腰，这才是挑战的开始。

"太白游侠"后来记录说：

"徒步走了些年头，从来就没走过这么长的乱石路。脚始终就没离开过石头，一直在石头上踩来踩去，初时脚还能适应，久之，脚软石硬，脚底板被压迫成硬面，缺乏弹性，越走越难受。我看看那河滩乱石就没个边，心中非常困惑，啥时候是个头。"

前方出现几位村民，每人扛一把镢头，背个包，来到跟前，是早上进山挖药的老乡，他们主要是挖野参、猪苓，今天一无所获，准备在山里过夜，明天继续挖。

再次询问去桥底坪的路线以及过桥底坪后路的走向，得知沿河道右手走，一直走就可上到秦岭梁上。

谢过他们，继续赶路。

随着海拔不断升高，河道更加狭窄，河床不断抬升，河中的石块逐渐变大，石块的表面变得粗糙，似饱经沧桑的丑恶面孔，淡漠冷峻地盯着这些闯入领地的人们。

东峡分流后西峡水流变小，有些地段不需要徒涉，直接可从石块上跳过去。

今天本来计划选择在两岔河口的桥底坪宿营，下午6点半，离岔口下游约一公里的地方有一处杨树林，地势比河床高，也比较平，这样的地形在峡谷里很难找，且取水方便。

商量后，决定在此就地宿营。

放下背包，开始找地方搭帐篷，帐篷搭好，做饭吃饭。

围坐在篝火旁，扯闲聊天。对今天的行程不由感叹，白云峡行路之难，难于上青天，大家异口同声说鳌太穿越的路比白云峡好走多了，两者不在同一档次。

今天走了38里路，用了8个多小时，我们的宿营地海拔1450米，较之沟口高度上升390米，明天高度会更高，河道会更窄，路可能更难走，到底是什么情况，骑驴看唱本，走着瞧吧！

天色漆黑，星光寥寥，峡谷中河水咆哮，禽兽嘶鸣，不绝于耳。

2010年6月15日　星期二　晴

早上5点钟起来，收拾好帐篷，开始做饭。

经过一夜休整，体力得以恢复，心情不错。"太白羚牛"端着一碗酒，对着大山，合掌拜了三拜，一敬苍天，二敬山神，三敬水神，祈求保佑，衷心预祝我们驴途顺利。

7:30启程出发，8点来到西峡分岔处，河水分两岔，一条往南，一条往西。这里应该是桥底坪，但我们丝毫没见到村庄的踪迹，河道附近也没有一块平地。

过河后攀附到右侧的山冈，到顶上未走几步，一座村庄的轮廓展现在眼前，桥底坪到了。

桥底坪海拔1500米，坐落在白云峡西峡右侧的一处高岗平台上，沿河岸坡状分布，长约一里，宽约30米，原有十余户居民，以种植打猎采药为生，1958年全部迁徙，原有农舍早已荡然无存。

废弃的村庄中有石砌房基、石墙、排水沟等人工痕迹，周围到处是遗弃耕地，经过数十年演变，草木丛生，遍布苔藓，形成了新的森林群落。

1936年2月28日，红二十五军七十四师翻越风雪茫茫的太白山，来到过桥底坪，经过半个多月的艰苦征战，突破敌军四五个团的围追堵截，胜利返回到宁陕、佛坪地区，于东江口做短期休整。

同年6月，陈先瑞率领红二十五军七十四师一支队伍，经核桃坪，翻越太白山，横穿西峡谷，顺泥巴营来到桥底坪，其后从白云峡出击，出桃川杜家庄，趁雨夜歼灭了作恶多端的桃川民团。

站在桥底坪村庄遗址前，抚今追昔，无比感慨。桥底坪曾有过的文明，曾有过的田园般的生活景象，也如同时空一样，淹没在历史的长河之中，事过境迁，沧桑巨变，只有遗址尚存，供人观瞻怀旧，凭吊。当年红军将士几经跋涉留在秦岭青山绿水中的英雄足迹，在人们心中永远留存，难以忘怀。

过桥底坪，流水潺潺、草木青青之处，发现一个完整的羚牛头骨，再走几步，又一个岩羊头骨，也算意外惊喜。

这里林海茫茫，起伏叠翠，是野生动物的主要活动区。

河道两侧都是陡峻的山坡和密林，没法走，只能沿着河道右侧树林向上攀，沿着野兽走的路不断上升，兽道上动物粪便比比皆是，乔木、灌木、藤本、菌类等奇花异草、名贵药材共同生长，是典型的天然动植物园。

上午11:40左右，前进的方向开始出现小瀑布，需要手脚并用才能从旁边山坡绕过去。"太白羚牛"经验丰富，边开路，边提醒队伍保持距离，注意节奏。

沿河继续上行，下午1点多，出现一道十多米高的大瀑布，周围都是绝壁，只有靠右侧有一面七八十度的陡坡，上面长满了灌丛。我们发现坡上有动物抓爬的痕迹，估计有动物走过，于是，拉开距离，借助树木枝条，一步一挨向上攀爬，扭头下探，与瀑布几乎直上直下，一个个像悬在空中的蜘蛛人。

两旁峡谷峭立，尖削如利剑般直刺云天，山峰如刀切斧砍般齐，大自然的鬼斧神工造就了高耸的泼墨岩，河滩上裸露着大片大片的石头，上面的苔藓呈现红铜色，无比绚丽，也无比沧桑，我们的视线始终被山峰所吸引，所阻隔。

一路上背包不时与树枝、岩石蹭挂亲吻，横七竖八的树干形成路障，我们或跨，或跃，或钻，或蹲，或趴，八仙过海，各显神通，一个目的——安全通过。

白云峡有两绝，一绝是石头，一绝是水。

这里山水相依，山离不开水，水离不开山，山有多高，水就有多高，峡有多长，水比峡更长，山环水绕。流水始终缠绵着你，有时涓涓细流；有时湍急咆哮；有时飞流直下；有时潜流石下；有时飞瀑如帘。

在这里，西峡突然来了个180度的大转弯，直对正南。这时，清晰地看到上面的秦岭梁，梁上的"拴马桩"近在咫尺，脚下的河流变成了默默流淌的溪流，少了喧闹声，整个峡谷突然寂静下来，使我们很不适应。

按老向的计划，今天要上到秦岭梁，但路途的艰辛使得计划不能兑现。

下午两点多，我们来到最后一个河岔。西峡在这里一分为二，东边那条河有水，但需上一个小悬崖。西边的河是条干河，没水。老向选择了干河，大家将所带容器灌满了水，又开始艰难的上攀之路。

干沟是条间歇性河沟，平时干枯，下雨流水，沟中布满灌丛和大小不等的砾石块，沟坡陡峻，一般在70度左右，海拔最高处梁顶在3200米以上，沟两侧是隆起的山梁，山梁上的植被随海拔高度递减。

沟中有因暴雨或雷击滚下来剥离新茬的石块，交错叠压。有些石块不稳，脚蹬石块时晃晃悠悠，前面的人轻抬腿，慢落足，小心谨慎，不时提醒后面的人，防止滑跌。

艰苦的攀爬从下午两点一直持续到下午6点，从早上出发到这里，高度上升了750米，一路走来，体能的消耗使我们备感艰辛，大家鼓起余勇，拼命攀爬。

每迈高一步，身体都承受沉重的压力，这种压力使身体发热，只有排汗才能维持体内平衡。头上的汗珠跌落在石头上，摔得粉碎，擦不及；身上出的汗把衣衫湿透，每向上移动一步，都是汗水和体能的付出，但没有一个叫苦叫累，没有一个发出怨言。

山沟两侧长满了落叶松林、桦木林和金背杜鹃灌木林，林中路障多，难以通行，行进中不时要避开险处，绕开巨石，站稳脚跟。砾石高了，跨上去吃力，还要手脚并用才能爬上去。

直到下午5点半，我们还在右侧的一面山坡上的密林中徘徊，寻找宿营的地点，找了半天，也没找到理想的宿营地，坡太陡了，哪来的平地。

这时，天空飘过来一片乌云，落下星星雨点，时间不允许，必须就地宿营。

18点，攀到海拔2600米的高处，离顶峰仅剩下数百米，从早上出发到这里，高度上升了1150米，站在高处，眼望前方，我们来时白云峡两侧的高耸山峰已被我们踩在脚下，走过的河道已被远远地抛在后面。

山高人为峰，自然的山峰人能征服，心中的理想，人却不能逾越。

老向下到干沟中，寻找宿营地，不一会下面传来声音，说可以搭几个帐篷，有柴火。这时大家伙体力已经透支了，疲劳感上来了，一步都不想动，但不行。

于是，大家伙返回到沟里，自己和"太白羚牛"、"小强驴"

三人在一块磨盘大的石头上搭起了帐篷。

石头向沟底倾斜，把帐篷扎好，因无法打地钉固定，就把绳子拴在旁边的石头和树枝上。老向在上面把沟边的杜鹃树枝杈锯了些，勉强挤着搭了帐篷，"穿越"和老李在一个窄长的石头上搭了帐挤在一起。

沟里扎营，本是大忌，但几个老驴都心照不宣，有时，没有办法的办法，也是办法。

石头坑洼不平，坚硬锐利，头高脚低，好像立着，腰下又垫又埂，翻来覆去，换到哪个部位都不舒服，身子又是斜的，随时可能滑落。

没办法，我把双手反过来，越过肩膀，扣住石头，不至于滑下去，这样反复折腾，不觉天明。

2010年6月16日　星期三　晴

今天是端午节，早晨6点起来，收拾好帐篷，继续顺干沟攀登。7点半出发，计划12点攀上梁顶。

经过一夜休整，基本恢复了体力，上攀的速度开始加快，初时大块砾石多，能蹬住，后来砾石越来越小，蹬不住，爬起来愈加吃力。

上午9时，上升了300米，到达海拔2900米的高度，上面是高达100多米的流石坡，流石坡以碎石和石沫为主，陡峭难行，立不住脚，攀在上面的人脚要踩稳，避免流石滚下伤及下面的人，大家格外小心谨慎地攀登。

向东横切越过冷杉杜鹃林，沿着羚牛道上攀，转过一个山冈，离开冷杉杜鹃林，来到植被稀疏布满高山流石滩、高山草甸的陡坡上，平行横切过去，跨过石海，通过遍布砾石的陡坡继续上行。

陡坡长满了匍匐的高山金背杜鹃，这种杜鹃在十分恶劣的高海拔仍顽强地生存。它们根系发达，当值花期，在流石滩、高山草甸间，依高度梯次绽放着白色、粉色、粉红色的花朵，争先斗艳，光彩夺目，点缀着这片古老荒苍的陡坡，使其充满了生机和活力，也给艰辛的攀登增添了色彩。

上午10:30攀到秦岭梁顶，驻足秦岭山巅，举目四望，视野豁然开阔，茫茫秦岭山峦起伏，巍巍群山层峦叠嶂，千山万壑极其壮美。

只有站在秦岭顶峰，才能深刻体验到秦岭山脉高耸，厚重，大气磅礴的气势。

在山梁上稍做停留，顺山梁向东下行，微风吹来，感觉十分凉爽。山梁上的路清晰明显，才不到一年时间，已踏平坎坷成大道了，看来穿越的人实在太多了，路都成形了，鳌太穿越已成为一般的驴程。

11:30，同伴们陆续下来坐在草甸上休息。下午1点多，陆续来到金字塔大垭口，这里的高山草甸长势良好，水源充足，移动到水源处，开始做饭。

站在金字塔大垭口向南眺望，但见垭口下是条巨大宽阔的山谷，整个山谷完全被绿色笼罩，苍茫无际，一眼望不到边，微风吹过，草木清香，顿觉神清气爽，心旷神怡。

沿高山草甸，过高山杜鹃林，迈开步子，一路下行，发现一处倒塌颓废的房架。房架的榫卯结合精巧，房倒架不散，看样子是处废弃的庙宇。过废庙后，露出一条小溪，这就是海塘河的源头。

回眸秦岭，这座决定中国大陆自然格局，推进中华民族文明进程，感动中国的山脉，给予了人类许多许多，而我们对于秦岭的无限索取已使秦岭不堪重负。

今天，当我们站在理性的高度重新认识非凡的秦岭时，由衷感到对秦岭的深深愧疚。我们所能做的是，让它回归自然，让它休养生息，让它与人类和谐共处，秦岭将会更多地报答回馈人类。

向前不远，我们再次钻进原始森林。

下山和上山相比要轻松很多，但也暗藏危险，大多数山难都是在下山时发生，一来身体极度疲惫，膝盖脚踝发酸发软，二来感觉大功告成，放松了警惕。

都是老驴，行进神速但非常谨慎，因为都知道，看似平坦的林内地表遍布陷洞，暗藏杀机，有些陷洞被草掩盖，稍不留意，跌入陷洞，轻者扭脚伤膝，重者滑落滚坠，后果不堪设想。老向和"太白羚牛"一直在前带路，避开陷洞，曲折绕行。

用了一个多小时走出原始森林区，此时的海塘河已由涓涓细水汇聚成流速湍急、白浪翻滚的山间大河，过河也由一步跨越到数步跳越。

穿过茂密的箭竹林、灌丛，趟过茫茫的草地，辗转在海塘河两岸，忽而河左，忽而河右，行进在河边的乔灌林间。

走了近两个小时，我们还在海拔2400米的山谷中，这与我们在秦岭北坡1小时上升数百米形成强烈反差。

前方一片箭竹林，出了箭竹林，过河，走在海塘河左侧的简易林区公路上，这条公路有30多公里，一直通到核桃坪。

此时，胜利就在眼前，几天来的艰险，几天来的疲惫都随风而散，心里多了份自豪，多了些回忆，多了对这条记载着我们汗水和足迹的穿越之路的不舍。这份美好的记忆，将激励我们披荆斩棘，克服万难，迎接新的挑战，也会使我们更加敬畏自然，平和心态，抱着感恩的心态去对待工作，对待生活。

这，不但是体力与毅力的挑战，更是心理与心灵的涤荡与回归，当我们整天在都市里，为工作，为朋友，为家人打拼劳作时，我们将会动力十足。

短暂的休息调整，是一种修复，虽然经受了肉体的折磨，但带来了灵魂的升华，这是每次户外归来很久很久不能平静的主因。

这是一种诱惑，一种力量，一种倾入血脉的嗜好。

人法地，地法天，天法道，道法自然。任何事，在大自然中，都可以解答，都可以解脱，都可以诠释。只有正确理解自然，敬畏生命，才能理解生活之繁杂，人性之深微，才能理解历史和现实中暗自涌动的危机和机缘，也才能返璞归真，找回内心的安宁与平静。

从横刀立马的一线打拼到运筹帷幄的二线，多少有些不适、不甘和不愿，但戏台搭起，有唱戏的就有听戏的，有坐轿的就有抬轿的，有粉墨登场光耀亮相，就有曲终人散幕落戏终，这是自然规律。

桥底坪的完整羚牛牛骨，述说着一个羚牛家族头领的离去之路。一般而言，头牛在年老体弱时，会找一个山清水秀之地，远离牛群，孤独地逝去，以维持其最后的尊严，完成物竞天择，适者生存的家族进化，将它的最后一份力、一份情送给团队，送上遥远而诚挚的祝福。

思绪游离间，迎面两头小牛朝我们走来，看我们大步流星，没有停止的意思，回头望望，见无援兵，扭头一路小跑，算是给我们带路。山谷中，水流花香，人牛共行。

下午6点多，来到一处距核桃坪还有几个小时路程的河岔，这里搭有庵棚，有柴火，取水也方便，老向和"太白羚牛"决定在此宿营。

此时，夕阳西下，落幕余晖洒落山谷，溪流折出斑斓的光彩。微风吹过，空气里弥漫着花香、草香，成片的红桦、野菊、蒲公英在阳光的照射下泛出耀眼的光芒，艳丽而脱俗，纯净而素雅。

嗅着泥土的气息，感觉整个人都放松了，几天来的疲劳一扫而去。

红色、黄色、绿色的帐篷扎在山野，格外耀眼醒目，几头牛在山坡上远远地望着我们这些占据了他们地盘的家伙，迟迟不敢过来。

牛郁闷地观察了20来分钟，经过商议，两头胆大的公牛责无旁贷，勇挑重担，蹑蹄蹑脚，前来探营，我们手持木棍手杖虚张声势。牛看着这群疲惫不堪、大呼小叫、强词夺理的人，不想恋战，遂顺公路下行，另寻住处。

2016年6月17日　星期四　晴

一觉醒来,晴空碧日,起身四周看看,帐篷被牛屎牛粪包围,更加确信这是群牛的地盘。山里人放牛都是散养,过一段时间进来看看,平常无人看管,牛自己吃自己住。这些牛享尽天地精华,喝的是纯净水,吃的是无公害花草,天为被地为床,虽亦难免被人屠杀吃肉,但总比一生下来就天天吃着生长素,没有性生活,不能哺育后代,却被不停蹂躏挤奶,最后老死挨刀的圈养牛要幸福百倍。

我常常看山野中的牛、鸡、猪等家畜,一个个朝气蓬勃,气宇轩昂,都督门有名的向导张京科家飞上树没吃成的土鸡;卒落村浓缩版的狂犬;麟游深山七八条汉子抓不住的黑猪;这里飞坡走梁的黄牛,哪像城里的,一见刀子腿就发软,未及毙命先尿一地,生长素真不是啥好东西,啥东西都要自然发育,不能催熟。

收拾帐篷,沿海塘河一路南下,路边崖壁上出现了许多大大小小的洞子,估计是探矿的探洞,不知是还没有开矿,还是没有矿,但愿没有矿。秦岭的山山水水已经被破坏的满目疮痍,留一块净土吧。

到达古字梁林管站,等来了包车,一路到黄柏塬街道张三家饭馆里,简单吃了点饭,将伴随我四天三夜的剩余干粮——两块大饼,两根火腿,几小包茶叶、咖啡和一小袋花生米留在了饭馆,备用的东西虽没用上,但带出来,自己心里踏实。

"太白羚牛"说:你剩下的,还能再走一次!

离开黄柏塬,车子在蜿蜒曲折的山路上摇晃,四天的行程就要结束,秦岭里穿过的一条条河,翻过的一道道梁,走过的一段段路,渐渐地远去,渐渐地模糊,一种怅然若失的感觉油然而生。

就要离开了,就要离开了,不知何时,能再踏上这块土地,感受祖国秦岭原始的风貌。秦岭的巍峨之躯,只愿锤炼健硕体魄,汲取自然精华,净化心灵,快乐生活。

人,有时应该像那头羚牛,离开自己的群落,找一块山清水秀风景宜人之处，孤独地、疲惫地、有尊严地度过余生。

正如琼瑶遗嘱所言：不做手术，不插管，不抢救，不搞遗体告别，不开追悼会。

到了。不知谁喊了一声，止住鼾声，收拾背包，提起手杖，带着一身疲惫，当然，也带着巨大的收获，各回各家。

石塔山

一块巨石，不，六七块巨石，叠加垒积烘托起一个团队，下面几块敦实厚重，黑灰基础，脊骨清晰，稳如泰山，上面一块椭圆石头圆润顺滑，亮渍油光，聪明绝顶，其他几块，像身，像胳膊，像袖子，微微前倾的身子，面朝东方，卑恭而谦逊，厚实而坚毅，屹立在蓝天白云下，成为前行的航标、膜拜的偶像，让人惊叹大自然鬼斧神工的幻彩之笔。

2017年春节，又一次踏上石塔山，集合时偶遇同走太白的"承诺"和多年不见的"水晶"，彼此寒暄问候。户外多年，相约亦常偶遇，除长线、大线，或重装扎营线路会谨慎选择驴友和领队外，其他线路大多随性而为，只要时间许可，跟谁，跟哪支队伍都可以走，实在没有同行者或中意的线路，也经常单枪匹马、信马由缰地在秦岭遛腿赏景。

属于第四季冰川遗址的这块摇摇欲坠的斗型巨石，位于潘太路23公里处，当地人称石塔爷或石头爷。

据传，以前石塔山有道观，一位老道带着众徒弟在此修行，当时修道的人很多，香火很旺，在老道的众徒弟中有一个"瓜"（陕西方言，傻的意思）道士，这人拿今天的话说不够精明，不识时务，不会来事看眼色，经常"只顾低头拉车，不知抬头看路"，一门心思踏踏实实干活,从不偷奸溜滑,像现在在单位里不吃香的王宝钏,活没少干,骂没少挨。

师兄弟闲暇时间常拿"瓜"捉弄打趣,"瓜"也总是瓜瓜地咪咪一笑,从不恼火。

有一年,秦岭大雪封山,山下香客上不了山,山上眼看就要断顿了,老道召集大家商量到山下去度寒冬,待来年开春再回山上。瓜道士憨憨地问:"师父,都下山,谁看庙啊?"他的师兄弟就开玩笑说:"你留下看庙嘛!"

瓜道士信以为真,说:"能成!"

以为是一句玩笑话,但到下山时,"瓜"当真要留下来看庙,师父及师兄弟再劝也没用,"瓜"就是这么犟。

到后来,这个吃石头、烧大腿的"瓜"道士挨过了冬天,迎来了雪融春来之时,道士们上来一看,道观被收拾的干净整洁,一尘不染。师徒们无不诧异,问"瓜"怎么过冬的,"瓜"说:没吃的就吃石头,没柴烧就烧腿。

看众人不信,瓜道士提了一筐石头,烧了一锅水,加了点盐,把一条腿伸进炉膛呼呼地把水烧开,石头在锅里翻滚沉浮,不多时,"瓜"端了一碗石头让师父、师兄弟们品尝,大家目瞪口呆,都说牙口不好,无福享用。眼看着瓜道士像吃土豆一样把一碗石头吃进肚里,抚抚肚皮,打个饱嗝,好了。

如此演示了一遍,师父立马拜倒在地,说:你才是真正的真人,活神仙,以后你当师父,大家都跟随你修行。

日月如梭,岁月更替,转眼间,瓜道士也老了,他把徒弟叫到身边,交代完后事,最后说了句:我要上天了,顷刻间,肉身腾起,化为一道精魂直奔南天而去。为纪念这位尊敬的"瓜"道士,大家改称他为"石塔爷",这座山也成了石塔山,随着他身影消失的方向耸立的石头也成了石塔山的象征。

传说毕竟是传说,有多少可信度其实不必深究,但"石塔爷"

这类看似木讷愚钝之人却成真人，修成正果，在俗世也不少见。一些看着资质平平、默默无闻的人或许有一天让你刮目相看，甚至成为膜拜对象，而一些小聪明，耍手腕，纠结于鸡毛蒜皮小事，计较个人得失的人往往一事无成。

信念很重要，坚持与忍耐更重要。

沿小道一路上攀，刚下过雪的地上仍有几丝痕迹。这些年，不说南方，就是大西北，也难见雪的踪影，记忆中大雪纷飞，银装素裹、冰封大地的景象渐渐成了美好回忆，温室效应，全球变暖这些话题好像离我们很远，又像就在身边，生态保护任重道远。

转过几个弯，穿过松树林，到一片开阔地，一东西走向若龙脊的梁顶，厚厚的草甸中间有一枯木，大家围坐，等后面驴友。

放眼望去，石塔了然在目，赫然挺立，面相平和，慈祥端庄，若思若想，不怒自威。

其实许多事，无需多言，一切尽在不言中，无用的辩解和争论只是生命的耗费。就像石塔，静静地站在这里，等着南来北往的人朝拜。世界如此浩瀚，总有理解你、呵护你、支持你、崇拜你的同行人，重要的是做好自己。

风劲雪飘，冰冻湿滑，顺梁顶右手钻进林子，向石塔行进，小心翼翼地来到石塔脚下，一截木梯，有些年头了，扶着梯子上到第一个平台，四顾周边，悬崖峭壁，沟壑纵深，甚是惊险。再往上，一段铁链连接石塔身子和圆润的佛顶，一是有雪，石头光滑危险，二是想着在佛爷头上动土多少有些不敬，不便登顶上头，拍了照，又帮一位光着膀子、赤着上身，腕带手串，脖子下围着耀眼的粗重金链，手中攥着108颗小叶紫檀佛珠串的中年男子拍了几张留影，边拍边心里嘀咕：这都什么门派。

瓜瓜是"道"，我看则像"佛"，心中有佛，处处是佛，佛即是我，我即是佛，无论天资愚钝聪慧，只要彻悟，你就是佛。

铁笼山

"蜀大将军姜维，率兵伐魏，司马师命弟司马昭为大都督，徐质为先锋，率兵御之。姜维用计杀徐质，魏兵大败，追至铁笼山。司马昭无路可走，命兵将上山屯扎，死力拒守，姜维四面围困，断其汲水道，军心惶惶，溃散之象，即在目前。"

秋后的天气闷热干燥，空气像烘干的秸秆，一点就着，天雾蒙蒙，锅盖似罩着大地，压抑憋屈的心要从嗓子眼蹦出来。

山下，军兵营帐连着营帐，刀枪挨着刀枪，人吼马嘶，喊杀震天，三个多月了，连续几次浴血作战，扔下一具具尸体，最终将敌军困于沟壑纵深、连绵起伏的铁笼山上，士兵们没有一天不盼望今日的局面。

对这块土地，土生土长的姜维像熟悉自己的十指一样，山顶屯兵，等于自投罗网，死路一条。只围不攻，断其水道，将它死死困住，必将水尽粮绝，缴械投降。

几年前，丞相五丈原将司马懿围困于葫芦峪干沟中，借狂风火烧葫芦峪，眼见干柴烈火，呼呼刮向曹营，已经嗅到空气中焦煳的灼烤味，司马懿如热锅上蚂蚁一般，急得团团转。可天不助蜀，正当丞相几十年呕心沥血，大功告成之时，一阵狂风使大火改变了方向，反向刮来。紧接着电闪雷鸣、暴风骤雨，将火熄灭，丞相口吐鲜血，一病不起，空留下"出师未捷身先死，长使英雄泪满襟"的终身遗憾。

这次，铁笼山定是他司马昭葬身之地。

司马昭眼看弹尽粮绝，突围无望，几欲拔剑自刎，自绝于铁笼山。谋士曰：将军，人无办法时求天祈福，心诚则灵，我愿领命一试。

随即，谋士在梁顶开阔处设下祭台，杀猪宰羊，摆上献祭，开始求天祈雨。

果真自助者天者，不一会儿，狂风大作，暴雨倾盆，不但解决了吃水用水问题，瓢泼大雨接连下了三天，洪水泛滥成灾，从沟沟壑壑一泄而下，将蜀军大营冲了个几近干净，姜维带几员随从慌张逃命，司马昭转守为攻，勇追穷寇。

原以为如铁笼困兽般坚不可破，谁知被洪水冲了个稀里哗啦，姜维只有埋天怨地，怎奈天不助我。从此蜀军元气大伤，一蹶不振，扶不起的阿斗终无所依。

这一段故事发生在陕甘交界处的铁笼山，现在当地人叫方山塬的地方。

2017年3月19日，一行人包车沿宝天公路向铁笼山出发，行至坪头段，山上炸石堵路，无奈返回走废弃的宝天铁路段，连续钻几个又黑又深的涵洞，走到最后一个转弯处时，对面驶来几辆卡车。在洞子里不敢前行，柴油尾气不一会儿就在洞子里弥漫开来，让人喘不上气，呐喊声、谩骂声不绝于耳。一新买未挂牌的本田CRV如老妪挪步，蹒跚而行，擦耳而过；一大车过来，车帮一面贴着洞壁，一面和我们车一指距离，众人屏息提气，看车帮颤颤巍巍离去，待往前行时，有人狂喊，不敢再往边了，轮子一半都下路基了。

沿渭河辗转蜿蜒，这一段河南属天水市管，河北属陈仓区。不一阵，天上飘起雨星，一段大一段小，开窗透透气，空气湿润舒爽，又寒气逼人。地面湿滑，司机小心翼翼地在乡间道路行驶，这一趟绕路折返，最少耽搁了一个半小时，登山时间又被压缩，虽然对队员有所选择，并再三嘱咐戴头灯、手杖、冰爪，但登山者不到万不得已谁也不愿走夜路。

越往山里走，雨越急越大，司机停车，大家穿上雨衣，背起背包往西疾步前行，还没调整好手杖，前面的人已经上至陡坡中间，于是加速追赶队伍。

上了陡坡，一户山里人家，一打问，路错了，应该从前面垭口上，前队变后队，原路返回，往前再走一段，然后登坡上梁。

雨后的乡野，心旷神怡，云雾缭绕，层层叠叠，在雨中，在雾里，泥土的气息，落叶的气息，自然的气息，归于舒爽。

走在乡间小道，脚下非常熟悉，甚至想光脚感受大地的气息。这种路，对被钢筋水泥包裹的都市人来说就是一次免费的足疗，脚底、脚踝、脚腕、小腿、膝盖无不舒爽自得，服帖自如。看着乡间老农，穿板鞋、穿军胶，飞快地在田野耕耘播种，快乐和自足不是得到的多，而是计较的少。

再往上走，只剩下空屋，这是一个有十几户人家的村落。整个村子沿地势高低分三层台，最下面七八户，中间七八户，上面三四户，有几户相距很近，有几户遥遥相望，整个看起来星星点点，散落在幽美的山腰，在雨中，描绘出一幅幅绝美的水墨画。

地里麦苗、油菜青青，看得出来，这些随移民工程迁出的农民依然耕作着这片土地，或许是新居无地可种，或许是依然难舍这片田园。田地边搭的窝棚，供劳累的身躯做短暂休整恢复，或躲避暴雨。一群羊，自由散漫、随心所欲地从这坡往那坡前呼后拥地移动，有时不为吃食，只为滋事打闹，嬉戏追逐。

再往上走，过一片石海，梁两边都是陡坡崖壁，雪越来越厚，雪粒被风挟裹着啪啪打脸，光滑的石头上结了冰，停下来戴上雪套，有时需要手脚并用，匍匐前进。

雨雾间，村落影影绰绰似云中飘逸的海市蜃楼般；下望间，身体飘飘若仙，感觉这就是四处寻觅的人间天堂，纵身一跃，便可融入其中。

猛一愣神，打个激灵，不成，自己虽年过半百，如今长命百岁者比比皆是；不说事业有成，单位效益还行，自己多年努力，当下无人排挤挤兑，优哉乐哉；不说教子有方，儿子努力打拼，事业在走上坡路；不说孙女，可爱之极，看几眼不吃饭心里都踏实；不说妻子退休料理家务，锻炼身体，从不给自己找茬。这么走了，对不起自己，又对得起谁？

收回神，不敢直起身子，随着像腋下夹着炸药包的驴友朝山顶冲锋。

过了石海，进入密林，多日积雪压断的松干、松枝横七竖八地散落一地，碗口粗的松干鲜茬，一看就是这两天才压断的。路上有猎人布的电网，很长一段，大家小心翼翼，虽然知道一般猎人是在晚上给电网通电，一大早断电收网，但既然能顶着违法的罪名干事，谁知道这货会不会昨晚酒喝多，或牌打输了忘记断电呢？还是离远点为妙，我们前几年就在云盖寺发现被钢丝套住的秃鹫（大雕），明显已有几天了，也没人收，最后被我们放生。

出了林海，翻过一道梁，大家饥肠辘辘，有人吆喝吃饭，风太大地上无一块干地，决定再坚持一会儿。一点钟开饭，喝了一盒牛奶，几口热水，继续向山顶攀登。

听见狗吠，大家疑惑，这里还有人家？转过山坳，矗立着一个信号塔，一座红墙围起的院落，就是信号站。我们从下面小路走过，发现不对，遂调转头来，原来庙宇就在信号站旁边。

庙里南北两座大殿，大殿其实不大，让这里的神灵屈尊于此。我们顾不了太多，僵硬的手指哆哆嗦嗦从背包中取出热水、热饭，支起炉头，烧火做饭。

从900毫升保温瓶中倒出老婆用排骨汤、木耳、红萝卜、黑豆、豆腐炖制的荞面烩麻食，整整三杯盖，风卷残云般吃了个干干净净，又倒了几杯热水，仰脖下肚，抚抚肚皮，饱了。稍事休息，启程下山。

下山有盘山路，但对驴友来说，走水泥地毋宁死，遂又一次次地钻进林子。

登山的人都知道，下山危险性要比上山大得多，加之今天雨雪交加，虽是户外经验丰富的老驴，亦不时坐墩摔臀，所幸没有大碍。

下山一定要放低重心，踩稳脚跟，身子保持平衡，万不可跑。如果感觉站不稳，有手杖扎手杖，没有手杖看能抓的树根、树枝，但一定不能抓干枝枯藤。实在既无手杖又无处可抓，就一屁股坐地，增加摩擦系数，或用脚寻找可蹬之处。

快到山底公路，走了几次冤枉路，最后为节省时间选择直接下沟。看着深不见底，一侧是崖一侧是沟，两脚倒不开脚步，乌青光滑几乎垂直向下的"路"，大家纷纷掏出冰爪套在脚上，胆战心惊地慢慢挪动。

终于下山，到了公路，阴面积雪更厚，踏着前行，回味此次穿越，收获超出预期。

本来，想淋雨，想赏雪。今天，有雨，有冰，有雪，有松，有雨雪，有雪松，心里畅快，不由越走越快……

青峰山

青峰山，留下最深印象的不是恢宏的庙宇，不是迷人的草甸，不是潺潺的流水，不是沟壑纵深的山梁，不是挺拔茂密的原始森林，也不是远离尘世、终日苦修的苦行僧。

是英灵公主在舍身崖前义无反顾的纵身一跃。

尽管，她不知道，这一跃，会给这座古刹带来什么；尽管，她不知道，是因为羞辱，是因为殉情，是因为想以自己一死而保全古寺和僧人。当然，包括花前月下和她耳鬓厮磨，窃窃私语，同席共枕，恩爱缠绵的小僧。

这一切，都是个谜。

翻过梁顶，经北峰大佛殿，盘旋而行，有一鼎明铸大钟，殿后有不绝于耳的八宝石和构造奇巧的塔楼。再一路向西，过玉皇庙、神仙桥、经棋盘石，石崖壁立千仞，古松诡异挺拔，云绕雾漫，崖高涧深。沿松林崖畔小道，至山风呼啸、松涛阵阵的绝壁顶，这就是英灵公主最后殉情的舍身崖。

站在舍身崖前，一棵诡异曲折的青松上缠满了红绸，不知是朝会的老者祈求平安，还是金童玉女祈福花好月圆，更或是悲戚的女子面对青松向公主哭诉负情郎的薄情与无耻。

这一刻，这棵树，寄托了多少的情愫，肩负着多大的重任，只有树知道。

扶着树干，用手试了试这棵从石缝间先是横向发展，随即直插云天的青松，证明其坚固牢靠。有人已迫不及待跨上悬于峭壁半空的树干。随着松干的剧烈晃动，我的心也纠结起来。好在树晃了几下，找到了平衡，托付起一个个或肥硕、或轻盈的身躯。

松树在山野中一次次摇摆，它肯定知道，这些，不是自然的力量，风，没有这么沉重，雨，没有这么冰凉，雪，没有这么污浊。

下到中峰，古时青峰山中心寺院，地势开阔平坦，数千平方米的古寺地基遗址依稀可见。崖壁上据说尉迟敬德挥鞭所提的"云开锦秀"四个大字赫然在目，西北就是相传清虚道德真君修行的紫阳洞和阿罗汉修行的罗汉洞。

这是今天的宿营地，从古陈仓十二盘宝盖寺穿越，一路艰辛欢乐告一段落。

住庙人很是热情，拔了几个白萝卜，摘了两颗大白菜，硬塞了几个大蒸馍，走时大家照例给庙里上了布施，给老人留下些茶叶、咖啡、烧饼。

户外的夜晚精彩纷呈，特别是这种强度不大的轻松穿越。

扎好帐点起篝火，在山野里或聊天，或饮酒，或品茗，或引吭高歌，遇有人推脱，万里老哥就会递上一路背来的厚重歌本。看着这好几斤重，翻得皱皱巴巴的歌本，就是哼，也要哼出个曲子。

就着萝卜白菜，喝着玉米珍珍，咥着原粮白馍，饮一杯薄酒。在月光下，在山谷里，尽情体会自然的魅力、户外的乐趣。

早上起来，峡谷清幽，凉风柔柔，各自提着摄影器材寻找目标，对山、对水、对花、对草，无不惊喜，无不留意。

在都市里，拥挤的摩肩接踵，焦虑的心灵无处平复，常常两点一线匆匆来去，没有时间留意花草，甚至没时间留意身边的人。在这里，草苇飘摇，蝶舞花飞，水流潺潺，蝉鸣鸟啼，放眼都是绝佳景色，俱是医心良药。

过西峰山口，穿过清幽漫长、草木丛生的小路。西峰的尼姑庵传说就是当年英灵公主净心修行之地，路中间用木栅栏隔开，尼姑僧众不能越界。

同行者指着横梗路中央的木栅栏说：刚开始可能劳累邋遢的小僧把衣服搭在栅栏上，公主洗后继续搭上木栅栏等小僧取回，一来二往，产生了在当时足以惊天地泣鬼神的爱情故事。等到太子要来探亲，微微隆起的肚子里有了爱的果实，小僧公主相依相偎，舍身崖前商议对策。

只可恨小僧懦弱无能，束手无策，惊慌失措中恋人对前途失去信心，对即将发生的事情无法面对，纵身一跃，如飞蝶扑火，坠入云间。

小僧一看闯了大祸，太子追究可就性命难保，慌慌张张跑回东峰寺院。

老僧听完前因后果，大吃一惊，遂上报主持，当夜，整个青峰山狂风大作，诡异阴沉，笼罩在一片阴霾中。

太子驾到，在迎接太子的路上，几个心狠手辣的恶僧一不做二不休，将太子乱刀砍死，绑上巨石，沉河分尸。

后来事发，唐王大怒，率重兵将青峰山围了个密密实实，大开杀戒，无论男女老少、家禽畜兽无一幸免，连一只鸟、一条鱼都休想逃脱。最后一把大火将青峰山烧了个精光，大火整整烧了十天时间，才被降雨扑灭。

从庙宇屋基轮廓，散落的寺庙铁瓦，巨大的石磨、石臼，依稀可见大殿昔日恢宏雄伟的辉煌。

一路经过公主墓、太子坟、东台、南天门、石法船等，这一条路，在唐朝期间就是高速公路，即使今天，也可从宽敞的路基看到昔日辉煌。

试想，若不是英灵公主和小和尚私订终身而一心修佛，若不是僧人心狠手辣一不做二不休杀了太子又将其分尸沉河，这座恢宏大气，医治过太后疑难杂症的青峰山青峰寺会是多么的香火缭绕，人气鼎盛。

  几间简陋的木制板房，孤零零地矗立在蓝天白云下，看着门上上锁，想必是苦行僧不在茅舍。整个青峰幽谷神潭中，隐居着多少修炼的苦行僧，谁也说不清。他们自给自足，小院落打扫得干干净净，有的读书，有的画画，日出而作，日落而息。

  苦行僧构成复杂，有看破红尘、钟情山水的高人雅士，有事业受挫、感情危机无法解脱的痴情男女。

  过高山草甸，一路下行，就到蒿谷堆，再往前走不久，村落依稀可见，放下背包，躺在柔弱似毯的草甸子上，沐浴着明媚阳光，享受短暂的放松和闲适。

  英灵公主的纵身一跃，到底为什么，发生了什么？

卒落西山

位于西山硖石乡与晁峪乡交界处的卒落村，渭水东西贯穿，携泥带沙奔流而下；陇海线运力繁忙，车来车往；宝鸡峡碧水荡漾，迷雾氤氲，云蒸霞蔚，宛如仙境。

其北属陇山山系，南属秦岭山脉，四处沟壑纵深，悬崖峭壁，蜿蜒曲折，如同迷宫。

相传，汉高祖元年（公元前206年），项羽自立西楚霸王，划秦地为三，派秦将章邯为雍王，统治关中西部，驻重兵于古陈仓，以防御汉王刘邦。刘邦采纳韩信"明修栈道，暗度陈仓"之计，率兵越紫关岭，过凤岭，一举攻下大散关，奇袭陈仓，反攻项羽，于宝鸡西山坊塘一带两军交战。

章邯兵败，少数士卒逃窜于宝鸡峡纵深地带，迷失于六川河西部深山。因此地东南两面河大水深，西北两面崇山峻岭、茫茫林海，加之夏末秋初，暴雨倾盆，山高路陡，峭壁林立，左转右转始终无法出山，不觉碧山暮土，人困马乏。

几日后，这些晕头转向疲于奔命的士卒们见后无追兵，紧绷的神经从刀光剑影中渐渐平复。四顾一望，这里重峦叠嶂，风景优美，恰如世外桃源，遂就地搭建窝棚居住下来，想着待以时日，伺机反攻。

熟料事不如愿。后来整个关中全被刘邦的汉军占领，并最终建立大汉王朝。眼见反攻无望，士卒们定居于此，男耕女织，世代繁衍，逐渐形成一个小小的村落。

这个村就是卒落村，流经村里的小河就叫卒落河。

一眼望去，田陇山间，花团锦簇，野菊、迎春、野桃花、蒲公英漫山遍野，春意盎然。和风细雨，丽日阳光，生机勃勃，乡趣十足。

此时的卒落，静谧而清幽，自然而和谐，穿梭环转，孤立的残垣断壁，废弃屋舍，古槐翠柳，磨盘石臼，诠释着这块喧嚣闹市边最后一块心灵净土逝去的岁月。

随乡间小道，翻几道梁，走几步路，发一些汗，惬意舒坦。嘴里忍不住哼上小调，不，还是秦腔过瘾，气势恢宏，惊天动地，有军人气质。一阵吼声，喜得狗儿狂吠，鸡儿打鸣，抑扬顿挫，交相辉映，清静的乡间顿时炸了锅。

路过一户人家，一红冠公鸡，壮硕矫健，凛凛然率几只母鸡，一众鸡仔时悠闲散步，时刨食四顾。

看门狗龇牙咧嘴，敬业狂吠，几次三番做扑咬状。娇小玲珑的身材，严肃认真的表情，神圣不可侵犯的凛然之气，觉得狗是好狗，人也是好人，好狗不能不识好人。

随着走近，狗愈加愤怒，大有荆轲刺秦，鱼死网破之势。

算了，好男不和女斗，好人不和狗斗，惹不起我躲得起，遂绕过门口。谁知躲也不行，狗又反复追了几次，惹得手提半块砖，厉声断喝，方才止步罢休。

绕过一山坳，攀至峰顶，见一老翁，七十多岁。穿着一身泛白涤卡中山装，钢刷般的花发直挺挺立在头上，饱经风霜的黝黑面庞像威武的兵俑。

老汉见我们从门口走过，开始推销他自己的原生态产品：蜂蜜。

"这蜂蜜你买了绝对不后悔，真正的纯蜂蜜。"

"多少钱一斤？"

"30，一瓶三斤，90块钱。"

"你这儿就你一个吗？"

"我一个，娃娃都搬下去了。"

"你一个咋生活哩。"

"你看你说滴，担点水，种点粮，方便得很。"

"你水从哪来哩，从沟里担吗，你能担动吗？"

望一眼不见底的深沟，疑惑地问。

"你看你说的，担不了多，能担个少么，多担几回就对了嘛。"

"你除了养蜂还做啥？"

"养了四十箱蜂、一头牛，种了点花椒，种点地。"

"你厉害滴很么，你一年收成怎么样？"

"哪，哪，没算过，蜂蜜一箱能卖200多，其他零星的没算过。"

"光蜂蜜你一年就能收入万把块，你厉害得很啊。"

"厉害啥哩，咱老了，没本事了。咱就挣个打硬钱，咱不摊啥么。现在把娃娃伙哄城里去，挣个一两千元，要吃要住，不够餬嘴，到头净给人家忙了，没落下来。我孙子纳礼都是我给钱哩，娃娃可怜得很。"

望着这幸福感爆棚，挣"打硬钱"的卒落老汉，不觉汗颜，城里人在他眼里，十足可怜。

旋瓦山

驴友相伴同行，从旋瓦山向西穿越，历时3个半小时到达西武当山（又称景谷堆，当地人也叫奶头山）大门。

旋瓦山和西武当均属牛头山，为陇山山脉一支，由此而经古道可至甘肃境界，一路有明显古道遗迹。

据说民国期间仍人来人往，现如今灌木丛生，枝叶茂密，遮天蔽日，九曲连环，蛇绕盘旋，路时而宽阔，时而狭窄，貌似香椿的漆树比比皆是，让人望而生畏，不觉加快步伐。

无奈后面驴友节奏较慢，这段岔路又多，只有原地等待。"太白游侠"一不留神跑得没影了，喊了几次不见回音。老哥六十老几了，身轻步快，经常在队伍前面，一不留神就无影无踪。上次在穿越僦骆古道时，一人上梁脱离队伍，两天后才听得音讯，这次大家一致决定把他压在队伍后面。

休息间歇，不知怎么又窜到前面独自离开，不过都是老驴，大家并不担心，只是可能要走一些冤枉路。

果不其然，我们到达西武当大门时，不见其踪影。老张到前面找，原来他切到山底临近公路时，有3米多的直切，公路就在眼前而下不来，连走几个弯也不行。最后，在老张的引导下，拖着疲惫的身躯与我们汇合。

进西武当大门，一段宽阔土路，像是要修建旅游景区。再往西，香泉镇大水川、灵宝峡已修成旅游景区，现代化的交通工具，千篇一律的景观，迎风舞动的彩旗，人声鼎沸的嘈杂，山野的质朴与宁静荡涤已尽，倒像现代化的闹市，一群逐利的商人和浮躁的人群。

旅游和驴友是南辕北辙的两码事，趁政府还没顾上在此发展旅游产业，我等驴友先行静静地享受自然风光，珍惜吧！

这一片被宝鸡人称为西山山脉，有一段历史典故，据说唐朝长孙皇后老家在今香泉乡孙家村，当时在长安的长孙皇后患乳疾久治不愈，遂回家散心，遍访名医。到西山时，心烦意乱，撇下随从，独自步行朝山壑走去。

不觉间，已离开大道很远，此时阳光普照碧空如洗，溢彩浮云飘逸神游，沿路草木青青，流水潺潺，蝶飞凤舞鸟鸣花香，清澈见底的小溪中，鱼儿自由自在地游乐嬉戏，顿觉心旷神怡，舒坦了很多。

长孙皇后累了，坐在河边的一块巨石上，享受家乡的美景，不觉间进入梦乡。在梦中，玉皇大帝嘘寒问暖，体恤病情，长孙皇后如泣如诉，娓娓道来，玉皇大帝撩河中水，治皇后疾。

一阵凉风掠过，长孙皇后惊醒，原来是在梦中。但抚摸自身，乳疾已愈，不觉感叹，大美家乡，心中福地。

回长安后，太宗李世民命地方官员寻找皇后进的那条沟，那道河，以及望见的那座山。地方官员钻山进壑，走高下低，遍寻西山，像皇后描述的美景比比皆是，河有六川河，山有九龙山、蜂泉山、旋瓦山，沟壑峡谷如灵宝峡，更有奇的，景谷堆，像那个啥，像啥没敢说。

于是大动土木，修庙祭神。

相传在修旋瓦山，土木工程即将结束时，房顶之瓦运至山下，待人工往山上转运。下山运瓦一干人到山下，左等右等不见砖瓦一片。疑惑纳闷间，山上人跑下来："瓦都上房了，你们这些瓷锤还愣这儿干啥哩，走，放炮庆贺，收工打烊！"

晚上在西武当扎帐野营，自是煮茶品茗，望月谈情，举杯畅饮，如沐春风。山谷花香随风而动，缕缕丝丝，若有若无，若淡若浓。嗅泥土气息，听蝶舞蝉鸣，望夕阳西下，血样般红，盼朝阳升起，光晕懵懂。

叹自己人生过半，简简单单两手空空；想他人少年扬名，大富大贵万事成功。再想或笑，你羡他人，他人羡你。正所谓：云儿愿为一只鸟，鸟儿愿为一朵云。

庙宇之中，高堂之上，各有规矩，或不可违。看到昨天旋瓦山红火的庙会，虔诚的善男信女，不由起了尊敬。人总归要有信仰，相信人有未来，相信善有善报恶有恶报，不是不报，时候未到。

旋瓦山的信徒都是周边村民，也有来自甘肃、宁夏等外省信徒。据守庙老人说，一个庙会，光布施就能收30多万，这些都来自吃碗面皮、豆花都抠抠索索的老汉老太布满折褶的手，他们坚信来世会有个好脱生，他们坚信后生们能平平安安，光门耀祖。

庙里的布施不能随便动，有神看着哩，老张哥说了一个让人半信半疑的故事。几年前，一个年轻人不学好，趁看庙人不在，偷走了布施箱里几百元钱，看庙人回来，不急，也不找，只说他会送回来。几年后，一个老太太送来了钱，说是儿子出事了，让一定把这钱拿来还给庙上，是真是假，是传说巧合，不得而知。

沿扎营地陡峭的蜿蜒小路继续攀登，就到了景谷堆顶峰，两棵松树旁，是户外先辈向宝文师傅的骨灰安放地。

摆好了献祭水果，点燃了鞭炮纸钱，均匀地洒落白酒后，一众人给向师傅鞠躬追悼，追忆向师傅户外的点点滴滴，一物一事。尤其对向师傅坦然面对困难毫不退缩，决然面对死亡、拒绝无为治疗无不敬畏，对驴友的真挚情谊表示赞叹，对向师傅选择的风水宝地羡慕不已。

迎风而立，和山融为一体，枝头光影摇曳，心旌随风荡漾，宁静而阔远，自然而和谐。

户外，是体育运动；户外，是生活态度。

黄柏塬

一年总有几天，要离开喧闹的都市，找一个荡涤心灵之地，开启返璞归真之旅，享受沐浴着蓝天碧日通透阳光，呼吸饱含负氧离子的清新空气的仙道生活，洗去尘世成功的疲惫烦恼，坚定再战江湖的自信勇气。

当你还为目的地的选择而焦虑无措时，我会脱口而出自己的无二选择：黄柏塬！

黄柏塬是大秦岭给人类的绝美天赐。其境内崇山拱持，重峦叠嶂，苍松翠柏，四季常青；碧流穿峡，山清水秀，空气清新，植被丰富。既有北国风光，又有江南秀色，汇南北风情于一域。

有人将这块气候湿润、春秋相连的避暑胜地称为全球同纬度最原生态的地区之一，为"大秦岭的九寨沟"，"西北的香格里拉"。

这个位于大秦岭核心腹地，北依秦岭第一高峰太白山、第二高峰鳌山，东临周至，南接佛坪，西与洋县华阳古镇相通，坐拥太白山国家级自然保护区、黄柏塬大熊猫自然保护区、黄柏塬水生野生动物自然保护区、牛尾河大熊猫自然保护区的风水宝地正被揭开神秘的面纱。

如今，黄柏塬被划为"太白山国家级自然保护区"和"陕西省大熊猫自然保护区"，"第四季冰川地质公园"、"生物基因库"、"天然药物库"、"天然氧吧"、"关中后花园"等，荣耀美誉接踵而来。

从太白县城出发，一路往南70公里，山道蜿蜒崎岖，不断爬升，两边林木茂密，层林尽染，花枝繁茂，草木青青，蝶飞凤舞，百鸟争鸣，野生动物徘徊流连，时时闯进人们的视线。

从1993年在此发现大熊猫"白雪"的身影而引起关注开始，每年都有游客与大熊猫偶遇，今年更有大熊猫在黄柏塬大箭沟景区和游客亲密互动6小时才晃晃悠悠返回山林。据动物保护专家考察，现生活在黄柏塬的国宝野生大熊猫已过百只，各类野生动物不胜枚举，国家级保护动物秦岭羚牛、金丝猴也时常与驴友、游客擦肩而过。自己就在鳌山梁上有过和羚牛亲密接触的幸运，那次的对峙交流，终生难忘。

信马由缰地陶醉于沿路风光。观小华山之奇险峻美，高山草甸之绒毯绿衣，大岭子云海的波澜壮阔，羚牛沟之幽深野趣。

车走走停停，人陶醉其中，享受一日百里的丛林穿越。

黄柏塬街道一条街，东西狭长，街口是一小卖部，向南出街道就是大箭沟和核桃坪，街道上十几户人家，这两年都已围绕游客开展住宿及客运服务。

和"张三"很熟，他们弟兄几个都在镇子上，说起来他家老爷子知名度更高。老人在世时在这茫茫秦岭大山之中，坚持每周一升国旗，风雨无阻从不间断，这一举动被中央电视台报道后，老人被邀请参加国庆大典而被国人所知。

现在，在进黄柏塬街道的路上，在"张三"家的老宅，他们仍旧坚持着这一老人留下来的习惯。

这里的吃食完全是原生态绿色食品，山野菜、土猪肉、小银鱼、洋芋擦擦、核桃花卷、土鸡蛋炒木耳等都是自己每次必点，有时候，还有一些野猪、山羊之类的野物。但这两年，随着动物保护意识的增强和当地山民收入的提升，这些东西越来越少，更加稀奇了，很少能有口福尝尝野货。

黄柏塬街道最美在黄昏。夕阳山野，相互映衬，绝美风光，刚刚收获的玉米秆还在地里直挺挺地站着，像等待检阅的战士。一只猫沿着屋脊，高贵而轻盈地迈着原创的猫步飘过，另一只慵懒的猫卧在房檐下，眯缝着眼，轻扯着鼾，听着四周的动静。

一只狗急得不行，面带责备，三步并作两步跑到房檐下汪汪狂吠一通，好像说：人家都走了，你还在这儿睡，睡，睡死你！

气遇风而散，界水而至，水之美在于盘旋回环，迂曲还留，依依不舍。这里的水经过村子，舒缓而优雅，曼妙而抒怀，河道的垒石脉脉含情，挽留叮咛着，絮语唠叨着，撕扯中留下片片碧翠的青苔。

有这样一段文字写出了黄柏塬的神韵：

黄柏塬之美在于山，山延绵起伏，层峦叠嶂；黄柏塬之美在水，水涧溪蛇行，瀑潭相映；山借水而峻拔，水依山而妩媚；黄柏塬之美在于云，云绕山而缥缈，山纳云而出奇；黄柏塬之美在石，石千姿百态，色彩斑斓，水漫石而染色，石出水而生态；黄柏塬之美在树茂，这里的树层层叠叠，郁郁葱葱，因四季之不同而争奇斗艳；黄柏塬之美在桥悠，这里的桥悠悬河上，古风依存，行于其上而悠生田园之情；黄柏塬之美在景秀，大领子云海，干涸沟瀑布群，大箭沟彩石，皂角湾稻田，二郎坝吊桥……莫不如诗如画；黄柏塬之美在物丰，大熊猫、细鳞鲑、羚牛、手儿参、板栗，莫不名声于世！

香山的红叶被首都人民视为珍宝，记得20世纪80年代末，我被香山红叶深深吸引，流连忘返，竟然从前山跑到后山，差一点被驻军当作闯入禁区的破坏分子抓个现行。我们几番解释才被从铁丝网内一路送出山口。

现在想来，无论从数量品种，从丰富风姿，从野趣规模，从色泽形体，香山红叶要和秦岭的红叶相比根本不是一个级别，或者说，秦岭根本不止红叶。这里是一个赤、橙、黄、绿、青、蓝、紫的大自然的调色板，是一个五彩缤纷的叶的海洋。

　　碧蓝的天空清澈如洗，缕缕丝丝的野风调皮地和花草虫蝶追逐嬉戏，心不躁动，水无污染，沟壑崖边，森林茂密，草木丛生。山果、野菜漫山遍野，五颜六色的叶子在风中吟唱、起舞，这里是最适合养老休闲，绝对延年益寿的福禄宝地。

　　有一年带着两位在嘈杂闹市待腻了，时常舍近求远旅游休闲的老人漫步嬉戏在流水潺潺的河道，尽享山水之趣。老人被远在天边近在眼前的大秦岭黄柏塬所震撼，所感动，陶醉其间，赞不绝口，欣喜欢愉持久不散。

　　虽然，时间太短暂，岁月太匆忙，但他们带着大秦岭的雄壮和广袤，带着在环山抱水的黄柏塬的无限快乐，带着天人合一的豁达，祈祷平安幸福，坦然面对生死。或许是人生苦短、岁月蹉跎的惋惜留恋中些许的安慰，使得生者更加珍惜生命，道法自然！

　　进入大箭沟，才真正领略到黄柏塬的美。

西山漫步

西山的早晨，清冽而舒爽。漫山碧翠，草木青青，炊烟袅袅，连绵起伏的大山护拥着蜿蜒曲折的河道，目送一路欢快奔涌的六川河水。

晨光濡染的菜园，齐茌茌地吐绿，小青菜、豌豆苗、油菜苗在晨风的拂弄下怡然自得。早起的鸟儿，顾不上啼鸣，埋下头只顾挑肥拣瘦地吞食经过一夜休整，养得色香味俱全的各色卵虫；老牛慢吞吞走出圈舍，踩着遍地沁凉的露水，抱着心急吃不了热豆腐的良好心态，四平八稳地迈过晨光初现的田野，爬上云雾缭绕的山坡，一把把地将青草卷进嘴里，而后仰起头，津津有味地咀嚼，心安理得地独享茸茸嫩草的鲜美。

慵懒的新媳妇舒展四肢，整整衣衫，描眉画黛走进厨房，却被烧火的婆婆嗔怪：起来这么早干啥，我娃歇着去。

娘家娇生惯养的媳妇不解其意，带着复杂的情绪绽开笑脸，婆婆脸上像排比着几朵艳美的鲜花，风箱杆拉得如点燃的活塞，荡起的草木灰四处飘扬，再次强调：我娃歇着去！

太阳从东方升起，粉黛红晕，阳光透过云雾，穿过密林，稀稀落落地映衬在山墙上，形成美妙的山水国画。

河道里水流明显减少，河道变得宽阔空旷，河水平和缓慢，静静地流淌，被几缕轻巧的风，惹得欣喜地打转，又不忘悠闲地赶路，向着终点，向着明天。

多少年，多少月，不幕人间浮华，不求名利闻达，不以水涨而喜，不以干涸而忧，恪守千古的宁静，守护着大山和大山的子民。

偶尔的几个小蝌蚪还在茫然不顾地玩着找妈妈的游戏，鱼虾早几年就没有了，倒是新建了不少垂钓的鱼塘。但那里养的，早不是自然精灵，而是等待上钩的玩物，待宰的羔羊。

波光粼粼的水面发出的哗哗声，风吹树叶的莎莎声，偶尔的几声狗吠鸟鸣，让身处世外桃源的村子有了生机和灵韵。

一群鸡族，雄赳赳气昂昂地在路边觅食。一只红冠，黑红羽翅，黄长腿，目光炯炯，霸气十足的公鸡旁若无人、引吭高歌。

一看架势，就是鸡头。你看这鸡头两只翅膀时而前后忽闪，秀秀肌肉，向对手宠妃显示自己的力量和威严；时而合起双翼，像背手的领导，得意地检阅自己的队伍；时而环顾四周，看看有无擅闯领地的入侵者，牢固自己的地盘，履行群主的职责。

往西去的这条路过去是通往陇州、甘肃的一条官道，也是现在长坪公路、千北公路的主干线，由于改道，如今还有被隐藏在山中的车辙和驿站。车辙村或由此而来。

漫步观景台，举目远眺，峰峦叠嶂的连绵山体上，一座天然大佛面带微笑，大耳垂伦，慈眉善目，栩栩如生。袒露的肚子在灰黄的砾石沙土凹陷处活灵活现，贴合敞胸露怀酒肉穿肠过的油腻之色。肚子两边被绿草覆盖，恰是随意披肩的袈裟，再仔细看，眉宇之间透露出看破红尘的从容豁达，活脱脱一个多年修炼，达到"笑口常开，笑天下可笑之人，大肚能容，容天下难容之事"境界的现世弥勒。

大自然不知历尽了多少岁月，经历了多少沧桑，才创造了如此鬼斧神工的杰作，这是自然的精华，也是人类文明的积累。许多人认为修佛就是出世，就是厌世，就是消极的逃避。错，修佛是为了灵魂的更高境界，许多修佛之人恰恰是大彻大悟之人，是历经坎坷，饱尝辛酸之后的淡定从容，是在尘世之中内心的平静，是在熙熙攘攘的街市中我行我素、义无反顾的执着。

洒脱的人生都由痛苦的代价换取。当你把痛苦视为一种历练、一种享受时；当你从玉米秆里都能嘬出甘甜滋味时；当你从泥泞中能坚定地爬起前行时；当你能带着遍体鳞伤笑对生活时；你，就是佛！

天空渐渐明朗，云卷云舒随意自然，一列列火车风驰电掣，经过这条东起连云港、西到乌鲁木齐、阿拉山口，横跨东西的陇海线，呼啸着向西而去。

近几年这个陇海、宝成铁路的交汇城市，由于航空、高铁以及西汉线的开通，战略地位有所下降。但随着"一带一路"倡议的实施，欧亚大陆桥的贯通，呼啸而过的列车频率不断提升，节奏不断加快。这些载着琳琅满目的商品，带着丝绸之路的汉唐辉煌，丰富着各国人民的文化生活，架起各国人民友谊的桥梁。

围堰形成的一个孤岛，像龟，又像蛇，身子从山体伸出，像一个探头探脑的顽童，伸长脖子，头已经探到水的中央。蜿蜒的身躯在涟漪的水波中游动摇曳，身上的绿草、野菊像披着花环的风衣，在我看来，它更像投向大佛得怀抱，急于修炼、以佛释道的许仙。

往西不远是蜂泉山，古时是通往香泉的一个驿站。据传：唐太宗李世民的长孙皇后，老家就在西山香泉孙家村。

有一年，长孙皇后回家探亲，途径蜂泉山，见这里峰峦叠嶂，青山连绵，便奏明皇帝修建寺院。因周边九条山脉如同九龙，汇聚蜂泉山下，故山下先建九龙庵，后建蜂泉山。

从山下大柳村往上走，有七八公里修成了柏油路，村口几户农家乐，以当地小吃、山野菜为主，其中以土鸡蛋炒辣子夹煎饼最为爽口。要按口味要按心思，就点一碗包谷糁子，咥着辣子煎饼，优哉乐哉。

几座庙宇借着山势呈现不同格局，山崖下有股清泉，清冽香甜。池中放一铁勺，方便施主取水，很多人都会带回包治百病的神水。后来，这里起了一道铁栏杆，石壁上挂一木板，上书：取水收费，一次2元。

庙门口坐一昏昏欲睡，佛不佛、道不道的白胡子老汉，交2元钱，老汉一瘸一拐地到了取水处，掏出腰间钥匙，打开护栏。一个个善男信女嘟嘟囔囔心有不甘地取水，把本该放入功德箱的钱一概省略。

登高后，从最后一座庙再往上进入密林，许多人就此打住，也有探险之人沿着陡峭的山崖攀岩而上。至极顶，有一苍松，繁茂挺立，据说有上百年，树身上缠满祈求福禄平安的红绸，就像广漠荒凉的青藏高原上五颜六色的经幡在风中飘荡，和绿油油的山林形成现实与理想的炫目反差。

这些年，一些宗教场所或许已经和信仰南辕北辙，变成了赤裸裸的敛财道场。几百上千年的历史遗产蜕变为少数利益集团的赚钱机器，揭开其虚伪的面纱，清晰无比地看到一个字："钱！"

这，或许是经济发展的进步，但必定，是人文历史的悲哀！

西山，这块心灵的净土，不知何时，也将可能蒙羞。想到这些，不由心生担忧，多几分凄凉。

重装穿越傥骆古道

不去秦岭，你是听说；

去了秦岭，你是感受；

经历秦岭，你就是神秘。

——中国科学院地理科学与资源研究所　刘闯

一

注定是一次艰难惊险的旅程，注定是一次毅力耐力的极大考验。

可惜，即使在路上，也没有意识到，这，有别于任何一次的穿越。

没有向导，没有背工，甚至，同行者无人走过。

六天时间，五天穿越于山峦连峰接岫，竞远争高；山谷霞蔚雾集，溪水奔流的原始森林。

这条隐藏在秦岭茫茫山野之中，充满传奇色彩的陕西进川距离最近又最为艰险的傥骆古道，全长240公里。

据说三国时期，刘备在汉中建立了对付曹魏的军事基地。因傥骆古道山高谷深，人烟稀少，行程相对较短，且北指关中腹地，南抵汉中门户，便于藏兵、调兵和出奇兵，彼时古道战事频繁，羽书飞驰。

最具传奇的是贵妃杨玉环未在马嵬坡自尽，而由此道经洋县走汉中，远渡东瀛，成为了日本华侨。此说若真，毅力也着实可嘉，实一代奇人。

到了穿越起点——周至县骆峪镇政府，和几位湖北驴友会合，开始15公里步行。

一路草木青青，绿树茵茵，踩着湿软的土地，双脚随着韵律自由摆动，欢快前行。不一阵，后背开始发热，脑门沁出汗珠，呼吸变得急促，路过一小卖部，进去买了瓶水咕嘟咕嘟地喝了一气。

水似甘露，格外甘甜，解渴。渴的时候，水，就是幸福；饿的时候，饼，就是幸福。

远远望见送我们的面包，觉得今天热身可以结束。可司机说路太烂，拖了几次地，加之油也不多，让我们自己走。上面的伙伴怕他不拉我们，没给钱，交代一定把我们拉上去。看着司机为难的样子，再看被运矿车压得深深车辙，算了，走吧……

乡间徒步，是一种享受。花香草碧，鸟鸣袭人。山谷中，湿润的空气轻抚你的脸，像自然保湿，天然美容。

若感觉过于安静，可以自己哼上几句，出声不出声都无所谓，那是心里的节奏，没有干扰，没有烦忧，这一切，是自然的包容。

想起了美国诗人朗费罗的一句诗："你来自尘土，必归于尘土。"人类，永远是自然的过客。

可现在，对自然资源的疯狂攫取，对自然环境的掠夺破坏，超出发展规律。每一处风景宜人、景色秀美的深山秀水间都有各种不合理的、非法开采的矿山，无论核桃坪、云屏、三滩，还是这次要走的傥骆古道。

前面就是矿区，山顶还在放炮，碎石不断滚落，一直不敢前行。和矿上的人聊聊，说前面还有一个废弃的矿区，有房子，我们可以住那儿。抵达时，天已经漆黑。打水烧饭，河道里的水白白的，挺吓人，石头也是白的。听说这是一个汉白玉矿，上游再没有开采，水质应该没问题，但还是心有疑虑，胆战心惊地采了些水来。

今晚是此次穿越第一夜，三队人马寒暄认识，开火做饭。杰米菜做得不错，油盐调货一应俱全。不一会儿凉菜、热菜上齐，拿出好酒，邀请几位驴友一起欢聚。

出去时，两位老哥已入帐休息，湖北驴友和我们畅谈共饮，无不欢乐，无不兴奋。

外面河水潺潺，凉风习习，里面高歌畅语，灯火辉煌。折腾结束，已快十二点，想想明天的路程，听帐里的两位老哥已鼾声四起，抑扬顿挫，高亢有力，撕破了水的节奏，扰乱了夜的安宁。

洗洗睡吧。

二

第二天一早，陆陆续续起床开始行程，向矿上的一个凤翔工人问了问路，就急急地往前赶。

走了不久，对面来了北京老许，一个中年人，在山里待了好多年，搞种植什么的。老许热情地给我们讲山中的注意事项，岔路的分辨等。

一个人，深山幽谷，修炼身心。不是一般的毅力，不是一般的执着。红尘之中，耐不住寂寞，扯不断私情，填不满欲壑，伤不完脑筋。逃离红尘，向往自由、宁静之心人皆有之。真正实施者，或者世间高人，一门看空；或者看破红尘，心灰意冷。

大德高僧大都如此，山中庙宇、庭阁楼榭，都是这些人，为一种理想、一种信念。现在所谓的旅游景区虽由此而来，但早已变味，甚至寺庙、道观亦充满着铜臭气。

前面一阵狗吠，在寂静的山野，格外亲切。到了茅草坪老许的庄园，沿左手河道，钻进密林，开始了真正的探险之旅。

过河，过河，还是过河！没完没了。有了上次坠河相机、手机全泡的经验，每次过河前，都把机子用塑料袋包个严严实实。过河，是胆量，更是技巧，特别是在走得双腿发软时，看着潺潺河水，望着沾满青苔的滚石，心里先少了份勇气。

抬抬脚，试一试，又收回。你不但要能准确快速地踩住下一块石头，又要及时转换重心保持平衡。这不是一个轻松活，特别是重装时，更增加难度。如果下面石头松动摇晃，危险度将大增。

不少驴友掉河湿身，到了见河色变的地步。刺骨的河水不但扎痛着神经，更会泡涨双脚，给以后的行程增加难度。

一路栈道、客栈遗迹随处可见。可以想象先祖马驮车推、前赴后继的场面，真是为先人征服自然、改造自然的勇气和毅力所折服，为先人的智慧所钦佩。

科技改变了人，也荒废了人。

两个小时过去，路迹越来越不明显，感觉路有些不对，用GPS对了地标。错了，返回再找路。我的妈呀！返回窝棚，重新开始。

经过这样的折腾，已经没有了力气，深山幽谷中，只有急促的呼吸声。新走的路线仍没把握，只是硬着头皮走，盯着前面驴友的脚后跟，一步也不愿落下，真怕被遗落在这傥骆古道的原始森林中似的，不停地走，不断地走。

本就稀薄的阳光越来越弱，等到四肢联动登上关城梁垭口时，天已黑，没有路，前面就是悬崖，就是绝壁，四处转悠，找出相对平缓的下山方向，戴上头灯，又一次钻进密林。

夜黑伸手不见五指，枝条横陈，硬拉死扯，说连滚带爬真不过分，真怕把谁掉下这魔一般的深渊。

走着走着没路了，都是悬崖，几乎绝望，打头的也不敢前行，一起商量。一时间进退维谷，冰炭在怀，个个身心疲惫，尘面哭脸。

恍惚间，仿佛看见灯光。"有人家。"不知是谁在惊呼。嗷嗷地吆喝起来，下面有人搭腔，谢天谢地，真的有人家。

等到村民上来把我们接下山的时候，真格的不笑复不语，珠泪纷纷落。一个村子，独独一户人家，一个老人和他的一个亲戚。

老人赶快招呼加柴烧水，顿时间屋里烟雾弥漫，热气腾腾。驴友们打开头灯照明，点燃气炉做饭，情绪舒缓了很多，渐渐举觞对膝，破涕为笑。

酒足饭饱，和老人闲聊起来，儿孙都在外面工作，很少回家，一个人在山里住惯了，享受着大自然的恩赐。山里种点玉米、土豆，打点核桃什么的，很安逸。看着只有两人，想问问能不能在屋里扎营。老人爽快地说：那屋里大床闲着，你睡去就对了。并在我们再三推辞下拿出一条新床单要给我们铺上，乡民的淳朴热情不容拒绝，从眼神里，从表情中，你绝看不到一丝客套，更无谈虚伪。

好不容易休息，浑身没有一处不是酸痛，特别是双肩，这次背负太重，压得早有了烙印，抬手一抹，两道深槽。好像脚也不行，肿胀酸痛，想想它也不易，跋山涉水，袜子褪去，一双贵足，早已泡得粉嫩肿胀，几个明亮的水泡好似受屈的娇娘，含泪欲滴，凄惨不已。

想想后面的路，拂拂脚掌，也没办法，委屈你了，不走不行啊！

三

山野的早晨阴冷而空阔，清新而单纯。出来院里转了一圈，昨夜天黑，都没顾得上望几眼，看这山坳人家，几间茅舍，零星地点缀其间。大山的子孙，像是自然的守护者，和谐而安详，寂寥而恬静，给人美感，使人觉得舒适。

天冷的要命，太阳远远的，被乌云遮盖，没有力量温暖大地，胡乱照了几张照片，赶快回屋烧水做饭。

炉火边，袜子还没有干，鞋也是湿的，只是烤的前面有点开胶。赶快收拾一下。老人家开始加柴烧水，驴友各自点火做饭。新的旅程开始了。

早晨起来感觉状态不错，昨夜的疲惫缓解了很多，就走在队伍前面，加快步伐。

　　漫步在峡谷山野之间，起泡的脚也渐渐变得发热、麻木。沿着峡谷穿行，路越走越窄，越走越险。横陈路间的大树、滑落的碎石，接二连三地挡住道路，不是从下面钻，就是从上面跨，不论钻与跨，背着大包，弯腰和跨越都不容易，在这倾斜的小道也不是简单事，稍不注意，要么滑落要么崴脚伤背。

　　一根大树横在路中央，想从下面钻过去，试了几次，背包被死死卡住，无法通过。迈一条腿过去，把整个身子贴在树上，想迈另一条腿过去，腿未落地，人重重跌落在树干上，左肋被狠狠撞了一下，心想麻烦了。

　　过去后，抚抚肋骨，好像没多大问题。

　　幽深的峡谷中，根本没有路迹，走了一段冤枉路，前队变后队，退回原地找路。"太白游侠"沿左手上梁找路，其他人原地待命，等了个把小时，也没有消息。大家有些着急，又开始另寻线路，等到继续前行时，再也听不到"太白游侠"的声音。

　　自此，一人走散，失落在大秦岭原始森林中，虽是资深老驴，还是免不了为其担心。

　　大家开始真正爬山，几乎四肢不停，手忙脚乱。和"太白游侠"同来的老驴不停地念叨，不能把"太白游侠"一个人留下，他要和"太白游侠"会合，但他什么时候离开队伍，我们真的不知。

　　直到夕阳将落，在西老君岭找到下山的路时，才听到他的呼喊声。我们做了标记，那时，他还是一个人，并未和"太白游侠"会合。一直到我们在一个遗弃的村落扎帐，也没有见二位的身影。

　　这是一个古老的村落，从错落有致的平台、硕大的石磨与石臼，到几人合围的大树、散落的石器碎片，都在铭记一段悠久的历史。

　　开始扎帐，拿出工兵铲组装好，在地上连铲带刨，煞有介事。其实地很平，草很软。只是带着这家伙走了一路，都没派上用场，真是白白背了个铁疙瘩翻山越岭。杰米笑曰：超人哥拿着刨地是了心思哩。

笑笑扔在一边再不启用。

河道边扎营爽快至极，潺潺流水，嘻嘻风声，夜幕降临，耳闻天籁之音，呼吸空气清新，很容易醉氧，进入梦乡。

半夜有雨，淅淅沥沥，带着风声，触动着帐篷，感觉帐杆摇动，很是舒服，迷迷糊糊，一觉天明。

户外的魅力在于每天都有不同的惊喜和惊险，这对生活在都市里百天如一日，朝九晚五的人们无疑有极大的诱惑。每天走到迈不开腿，走不了路，抚抚四肢没了弹性的肌肉，摸摸满面如沙般的盐粒，汗流浃背不足以形容，准确说是汗流每一个毛孔，甚至于虚脱。坐在草丛中，石块上，低着头，任凭汗水滴在大腿上、打在地面上，泡湿一片。这时候，你才真正理解什么叫汗流不止。摘下帽子，看看帽檐的轮廓已被盐渍描绘出各种图样。手撑着手杖，没有一丝力气，只有自己短促的呼吸。此时，好像没有支撑就会像无助的高墙轰然倒地。

四

可是一觉醒来，又活了，明媚的阳光，柔美的和风，清冷的空气，匆匆的流水。一切都令人兴奋，一切都让人充满期待，作为生命的个体，一切，都那么新奇！

村子里转转。这里，的确是块风水宝地。可以想象，有一段积淀的历史。城镇化建设飞速发展的今天，把拥有广袤土地，与自然和谐相处的村民搬进如鸟笼般的高楼大厦、钢筋水泥中，不知是利是弊。

离开了青山绿水、云高风清，人类每天被重重的目标和欲望所绑架，那种闲适、恬静、纯真、快乐的日子永不会再。每当看到山里人贫瘠却个个天真、单纯、真挚、淳朴，真正的羡慕这种生活。

在都市，你不可能具备这种平和心，攀比、炫耀让你眼花缭乱。即使有此心，你也不可能成为一个单独的个体，不说父母，不说自己,仅子女入托、上学、结婚、生子哪个不需要努力,哪个不需要拼搏?

今天的目的地厚畛子,不知道能不能见到昨天另辟蹊径的二位老哥。

离开扎营地,沿着河道,一路小跑,路上要经过几个村子。虽然路不短,但只要中间有村子,就能加些水,总不会太荒凉,强度应该不会很大。想着想着,自信加了几分,脚下不觉间加快了频率。

没走多久,对面来了支大队伍,十几个人,湖北的,从洋县过来,和我们刚好走了个反方向,互相打了招呼。最感兴趣的就是:前面有两个宝鸡老驴友,让给带个话,他们先走了。

我的天,原来昨夜他们扎营在我们前面,谢天谢地,一颗悬着的心终于落了地。

过了八斗河村,刚在桥头合影的驴友像是插了翅膀,飞一般而去。想着今天任务不重,就边拍照边不紧不慢地往前逼近,走了一段,开始爬山,向卡发梁冲刺。

越走越没劲,越走越疲惫,穿梭在一人高的蒿草丛中,一会儿就找不到前面的足迹。想想这样不行,容易掉队,遂打起精神,加快了步伐。

密林中穿梭, 幽暗潮湿的泥土气息夹着腐败的枝叶草的霉味,很特别,很舒适。踩着松软的落叶,悠悠忽忽地向远方行进。

一缕阳光,带来新的希望,到垭口了,到垭口了,一次次希望,一次次破灭,翻了一个又一个梁,终点依旧杳然无知,疑是天下无绝路,今朝就得领会之。

漫长的爬坡,无止无尽。汗早湿透了襟衫,两条腿像灌了铅似的,难以挪动。想着几天来,没有一天轻松的日子,带了个大相机,几乎没有用武之地,看着沿路的美景,却没有机会拍照留影,真的遗憾。每个人都不知道哪是终点,离现在有多远,所以都竭尽全力,拼命地赶时间。

"到顶了",前面的喊了一声。走在后面的还有不少的路程,隔山累死牛,只闻其声不见其人。不一会儿上面两位下来接应,卸了包,左右摇摆,轻飘不已,好像掌控不了自己。

到达梁顶,前面到的已等了很长时间,嫌冷就提前启程了。山下的村子隐约可见,躺在薇草间,沐浴着秋后阳光,歇口气吧。

山下的村庄,仿佛世外桃源,一片净土。河水穿村而过,几只牛在阳光下悠闲地吃草,像是一幅美妙的山水,动静相宜。

路过一户人家,赶紧进去讨口水喝。两口子刚烧好水,准备下面,我们连喝带灌,又是灌水又是晾水。主人看看我们背的大包,赞叹不已,聊了聊,听听还有不少路,不敢耽搁,又抓紧赶路。

走了一段,觉得不对,没法,又退回原地,进院子问路。这次主人端着一碗手擀面,亲自把我们送到路口,见进了小路方才离开。这一段不短的路,真的感谢,感谢你的热情,感谢你的淳朴。

再往前走,由一家院子穿过,一片丰收景象。主人带着石头镜,很有乡村干部的派头,儿子十六七岁,看起来很腼腆,说是在西安上学,放假才回来。整个院子到处挂着金灿灿的玉米。老奶奶在一边剥玉米,慈祥而喜庆。

主人说,这是傥骆古道上的重要客栈,古时每天在此歇脚的马夫、客官有时要上百人。

在傥骆古道,仅从一些遗留下来的地名就可以感受到当时的繁华与辉煌:蒸笼场、骡马店、火池坝、牌坊沟、三官庙、三星桥……店铺、商旅、集市的痕迹无处不在。如今,沿路的村民仍旧守候着这块遗落明珠,世外桃源,辛勤劳作,颐养天年。

说起这一方土地,村民们满脸的自豪与安逸。老人在一边收拾玉米,不时地笑着看看我们,可能觉得这些人莫名其妙,吃饱了撑的,受这洋罪:看把娃累的!

歇了会儿,几个人先后帮老人一块收拾玉米,摆摆造型,主要是想沾些收获的幸福。在城里,没有这一块地,没有这个场景,金秋季节，金灿灿的玉米，金色的夕阳，一幅美妙的画卷，真想躺在这个院子，就此睡去。

还得走，离厚畛子还有不少路，要命的是还要翻1950米的父子岭垭口。

没走多远，到了大蟒河村。在一家商店门口，湖北驴友有吃有喝，春秋说鞋走烂了，重新买了一双黄胶鞋，我们买了几瓶啤酒，吃了点路餐，又匆匆赶路，钻进了密林。

秋后的山野生机勃勃，太阳透过密林，洒落缕缕阳光，古树斑驳的枝叶泛出五彩缤纷的光芒，映着潮湿泥土芳香的气息，走几步抬起头，让耀眼的阳光刺目，给自己一点希望。

有人把广袤雄浑、深邃宽广的秦岭比作中华民族的父亲山，感觉形象妥帖。记得2008年川西登四姑娘山时，向导扎西介绍说四姑娘山像美丽少女婀娜多姿的腰身。我一探，的确是。一边是倾斜的陡壁，一边是斧劈般的悬崖，看来姑娘美丽的腰身虽充满诱惑，却暗藏杀机。反观秦岭，即使主峰太白山、鳌山，一步坠崖的地方几乎没有，风和日丽时，甚至受人轻视，不止一次见到一些伪驴穿着运动鞋甚至皮鞋上太白、鳌山，下来炫耀太白没啥难度，而每年都有驴友葬送性命。

不敢看见石头，看见石头就想坐，坐下就不想走。低着头，不东张西望，坚定地迈着前进的步伐。

上到父子岭垭口，没有喜悦，甚至，没有感觉，下！

下山的路，时而在一人高的蒿草中穿梭，时而在阴冷潮湿的密林间行进；时而随蜿蜒崎岖的河床下行。膝盖负担很重，经过几天的跋涉，每天都是在用毅力支撑，如果有选择，唯一的选择，就是停止前行，就地卧倒，睡上几天。

厚畛子镇地处周至县，太白脚下，黑河源头，与佛坪、洋县、太白、眉县相邻。生物资源、水力资源、森林资源丰富，是唯一兼跨长江、黄河两大水系的景区镇。

走过街道，穿越太白山的驴友三五成群，很是热闹。住宿也很紧张，我们的客房在二楼，走了几天，上个二楼都费劲，不知道是怎么挪上去的。

点了几个菜，和湖北的驴友一起，好好地吃了一顿，现在不是讲口味的时候，什么都好吃，光盘行动不用号召，只有加菜，没有剩余。

五

第二天早餐，两元钱一个的花卷很好吃，菜没上，一个下肚，没感觉，又吃了一个。

厚畛子来了不止一次，却从未停留，随着秦岭、太白山旅游渐热，这里饭馆、客栈林立，真驴、假驴在街道穿梭，倒像都市里的街巷。湖北驴友没到过老县城，要到老县城转转，吃过饭催促司机赶紧上路。

司机是一个80后小伙，很健谈。一上车滔滔不绝，说二号太白山又丢人了，是一个大学生，下山时走的快，一个人走失了，同行的其他人下山后找不到人，遂报警。政府第一天派五十人上山搜寻没有结果。家里人从外地赶来，第二天派了八十人。万幸的是在一个干沟里找到了弹尽粮绝的小孩。这两天山上没雨，小孩冻了一夜，精神有些恍惚，见了营救的人也没有表情，保住了性命，比什么都强。

车过秦岭界碑，下至谷底，一条河挡住去路，就是胥水河，过胥水河桥见一碑楼，写着"老县城"。

老县城群山环抱，一水中流，木林苍翠，村舍稀疏，完全是一派世外桃源的绚丽景色。在林木葱茏的百山之中，逶迤伸展的跑马梁下的胥水河畔，残存的古代城墙、城门、碑碣、雕刻、衙署、书院、寺庙、街市和具有陕南风格的民居建筑，无一不闪烁着历史文化的光辉。

在老县城这个高山石头城中，有全国罕见的三龙戏珠浮雕、朝天吼石刻等极具历史价值的文物，人们形象地把老县城誉为"北方的香格里拉"。

县城曾方圆百里，往昔人丁兴旺，经济繁荣，有着辉煌的岁月。由于历史原因，现已仅剩十几户人家。老县城叫县，是民国以后的事，再早叫"佛坪厅"，建于1825年道光五年，当时即是厅城又是傥骆道上的驿站。北来周至，南去汉中，老县城居中间，是人员往复必经之处。

走进城门洞仔细观看感受老县城历代的风雨沧桑。"厅城"存有各类寺庙建筑遗址，有石塔、照壁、石雕、碑、古代民居等遗留。这是我国目前保护最好的清代厅城遗址，有重要历史文化考古价值。一些珍贵的东西现已集中到文管所保存。

车到都督门，亲切而熟悉。引渭工程指挥部的院子里扎过帐、张金科家的屋里歇过脚。

记得那年，也是国庆节，太白山北南穿越，本计划从鹦哥穿越至核桃坪，中途暴雨，太白河水位大涨，过河成了极度困难的事，有驴友失身坠河险被冲走，无奈改道上梁。外面雨浇着，里面汗出着，人困马乏，走到虚脱。猛然间感觉灯亮，以为花了眼，定睛一瞧，真的，是灯光，各个像打了鸡血，积极地跋涉。真是岁月如梭，转眼已过去七八年了。

宽阔的河床上横架着几根木头，下面是滔滔渭水，有人走过，木桥晃晃悠悠，看得人眼晕，村民来回惯了，背着小孩像扭着秧歌，轻盈地飘过。

对于我们却不那么轻松，一迈上木桥，三根滚圆的木头，接触的都是点，没有面，身体要不断地调整重心维持平衡。老乡看着我们如入针毡的痛苦样，不觉掩口而笑。

问了问路，一个老者不耐烦地指了指方向。不得要领，再问，老者已走，只是说现在蒿草早把路埋了，要找向导。我们沿着路基一直往西，地里干活的妇女说走的路不对，给我们纠正了路线，沿着这条路走了半个小时，前面是一片漫无边际的蒿草丛，向山根走去，没有上山的路，来回又折腾了半个小时，几个人从不同方向寻路，最后选了一条大方向基本正确的林子钻了进去，开始用足迹丈量三十里吊沟。

翻上岳子梁，下沟沿着迤逦曲折的河床继续前行，一路茂密的竹林。这段路我走过，那次是从黄柏源往都督门走，觉得不是很累、很长，总觉得过个竹林就到了。

周围群山环耸，不见天日，层层落叶，厚厚的苔藓，天是绿的，地是绿的，连水也隐匿于绿色之中。山不转水转，不停地在竹海中爬行，一个竹林接一个竹林，一望无际的竹林铺天盖地。怪不得这里有国宝熊猫出没，这么多食材，这么好的环境，是我也愿意待在这里。

登上了2490米的财神岭，感觉今天的日子快要结束了，胜利在望、大功将成。下山钻出蒿草丛，几排石砌的房子了然在目，驴友已经开始卸包扎帐。

可转了几圈，水流湍急，奔腾不息，没有适合过河的地方。对面驴友大喊：脱鞋，光脚过河。

深秋的山野，河水生冷若冰，想想这两天打泡的脚，屋漏更遭连夜雨，破船又遇打头风。怎能再受此作难，唉，也没办法，不过也得过。

扎营的荒草坪有几栋废弃的石屋，孤伶地矗立在这荒郊野外，像是现代建筑。有人说起初是一家军工研究所，未启用就被废弃，上次从黄柏塬大箭沟过来时在这吃的午饭，睡了午觉，很是惬意。可这次，没有那次的闲适，只感觉极度的疲惫。

扎好帐，杰米又开始烹制大餐，即使在野外，他对美食的追求也丝毫不降，而且体力超级好。回来后才知道，这是一个经常以马拉松为乐的运动健将，我们如何比？

六

早上起来,我们将迎来此次穿越的最后一座山峰,海拔2630米的兴隆岭垭口,进入长青自然保护区。如果幸运的话,我们将和国宝大熊猫亲密接触。

秦岭南麓的景色与北坡有很大不同,没有了冷峻峭壁、奇峰异石,庄严与肃穆;漫山遍野,五彩缤纷,更多的是一种柔美,像一幅幅色彩饱满的国画,视野所到,各有不同,那样热烈,那样喜庆。这样的风景中,不由停下脚步,把这美妙的风光永久地保存在记忆中。

旖旎风光令人流连忘返,按照自己的节奏,信马由缰,陶醉在秦岭的崇山峻岭间。时而古木参天,遮天蔽日;时而蒿草过人,似留若眷;时而河道蜿蜒,顺水而下;时而转山横切,若顾若盼。午后的阳光,温暖而柔情,多一分太烈,少一分太凉,细细享受这段幸福时光。真想躺在密林枝叶间,愿时光静止,岁月驻足。

到了兴隆岭哨卡,这是此次穿越的最后一个山峰,至此,我们将进入长青保护站,一路下行,到达华阳。

好不容易下到河谷,伴着流水继续前行,想着到了保护区,路不会太长。可从斜日走到夕阳,从夕阳走到落日,真的崩溃了。对讲机中传来声音:加快步伐,争取赶上景区的车,加快步伐能抄近道……

抄了一次近道,湿漉漉的河床边荆棘丛生,撕扯着背包衣物,脚下连磕带拌,踉跄欲坠,几天的劳累,腿上、脚上早没有了力气和弹性,这时候走这种路,危险极大。遂下定决心,宁愿多走,不抄近路。

一辆森林公安的警车过来,说是有领导检查。问离景区大门有多远,说是六七公里。

这六七公里路,走了好像一个世纪,对讲机也没了动静,只有硬着头皮走。走着走着，不约而同地从背包中取出头灯，心想今天又不得不走夜路了。

前面有灯光，好像是车灯。顿时来了劲头，紧赶慢赶，谢天谢地，终于到了长青保护站景区门口。叫的车在这里接应我们。

卸下背包，景区工作人员帮忙装车，提了提背包，硬是没提动，加了把力气才把背包塞进车里。工作人员惊叹的同时，说了许多鼓励赞扬之类的话，已没有力气答话，只是连连点头。想着此次穿越将就此结束，又打起精神，不由说道：到啦？唉，人，带上头灯才准备好好走啊，不过瘾嘛！

华阳古镇始于秦，兴于汉、唐、宋，秦汉成集镇，唐宋设县治，至今已两千多年。因傥骆古道而兴，唐朝有两位皇帝南避汉中均曾在此驻跸，是有名的古道驿站、古军事要冲、古经济政治重镇。

如今的华阳古镇，商店林立，客栈云集。长青保护区景区的车可以直接通往华阳，很是方便，加之朱鹮、大熊猫等珍稀野生动物出没于此，政府大力打造旅游产业，这里的游客越来越多。

和湖北驴友欢聚，这次穿越的最后一次晚餐，就此我们将分手，天各一方。想想这几天在这秦岭的茂密森林中东冲西撞，相依为命，彼此呼应，相互鼓励，一生，可能只此一次，是缘，就要惜缘。二师兄快乐风趣、幽默豁达，和风清云淡刚好相配，看得出来，他们不是第一次同行，默契而和谐。到隔壁商店提了瓶十五年秦洋，大家开怀畅饮，述说这几天的酸甜苦辣，风雨行程。不觉间，有点高了。

仗着酒劲，在古镇转悠。夜幕下华阳华灯异彩，闲适舒缓，晕晕乎乎、摇摇晃晃地在街道走动，也不知要做什么，想找个酒吧，没有，想找个茶馆，没有。

看见一个人在夜幕下钓鱼，望了半天，见没有收获，怅然而去。

老戏台已经修复，随即跳上戏台。和杰米各唱一曲，杰米唱的王朝、马汉啥的；我不会秦腔，就现编乱唱，一没人，二喝高，也不嫌怪。下场后杰米意犹未尽，二次登台献唱，最美的吼声留在了夜幕下的华阳。

寻华阳老人。那年我过来时有一位老奶奶，近八十岁了，在自家门口纳鞋底子，一看就是大家闺秀，很有气质。听人说，镇上还给老人发津贴，来的人好多都和老人合影留念。

问了几个人，都说不知道，可能不在了，不死心，又问了一个当地老人。老汉70多岁，一直住在古镇，他也说那个老人前两年就不在了。

老汉很是热情，跟着我们，左摇右晃、东西转悠，说个不停，都是些古镇的历史故事、趣闻轶事。当时糊涂，现在记不清都说了什么，只知道转了几个圈老人说到家了，我说：你赶紧回。

鸟语花香

从都督门经窄陡狭长的十里吊沟，穿过密不透风的莽莽竹海，眼前一片豁朗，不由得解下背包，将身子倒向被知秋落叶覆盖、潺潺流水洗刷的沟壑。

山谷空灵，仿佛静止状态，植被腐烂，泥土腥气，袅袅绕绕，偶尔的风吹起落叶在召唤树上依依不舍的伙伴，树皮一层层地褪去，又一层层地生长，不知是未及脱离而被覆盖，还是已经脱离而未落下，一层层积累垒叠起来，鼓鼓囊囊，像帅小伙秀出的疙瘩肉，孔武有力，壮硕无比。

放松心情，放松四肢。沟底的水声透过竹林小心翼翼地传递一丝灵气。黄色、红色、紫色、橙色、黑色以及各色各样的落叶被压在身下，身体好像在一个柔软的席垫上。闹市里的尔虞我诈、喧闹嘈杂完全丢在脑后。

一片落叶，晃晃悠悠，轻飘飘落在脸上，一阵沁香，不由得扇动鼻翼，尽情地嗅闻。耐不住这种诱惑，又把它捧在手心，放在嘴里，仔细地咀嚼，品味。

一只蚂蚁从身上急匆匆穿过，不知是听到了伙伴的呼唤，准备投入战斗；还是闻见爱人的气息，急不可耐地鹊桥相会。总之，借道吾之朽还是不朽之躯，匆匆地走过。不知道何年何月，或是下个轮回，我们能再见否？

　　一对追逐的鸟儿打破了大山的宁静。鸟儿身如燕雀，灰色红嘴，黄黄的长腿像走秀的模特。一开始感觉慢声细语，后来越靠越紧，卿卿我我，大有相见恨晚之势。

　　忽然间，一只身材娇小玲珑者语速变得急促而愤慨，声调高亢而激越，继而振翅高飞，另一只笨拙忍者只是低头认错，不敢搭言，不由得我想帮忙，又怕适得其反，起了反作用，反坏了好事。眼见忍者不敢搭腔，而"玲珑"者高飞低回，越说越气。可能是说到实质问题了，或许是彩礼、房子的事吧。

　　躺在五彩斑斓的树叶上，享受着太阳透过密林的一丝温暖，为树上的一对鸟着急，只觉得血液在脉管里膨胀，青春在胸中复苏激荡。

　　满怀焦虑间，爆发一声长鸣，一声悠长的呼唤，一个喜出望外的音符，像悦耳动听的汽笛，像悠扬曼妙的古筝，像冲锋的号角，把愣愣地矗立在枝头的胖鸟吓了一跳。还没愣过神，"玲珑"轻盈乖巧地卧在胖鸟的怀里，一场情侣的怄气结束了。

　　那么突然，树上的胖鸟和地下的我都感到莫名其妙。

　　或许，爱情就是如此，难以言表，讲理的不是爱，是法。

　　飞过一伙鸟，不知是娘家人还是婆家人，唯恐天下不知，一味高喉咙大嗓子地吼叫。一对鸟羞涩地越搂越紧，眼看快成了标本，树枝在不停地颤抖，仿佛承受不了如此炽烈的爱情。

　　祝贺的鸟围成一圈，盘旋呼啸，节奏越来越快，声音越来越高，整个山梁被这伙闹房的吵得难以招架，树上的叶子大把大把地飞落。

　　一边崖壁上，拥山望水的成片野菊炽烈晃眼，纯净地让人不忍再看，这些在深秋仍饱含激情的花儿，对叽叽喳喳的鸟儿，抱不屑的态度。

　　时光悠长，古道花香。此时，流水的鸣咽，树叶的磨戛，小鸟的娇鸣，秋虫的吟唱，在耳边，在心里，奏响世间最美好的乐章。

　　痴醉于山野，融化于自然，不知庄周是蝶抑或蝶本庄周。

秦岭花谷

山水秦岭，春暖花开，阳光似利剑闪耀，刺目火热，穿透密林洒向草木，碧翠的草地柔软似毯，像刚出浴的尤物，清纯温婉朝气蓬勃惹人爱怜。

黄艳、亮粉、玫红的野花，或茕茕而立孤芳自赏，或成簇成片轰轰烈烈。

蝉鸣阵阵，鸟啼声声，爽心悦耳，静谧的森林中嘹亮高歌，古峻嶙峋的山石也有了生机，在幽森绿苔的相衬下饱满圆润。古藤枯枝上偶尔一两瓣绿芽探头探脑，俏皮地诠释着生命力的顽强。

峡谷溪流欢快地带着大山的体温，奏响哗啦啦的舒爽音节，向都市输送无染的水源。茂密的植被和山石沙砾成了天然的过滤器和沉淀池，伟岸的大自然无私地向人类奉献自己的珍藏。

转山转水，山有多高，水有多长，山水相依，万物得益。都市的人们，整天被物质利益和无尽欲望搞得焦头烂额，"水善利万物而不争，唯其不争，故莫能与之争"。世间道理尤其简单，但想明白的道理，做起来都难，更何况，人在尘世，面对诱惑，总想不明白，不理解难得糊涂其实并非糊涂，实是大智若愚的道理。

静下心来，或仰望星空，或匍匐大地，看斗转星移，观草木枯荣。自然轮回生死兴衰的从容淡定，会让烦乱焦虑的心沉寂下来，澄净起来，豁亮起来。

大自然无愧万灵解药，"人，来自于自然，必归于自然"。

巍巍秦岭形成了中国南北气候分界线，北方春、夏、秋、冬四季分明，南方湿润温暖四季如春。北方人的性格也和秦岭的山、秦岭的石一样坚硬粗犷，霹雳如火，不像南方细腻温婉，流连回旋，即使在官场仕途，在商务交流，甚至日常生活中，吃了不少苦头，仍乐此不疲，美其曰：江山易改，本性难移。

背靠秦岭的三秦人，一个个活了几十岁，仍像刚出土的兵马俑，钢棒硬正、棱角分明。有时候到南方，看山不是山，看水不是水，总觉得太软、太腻，就像"桨声灯影里的秦淮河"，就像苏州的园林，就像杭州的苏堤，就像小桥流水的乌镇，就像细致精到的淮扬菜，陕西人觉得总没有一碗羊肉泡、一丫岐山锅盔来得实在。

一方水土养一方人，没有此长彼短，地域特色像基因密码似的伴随着人的一生。

由浅山到深山，从沟底到山顶，花草相随，鸟啼相伴，虫蛇引路，崎岖蜿蜒。峡谷密林，石海草甸，各段有各段植被生长，各段有各段动物繁衍，各段有各段独特风景，各段有各段的情趣盎然。

浅山处，一座座废弃倒塌的房屋，散落的石臼、石磨、耕织农具，围绕院落的核桃树、香椿、槐树、榆树、皂角树记录着世世代代山里人的生活轨迹，不知道这些离开大山、移民进城的山民过得好否？

山坳里走出一位老者，花白短发，矮小身材，一身蓝制服，敞开的外衣在风中呼呼摇摆，腰间系一条醒目的大红腰带，腰带上别一把弯头带钩砍柴刀。一问得知，老人今年本命年，72岁，前些年就搬到山下，今天进山，是给孙子准备桑叶，孙子养蚕。

寒暄了几句，老人攀爬到半坡一棵大树下，仰头望望，抽出砍刀别在身后，身手矫健地上到一个树杈处，坐稳身子挥舞砍刀。

我们饭还没吃完，老人已经抱着一捆桑树枝坐在我们旁边，边整理边和我们聊了起来。

"孙子安排的活要重视哩,我把这捆扎好,儿子下午骑摩托车带回去。"

"孙子养了多少蚕,你给弄这么多桑叶,够吃一个月了吧。"

"养倒没养几个,拿回去给这个给点,给那个给点,每个礼拜都要给准备哩。"

"你咋这么听孙子话哩,儿子给你安排你肯定不会跑这么快。"

"儿子他就不敢给我说,孙子说哩,叫他爸光往回拿,现在孙子是爷哩。"

老汉说到这,笑笑呵呵一张嘴,露出了斑驳稀落的牙口。

"我先走呀,这还有一段路哩。"

老汉打了招呼,背上这捆桑叶,向沟里走去,身影渐渐变小模糊。我们知道,要转过山梁走出山,到有人家的地方,最快也要两个小时路程。

望着那一捆随着节奏摇摆远去的枝叶,坚定却略显蹒跚的步伐,被枝叶覆盖的老人身影,心想,若不是赶路,老汉心中肯定有说不完的幸福要和我们分享。

院落旁的一片芍药,花香逼人。月白的芍药花一簇簇疯涨,山里的花枝,无人养护却花开花落随天然,不像都市,花能早开,果能早熟。

物尽天然,只有汲取自然灵气,顺应自然规律才能做到道法自然,接受大自然的回馈哺育。

一面阳坡,花海如画连缀成片,粉白的花儿在阳光下微醺若醉,蜜蜂、蝴蝶萦萦绕绕,花飞凤舞,嗡嗡道情。花或独立枝头,或携手绽放,或三五成群,或成堆成片密不透风。或是花儿在集合,在赞美,头顶上这片天,根植的这块地,明媚的阳光,忙碌的舞者,只有尽力地绽放,珍惜这阳光,珍惜这岁月。

错落交叠的油菜地在狭窄的山梁上,像打翻了染色板似的绿油油、黄灿灿。成群的蜜蜂呼朋唤友，欣喜若狂，激动地不知所措，不知从何下口。

此时的秦岭，有春的萌动，有夏的暴烈，有秋的明媚，有冬的蕴藏，是上苍恩赐的世外桃源，景致绝妙。徜徉在花海密林中，感受自然的魅力，心胸更豁达，体悟更敏锐，生活更精彩，一切烦恼都会烟消云散，随风而去。

梦中的香格里拉

一

国庆假期，和一帮志同道合的户外好友，开始了真正的单车骑行。

这一路，车辆稀少、空气清新；景色优美、天高云淡；民风淳朴、路不拾遗，因为没有开发，更显弥足珍贵。看着正在修建的宽阔道路、雄伟壮阔的景区大门，可能，要不了多久，几十上百的门票就会像成县的鸡峰山、西峡一样将我等拒之门外。

六天时间，宝鸡出发，途经凤县、两当、徽县、成县，自驾800多公里、骑行200多公里、徒步累计10小时，入住徽县宾馆、成县城季酒店、严坪农家乐、云屏农家乐，五顿牛肉拉面、三顿川菜、两顿豆花面、两次四星世纪金徽，云里雾里、悠然自得。

作为骑行处子秀，虽然同伴都是多年好友，路上会有个照应。但，户外，最终用实力说话，骑不动、走不动，谁也帮不了你。

户外，体能的锤炼固然重要，毅力和耐力更重要。它是一种体力的考验，是心理的历练，是一种不屈，是一种坚持，是一种大汗淋漓的快感，更是一种近乎绝望、几近崩溃而成功登顶后的一声嘶喊——我能行！

对于久居都市的人们，这，是无法拒绝的诱惑，是越来越多的人痴迷于户外的真正原由，一次次驴友戏谑的抱怨、一次次金盆洗手的感叹，都在户外结束时涤荡到九霄云外，急切期盼下一次出行。

单纯的相聚比相约自然，单纯的目的让人变得简单，融入自然，人变得宽容、豁达；融入自然，精神变得放松、舒缓；你没有必要顾忌别人的感受，只要做好自己，因为那是和你相同的一帮人，简单、自然；你也不必期望别人为你做什么，对你来说，敢来，就意味着承担；你要独立承担路上的一切，不能期盼别人的帮助，做好自己，才能帮助别人，哪怕一滴水、一口饭。

人生一世，草木一秋，没有惊险的人生说不上精彩，平淡度过，只是生存，不是生活，给自己留些回味，给别人留些记忆，做一个有个性、有担当的人，一个赢得尊重的人。

敬慕自然、亲近自然。你，会得到很多。

二

发源于宝鸡凤县的嘉陵江是长江重要支流，与徽县永宁河汇流后，在千山万壑中切割出了一道大峡谷，岩壁陡峭，山峰峻拔，植被茂密，景观秀美。

这不但是一条景观长廊，也是古今商旅大通道。著名的古蜀道沿江而筑，工程浩大的宝成铁路顺流而下，形成了自然与人文、历史与现代交叠的丰富景观。

出徽县县城，环绕嘉陵江，一路骑行。山势险峻、河水湍急，穿过双眼洞，路过形象而生动、虎牙栩栩如生的老虎嘴。再度骑行，三滩自然风景区映入眼帘，其距徽县县城50公里，因为磅礴壮阔的三个森林草甸纵贯全境，故称三滩。

三滩，有头滩、二滩、三滩，实则三里一滩，五里一甸，滩甸之间又有无数小滩，如金滩、银滩、昏人滩、落水洞滩等，俗称八九七十二滩。其间峭壁如黛，水瀑如练，丛林苍翠，草地碧绿，呈现出雄浑苍劲、奇峻奇崛的自然景观。

到达严坪村，吃过中饭，眯会小觉，开始向三滩进发。

这是一块美丽的净土，层级分明的田地点缀其间，稀落的小屋宁静而闲适，敞开的院落迎接着阳光、迎接着来客。不像有些农村搞个院墙将自己封闭隔绝起来，更不用说城市，家家大门紧锁，即使邻居，也大有老死不相往来之势，没有这种亲情和大度。

路遇一找牛人，半个月前把牛赶上了山，今天上来看看，说着说着，竟是我们的房东老严。

老严领我们走了条小路，并一再提出领我们打毛栗子，大家已疲倦不已，兴致不高，遂沿途捡拾。路过一家院落，见房檐下有毛栗子，就招呼我们拿些，大家不好意思，老严直说：没事，没事。一老者从屋里走出，笑嘻嘻地和老严打招呼，好像对拿毛栗子习以为常、视而不见。

美丽的严坪仿佛人间仙境、世外桃源，云雾缭绕、天地相连，泛黄的豆苗、土褐的田地、细碎的野花、潺潺的小溪，互相依存，互相映衬，美不胜收。

现如今农民生活条件都还不错，老严家电话、电视、手机、太阳能一应俱全，只是没有独立卫生间，厕所还在马路对面，隔壁就在养猪，一墙之隔，你在方便，猪在哼哼，臭气四溢，实在难忍。

当晚的入住条件最差，四个老男人挤在十平方米的房子里，百味交集，蚊子萦绕。好的一点，老严说，他们这儿的蚊子不咬人，试试真的不咬。难道嫌弃我们这些"百毒不侵"的城里人？

劳累之极，快乐之极，一落枕，呼噜声、梦呓声交响轰鸣，翻身睡去，期待明日的行程。

三

早上起来，环绕云屏，树木茂密，溪水淙淙，云蒸霞蔚，花草芳菲。

旭日东升，阳光透过云层，时有时无，若隐若现，薄雾轻纱般飘逸，舍在山中，水在村中，错落有致，宛若仙境。

两千多人的云屏生活着多位百岁寿星，是名副其实的长寿之乡。

潺潺河水缓缓流过，地里老人农忙耕作。秋收季节，没有夏收虎口夺食的紧张，不一时，金灿灿的玉米棒子会堆满一地。每经过一户人家，看院的狗狂吠不止，摆出一副凶狠样，提醒有人闯入它的一亩三分地。

好奇地看着这些狗，既怕其上来撕咬，又见其极可爱，有一种逗逗的愿望，于是假模作样地跺脚、挥手。这下不得了，它见其权威受到挑战，更上了劲，既扑又跳，要动真格的。

哎呀，看来此狗不经逗，只好溜之大吉，避免受伤。

一帮摄友们，长枪短炮地架起来，抓拍日出，其专业，其专注，其自得其乐的状态，让人看着都觉幸福。最近央视采访"你幸福吗"，每个人有不同的答案，其经典莫过于73岁拾荒老者答非所问的回答。我们有句土话，"要得公道，打个颠倒"，你73岁还要靠拾荒度日，你幸福吗？

其实，对于幸福，每个人有不同的理解，自己认为其核心是：自由自在无忧无虑地活着，健健康康，做自己喜欢的事，这就是幸福。

乡村的诱惑在于，过着顺应自然、崇尚天然，采天地之灵气，吮自然之精华，日出而作、日落而息的原始生活。

身处钢筋水泥包裹的闹市，渴望自己有一块心灵净土，在那里，可以抚平创伤，理清思绪，忏悔过去，展望未来。

每个人，都有自己的香格里拉——一块神圣的心灵净土。

这是心灵的栖息地，是精神的加油站，你可以席地而坐，感慨万千，可以安静地睡去，任他万日千年，不必是公认美景，也不能是人造景观，最好是"养在深闺人未识"的世外桃源。这样，你才不会被打扰，才可以真正地投入自然的怀抱，融入他们的生活，得到心灵的净化。

去寻找，去发现，那是你灵魂的渴望、精神的追求。

给牛兄弟的一封信

羚牛兄弟你好:

　　冒昧以兄弟相称,估计你要比我小。虽然你们平均寿命为15年,而我们人类据统计平均寿命为75岁左右,但我已年过半百,在单位属退二线角色,你是你们族群的头领,是拼实力角斗得来的,不像我们日鬼捣蛋,为达目的不择手段。所以算起来你数青壮年,我是中老年,叫你兄弟,勿怪!

　　那天遇到你,真有点突然,虽然多次穿越秦岭,次次都有想法,但望眼欲穿终归难睹芳颜。

　　记得2006年从柞水穿越牛背梁时,在梁上不知谁喊了一声:看牛!我朝手指的方向望去,高山草甸,乱石磊积,茫然一片,急得大喊:在哪?"那么清楚你都看不见吗?"我才想起掏出近视眼镜,把太阳镜换下,但你,也可能是你哥、你妹、你兄弟,早已跑得杳无音讯,无影无踪。

　　以后每次上山都想见你,见一个个老驴回来说看着了你的神气劲,不知是羡慕,是酸楚,是懊悔,是叹息。总之不瞒你说,吃不着葡萄嫌葡萄酸的心理占了上风。

　　我知道,其实你也憋屈。按说你是和大熊猫一样的珍稀动物,总共也不过几千头,且秦岭一带是主要族群,只因为咱没有人家长得乖，不如人家会讨人喜欢，于是落了个姥姥不爱舅舅不疼的下场；也可能是咱太能，我们人类有个鞭打快牛的说法，谁能干就得多干，多干还要多担责，多受埋怨，会干的不如会看的，会看的不如会说的，最终落个干的干看的看，看的给干的提意见。

对了，不说人类的烦心事。你说你长得一般，脾气也不好，听说还经常使个小性子。山里人说"一牛二熊三老虎"，说你耍起脾气来比老虎都凶。那年我们登太白从都督门下来在向导张静科家歇脚，老张就是被你哪个耍脾气的兄弟顶了一下，至今头上还留着疤痕，说起牛来心有余悸。

一般到了七八月，你们秉承强者生存的自然法则，要进行凭实力说话的自由恋爱，这时候斗起狠来六亲不认，最后取得胜利者成为头牛，失败者或离开团队，或愿赌服输拱手称臣。

拱手称臣者卑躬屈膝从此风度皆失，眼睁睁地看着头牛与自己的爱妃、妹子眉来眼去，寻欢做爱，只得忍气偷生。

离开团队者虽王者之气不失，但这时候心情却差到极点，谁遇见谁倒霉，伤人一般都是这一时期。还有佛缘高深悟透牛生如梦者，离开团队，找一块山环水抱、山清水秀之地安度晚年，把最美好的祝愿送给它的族群。这倒比欲壑难填、贪恋权力的人类，来得光明磊落，值得尊敬。

有一年在白云峡谷穿越时，我捡拾了一个完整的牛头，遥望主峰，面朝南向。不知是你的几辈先祖，整个身躯骨架完整无损，蚂蚁忙碌地穿梭其间，花草绿植围绕四周，心怀崇敬地包裹好这自然之魂，至今在我的书房敬拜。

又一次的鳌山登顶穿越，从23公里上，经过近70度倾斜的"练驴坡"，走过牛头树、葱花坪、石墙、鳌头，一路没有停歇，好像心有预感，这次状态很好，一直在队伍前列，只为与你相见。

一个梁子，眼前一片开阔，几块巨大的石头挡住去路，刚刚从西往东爬上山梁怡然自得的你抬起头，惊愕地望着我，一时不知如何搭话。

梦中所念站在眼前,我也感觉突然,看你的神情,想到了张静科那张带疤痕的脸,不由得握紧手杖,想着你若要撒野,也只有能抡几下是几下,算是有个交代。

对峙中的你我渐渐松弛下来,互相端详,觉得都不是大恶之人,仔细瞧倒有几分菩萨相,不由地对视交流。我想你是一个凭本事夺取王位,护佑部族的首领,算得上一个顶天立地负责任的首领。今天急匆匆攀上山头也是为后面弟兄打个前站,看你回首低吟,或许就是告诫族群:有敌情,注意隐蔽。

看着你的眼神由警惕而柔和,或许你在想:这是个啥东西,跑到这儿,还戴个眼镜,慈眉善目的,像是一个文化人,只是偶遇,或是缘分。

路还是要走,你要往东,我要往北。防人之心不可无,你迈着稳健的步子抬头望着我的一举一动,半带自信半带疑惑地前行,我掏出相机留下你珍贵的身影。

直到迈过几块大石,你觉得到了安全领地,遂一跃而起,向悬崖峭壁奔驰而去,硕大的身材即刻消失在茫茫石海之中。兄弟我真担心,那陡峭的崖壁会伤害你,我真担心,从此一别,再也见不到你。

愣神间,驴友们纷纷赶来,追逐而去,带着遗憾,带着惋惜,只有回来等我闲暇,讲讲关于你的故事。

兄弟,转瞬间几年过去,我不知你过得可好?是不是还是头牛,是不是还在那个族群?不管如何,我希望你做一个勇于承担的好牛,做一个知进退的智慧牛。戏台再大,总有曲终人散的时候,到那时,希望你有陶渊明的情怀,保持做牛的尊严,离开族群,找一个坐北朝南、环山抱水的风水宝地,与自然为伍,潇洒地老去。

你切记,独立值得尊重,或许,你就会遇见一个我一样的有缘者,将你高高供起,虔诚膜拜。

兄弟，有缘相识，善待惜缘，你一切保重。在牛界，你是头牛，也是好牛，但懂轮回、知进退的牛才是真正的牛。

祝你好运，牛弟！

兄：江平
致礼
2016年6月29日

做个好驴

户外行走多年,和众多高手相伴同行,有诸多感悟,现在就说说怎样才能做一个使自己、使同伴驴行增色添彩的好驴。

户外虽是费用AA、风险AA,个人责任个人担,但其隐藏的风险远大于日常旅游活动,对其不可预知性和暗藏杀机一定要有清醒的认识。有些刚加入户外的朋友盲目乐观,觉得仅凭体能就能轻松完成登山穿越,何况看到有些六七十岁的老驴也在队伍中,更坚定了信心。

户外不光拼体力,更拼经验和耐力,以及如何科学地分配体力和恢复体力。常常看到年轻人开始一路狂奔,到达营地后精疲力竭地倒进帐篷昏昏入睡,而老驴在雪地、在夕阳落幕、在星斗月光下慢条斯理地精心烹制营养美味,若有所思地浅吟慢酌感悟人生。

新人往往由于营养缺失或肌肉损伤,第二天就跟不上节奏,和队伍渐渐拉开距离,拖队伍的后腿。

不能按时到达营地,就不得不赶夜路,这是所有队伍都不愿碰到的事,因为不但要改变行进计划,也会增加自己的心理恐惧和安全危险。

户外装备必不可少。户外装备,特别是一双好的登山鞋,会带来安全保护,节省很多体能。户外最怕崴脚伤膝。虽然在山林,经常看到狩猎者、挖药人穿着平底鞋如履平地，但他们是世代相传，从小登山，非都市人可比。

一般来说，价格较高的品牌鞋功能较好，但要量力而行。比方对于雪地、雨地长时间持续行走的人来说，防水性能是必须要考虑的，因为一旦水进鞋里，轻者脚底打泡，重者在气温极低的情况下会冻伤甚至冻掉脚趾。

但一般线路，只要防滑性能好，对脚踝保护到位就可以，不必追求高端名牌。当然摆阔扎势的大款例外，因为无论在性能、在重量上高端品牌都有独到之处。

另外说冲锋衣。不管强度大小、线路长短，每次户外必带。最大的用处是防风防水。高处不胜寒，有时候看似风和日丽、艳阳高照，一到梁顶，狂风大作，似要将你挟裹而去。一件冲锋衣，会给你带来家的温暖。没有它，你就会像无家可归的孩子哆哆嗦嗦、颤颤巍巍，乃至伤风感冒。若是高海拔，随着失温和高山反应，引发肺气肿导致呼吸障碍等致命疾病并不是危言耸听。

背包之重要，可能对重装长线来说感受更为强烈。一个好的背包，首先是背负系统能够很好地贴合脊柱弧度曲线，将重量合理地分配至肩、背、腰、髋及臀部，使背包和人体融为一体，无论走、攀、爬、跳都能运动自如而无所牵挂。再者是重量，千里不捎针，减轻几百克甚至几十克对一个在高山密林、河道峡谷长时间穿越的人来说都是巨大的减负。我们常常在登山途中听见半开玩笑的招呼声：帮忙吃点，减减负。

户外潜在不可控因素很多。不管新驴老驴，都不可能计划的毫无破绽。即使计划毫无破绽，山里说风就是雨，看一朵乌云飘来，未来得及思量怎么躲避就见电闪雷鸣，倾盆大雨已劈头盖脸。等你穿上冲锋衣全副武装起来时，它又挥一挥手，扬长而去。加之有些线路，常年无人行走，有时是兽道，有时灌木蔽路、草木丛生，连兽都忘了走，就不得不用砍刀开路。

在山里，走错路、迷路是常事，常常前队变后队，后队变前队，重新开始。这时候，领队比任何人都急，压力都大，为避免走冤枉路，让大家原地等候，自己前去探路。这种时候，要对领队表示充分的理解和尊重，力之所及帮助领队减轻焦虑，安抚队友，万不可抱怨诉苦导致团队失和，轻则失去了一次开心愉悦的探险之旅，重者可能导致队伍分崩离析，发生危难。

抱怨有毒，抱怨的人无论在哪里，都没有市场，尤其在户外，危害更大。

一个好的领队或曰头驴，必定有丰富的户外知识，有对线路的研究分析，有充沛的体能和很好的组织能力。见过也跟过很多领队，他们年龄从三十多到六十多都有，各有特色，但有一个共同点，就是团队意识特别强。

在穿越秦岭白云峡到核桃坪时，面对几十条或湍急奔腾的河流，或泥沙聚下碎石河滩；或密林灌丛、朽木枯藤的百公里无人区原始森林，几个连续多次穿越鳌太的资深老驴在线路判断上出现分歧，"太白羚牛"一边坚持自己的观点，同时兼顾其他驴友的体力状况作出合理调整，终于成功走出了从1958年最后几户农家搬出后，连猎人都很少到达的秦岭原始森林。在秦岭傥骆古道穿越中，陕西、湖北两队人马携手在"蜀道难，难于上青天"的秦古道原始森林中相携走过六天。在六天里，领队凭借丰富的户外经验和充沛体能让我们顺利完成了体验古道之难、古道之险，能为开山辟路、修建栈道的先辈们的伟大壮举送上崇高的敬意。

驴友中体力有差别，步速有快有慢，性子有急有缓，话有多有少。有些登顶要小酌两杯，有的总是背上茶具，有的引吭高歌，有的呼呼大睡。

在户外探险中，一定要根据团队实际，提供给团队必要的帮助。

体力好的，先到营地，可以不慌不忙地烧烧水；再有余力，可以接引后来的驴友；喜小酌的可以带几个酒盅，邀大家浅饮几杯；喜欢烹饪，可带些自己加工的小菜、小点心，甚至有条件、有体力的可现场烹制；喜欢品茗喝茶的，可以把平日舍不得喝的珍藏版拿来分享；实在什么都没有的，可以说说笑话，逗大家一乐，解除疲劳；不会说笑话的，就只顾自己乐，从而惹得大家乐。

但有一点切记，绝不可向别人借吃、借水甚至借任何东西，因为越是老驴越没有多余的东西。

总之作为团队一员，你首先要有人人为我、我为人人的意识，让这个因亲近自然的共同爱好结成的团体充满活力，让活动成为大家永久的美好记忆。

驴行和旅行有诸多区别，最大的区别是旅行由旅行社负责，驴行自己负责。旅行时吃喝拉撒睡都给你安排好了，吃谁家饭，住谁家店，在哪参观，在哪拍照，在哪购物，甚至在哪拉屎尿尿都给你提前安排。你尿急尿频也不行，对不起，忍着，没到地方。驴行全部AA，自己对自己负责，山谷阔野，密林草甸，想吃随时可以吃，想住只要有一块平地，天为被地为床，绿茸草坪，和煦阳光，想睡多久睡多久，想做啥梦做啥梦。

既然自己对自己负责，就要发挥主观能动性，动动心思，转转脑筋。对旭日东升，艳阳高照，夕阳西下，落幕余晖；对松杉桦柏，古藤朽木，野花绿地，潺潺流水，兽鸟动植；对白云飞絮，银联瀑布，断崖绝壁，青苔卵石，要用心观察，加倍珍惜。这是我们生活的必需，利用短暂的间隙，远离喧闹的都市，借此修复被钢筋水泥蒙尘、丧失心灵体验能力的感官功能。

朋友，体力所及的前提下，多些驴行，少些旅行。

山野清风

城里待得久了,心烦意乱,焦躁紧张;望眼建筑工地,环顾帅哥美女;金钱与物质,广告与媒体;映入眼帘的炫目色彩,呼入肺腑的工业废气;贯穿耳膜的切割声、喇叭声;穿梭在大街小巷的人们,仿如过街老鼠,避犹不及。

渴望山野,丝丝明澈,缕缕清风,穿透白云飘逸,送来泥土香馨,踏过柔密草甸,走过原始森林,偶尔的几声鸟鸣,脆甜爽心。

出一身汗,从肌肤到毛孔,从心肺到脾胃,淋漓尽致地享受自然的馈赠,享用自然的美。

"你来自尘土,必归于尘土。"入土为安,多少语句阐释着一个简单的道理,万物离不开泥土的滋润,无论生前死后,无论老少青春。

现如今,在都市,一幢幢高楼林立,到处是水泥白灰,人们逐渐远离土地、远离草绿,失去了滋养,失去了慰藉,花鸟鱼虫,自然的气息愈加具有诱惑与魅力。

特别是雨后,在山野,夹杂着腐败的枯枝树叶、润湿草腥的动物粪便,带着淳朴的原味、凉意、湿意,不怎么浓烈,但很醉人,不由得深深呼吸,惬意品味一种久违的感觉。令人难以忘怀,这是繁华都市所缺失的——泥土的气息,自然的气息。

农民为了土地可以付出生命，因为知道土地就是他的命，泥土的气味、质朴的性格会伴随他一生。进城了，解决吃饭问题不等于解决所有问题，土地，是他们生命的寄托，用语言无法言表，用金钱无法兑换。

经常打点行囊，约三五好友，逃避都市，走进田园，登高望远，醉卧乡野。有时候真觉得自己应该农耕于田里，或在深山挖药。

一次在青峰峡，在银练飞瀑下，水潭巨石上，偶遇一位穿着简朴神情疲惫的药农，同行的老兄眉飞色舞地交流起来，渐渐地话不投机。药农现实而有力的回击粉碎了我们游山玩水的雅兴："我们是为生活，你们是闲逛，叫你饿着肚子在山里面转一天一无所获，看你还有这个兴致。"

冷静一想，此言不差。职业和爱好，生存和生活是完全两个不同概念，但艳羡那些田野之人，并未因此减退，反倒愈来愈加强烈。

回归田野，是一个永远的梦，很难完成，但，终究会完成。

美 mei
食 shi
记 ji
忆 yi

点　菜

　　说起点菜，平头百姓觉得小事一桩，但官场商界未必有同感，其中有学问，有玄机。

　　平常在家里，菜不必点，想吃什么做什么，蒸煮炝拌，煎炒烹炸，荤素随意。相比之下，单位食堂就不好操作，往往是意见最多、众口难调的地方，菜谱如何调整，总有不满之人。

　　假如请客，若好友亲朋，则相对简单，纵使喝酒，油炸花生米、洋葱木耳、椒盐蘑菇、虎椒皮蛋、大刀牛肉、红油耳丝几样可口凉菜，每人半斤水饺，饭越吃越香，酒越喝越浓，话越说越多。

　　设宴就不同，先要考虑参加人物的身份，其次才是口味，所以点菜难度就大，点不好适得其反，满盘皆输也未必。

　　故此，每当点菜，都是风险极大之事，若是一般宴请还罢，丰俭由人，谁做庄谁点菜是规矩，吃羊、吃鸡、吃鱼、吃虾、吃鱿鱼、吃海参、吃燕窝鲍翅都是设宴者自愿，视被请者口味而定。

　　一旦涉及升迁利益，有求于人，那点菜就若上刀山下火海，风险顿现。有时高价钱得不到认可，地方小吃却赢得一片喝彩，但过于简单，又未免让人感觉"皮薄"，重视程度不够，使人处于两难之中。虽则功夫在诗外，但点菜风险还是让宴请者战战兢兢，如履薄冰。

聪明者大多先要了解贵宾的口味喜好，或暗度陈仓和秘书协商，或直接请示领导贵宾如何安排，以凸显重视程度。从点菜开始，到凉热菜上齐，大家满堂欢喜，推杯换盏，领导觉得有面，主宾觉得和谐，随从觉得轻松，说明菜点的好，饭局成功，否则因点菜之误不欢而散，后果不堪设想。

其实点菜本身难担如此重任，点只是过程，吃只是形式，有时候在乎和谁吃，不在乎吃什么。如果各怀心事，吃什么都不对口味。即使山珍海味，不是咸了就是淡了，不是生了就是过了，不是稀了就是稠了，总之怎么都不对。这不是点菜的责任，但嫌弃起来都归于菜品，到头来被请者心事重重没有食欲，设宴者摔碟子绊碗，迁怒于点菜者。

所以点菜是专业技能更是生存技巧，点不好会惹起众怒，自砸饭碗。

有些人刚入职场，血气方刚，上级组织部门考察干部，作为年轻化、知识化、革命化代表被征求班子配备意见，戴着近视眼镜的人事专干透过厚重的镜片高深莫测地发问："你觉得你们的班子怎么搭比较合理？"话音未落，就给了个"谁坐庄谁点菜"的回答。这明显不符合组织原则的答案让镜片后浑浊的眼睛发出犀利的光芒和随之而来的沉重叹息。

这句话往往被作为不成熟的典型，成为笑料话柄，想来会不服。干部任命完全可以由一把手提名，经职工代表表决同意，形成监督机制，这样既可以发挥最大能动性、提高工作效率又可以减少摩擦、杜绝扯皮。组织考察决定干部任用，为什么和他们息息相关的职工无权决定，而由不了解底细的上级部门拍板。

热播剧因反映官场职场生态的真实现状而引起共鸣。虽然经过严格的考核筛选，但上桌之菜，许多也不是什么好鸟，倒是不入法眼的未点野味成了山珍。这些裙带形成的核心在于点菜之人不对胃口，没有标准，没有监督，像大风厂护厂的职工一样，他们是真正在死亡线上为温饱而苦苦挣扎，却无权点菜的急迫吃菜者。

要做到谁坐庄谁点菜，唯有上座之人，人人皆而平等，各自心怀感恩而无所求，才能点的随意，吃得随心，点菜不再是学问而成为享受，成为一种量身定做、款待亲朋的热切盼望。

胃　口

老哥仨相聚，先暖茶，后咖啡，扯东扯西，聊聊他人，说说自己。

自己1984年参加工作，在工厂当车工。当时干得最多的是泵体中段，大量钻内孔、挑螺纹的活，技术要求很高。一个老师傅就因为操作不慎，连手套带指头卷入螺纹内孔，丢了一根指头，退到了二线质检岗位。

自己被安排接替他的岗位。那时经常上夜班，夜班中间有一顿饭，由厂食堂做好，装保温桶，骑三轮车送到车间，基本天天烩面片，有时在家里吃过，就一人倚靠在机床旁的工具箱上读书。这种单纯的生活持续了五年左右，虽然辛苦，但有一帮年龄相仿的师兄师弟，师姊师妹，工作之余常常三五成群，海阔天空，高谈阔论，吃吃喝喝，压根没觉得苦。

有时候下夜班，在人民街夜市，要三两个菜，一两瓶酒；有时也干喝，酒如西凤、太白、秦川大曲、城固特曲、眉坞浓香等，大都是一两块钱；素菜五角一碟，荤菜一元一碟，伙伴们推杯换盏好不热闹。那时没钱，但记忆里天天喝酒，时时开心，酒友有兰文、冰泉、大兵等一众人，几个人也在一个宿舍，有时宿舍也是酒场，几盘花生米，甚至一半根萝卜都让人兴奋不已。

人民街口有一白吉馍（肉夹馍）店，老板是两个西安小伙，一胖一瘦。胖的两腮赘肉，黝黑的眉毛下一对充满喜气的小眼睛，看起来极不和谐却又十分和善，见人老远走过，就忙着张罗，"今天要瘦点还是肥点，"让你感觉老熟人似的，其实对谁都是如此。瘦子尖削的面庞，苦大仇深的表情，好像永远埋着头，对着烤饼炉，娴熟地把一个个软糯的面饼放进炉膛，变魔术般出来一个个火热滚烫的烧饼在笋筐里欢快地舞蹈，偶尔抬起头，冷漠地看着长龙蜿蜒的队伍，面无表情地揉搓一个个面团。

肉夹馍好吃，首先在饼。出炉的饼在笋筐稍微冷却，能拿起时，散发着缕缕麦香，又脆又柔，又酥又筋道，未吃先有几分口馋。中间顺刀一分，切五分之一处止刀，上下稍有相连，用灶滤从卤汁锅里捞出肥瘦相间、老汤熬得软糯松香的肉块，在案板上剁碎，用刀轻轻一挑，送进饼子，刀出时无意间顺势抹平，上下一夹，外套以油黄纸袋，白吉馍遂成。捧在手心，迫不及待张口就咬，饼的热络，肉的荤香，触动着味觉神经，肉渍、饼末沾满嘴边，烫得人兮兮呵呵，却欲罢不能，不肯止口。

沿路口向北的永兴巷，有一家清真豆沫包子，也十分好吃。豆沫浓稠，泛着豆香，里面有花生末、面筋、芝麻等各种配料，经营者是一对母女，老太太面目慈善，不慌不乱，女儿和几个雇工忙里忙外，有条不紊，他们家的包子尤其素包——白菜粉条馅，很有特色。几十年过去，这家老牌子豆沫店仍旧经营，只卖早点，每日依旧人山人海，熙熙攘攘。

那时饭量大得惊人，有时一天吃四五顿，白天在家里吃，晚上还在车间加餐，下班就在职工食堂吃。职工食堂最拿手的是油泼面，机器压的厚实筋道的宽面片，大白菜一过水，绿油油地铺在面上，来一勺辣面子，三两粒葱花，少许蒜泥，面捞碗里，蔬菜辣子蒜泥到位，用马勺热半勺菜籽油，"刺啦"一声，碗里冒出一股油烟，面香、菜香、蒜香、醋香、辣子香迎面而来。

夜市里吃得最地道的是眼镜饺子，老板是一个胖胖的戴着眼镜的文质彬彬的小伙,饺子数茴香和萝卜、芹菜馅有特色。用的肉、菜都是上等选料,调味也恰到好处,最重要的是"眼镜"和气生财,整日嘻嘻哈哈,有时给你加个小菜,遇上客少不忙,会拿出一两瓶啤酒和你边聊边喝。后来这家店从夜市搬到话剧团旁的门面房里,仍旧生意兴隆。

有一段时间,迷上了羊杂。在金陵桥东老石油市场,有两家羊杂,简陋粗糙、坑洼不平的水泥台上,洒落的油腻常常凝结成黑红晶莹的结块,人们里三层外三层地排着队,里面大锅煮的羊肉汤翻滚着。掌勺老汉一家姓马,一家姓李,都是回民,李家有一女儿,人气很旺。马家稍差,有时等不及,也在马家吃。持续了半年时间,几乎天天吃,有一天没吃,坐在办公室,心神不宁,坚持到十点多,实在不行,赶紧去吃个大碗,加个小碗,敷敷肚皮,咕噜噜打着饱嗝,才肯离去。

至今想起来,那时感觉吃什么都香,吃什么都有味。在饭馆,在夜市,在路旁,在山野,无不留下吃饭的吆喝声。那时候兴猜拳,认识不认识,听到猜拳声,总要讨杯酒喝,划几趟拳。有时不觉就高了,几人相搀相扶奔人民电影院,一次看至半截,发现少了一个,四处找寻时,桌椅下已响起了断断续续若有若无的鼾声。

那时候,简单就是享受,快乐就在当下。

时过境迁,如今物质生活极大丰富,整天面对加工越来越精细,品种越来越齐全,色泽越来越诱人的各色食品和保健品,紧张周旋于推杯换盏间,纠结于义利取舍中,渐渐失去了单纯与平和、相守与安静,失去了一生最宝贵的东西:胃口。

"走,到隔壁吃点啥。"

"我不吃了,你看兄弟吃不。"

"我晚上一直就不吃。"

"不吃了咱就回。"

虽咫尺之遥,却难得相聚。老哥仨伴着咖啡店哗啦啦的关门声,依依告别,消失在霓虹闪烁的夜幕中。

爱吃锅盔馍

　　单位组织云南旅游，经昆明，过大理，至丽江。

　　渐进消融的玉龙雪山下，海拔3100米的世界最高演出场地，观看了以雪山为背景，真实再现茶马古道纳西族青年男女悠远凄美、感人至深，由张艺谋编导的大型歌舞——《印象·丽江》。

　　才子佳人的爱情故事在文学作品和现实生活中频频出现，殉情者比比皆是，本无多大新意，但经张艺谋之手，充满原始部落气息的茶马古道马帮的渲染，气势恢宏，尤为打动人心，惹人怜惜，随着剧情发展，一个个痴情男女唏嘘不已。

　　接下来反映云南少数民族耕作、生活场景的表演，奔放洒脱，热情洋溢，闲适和欢乐洋溢在脸上，荡漾在空气中。

　　几日来，沐浴着明媚的阳光，呼吸着清新温婉的湿冷空气，徜徉于古镇历史中，陶醉于山水薄云间，工作压力、生活琐事随着欢快的脚步已被遗落，望着雪山下载歌载舞的歌者、舞者和古城中熙熙攘攘的人群，心里老惦记着起背包里从家里带来的那张锅盔。

　　一路伙食也算不错，才能珍藏至今没舍得吃，但总归，老陕本能食欲的呼唤无法拒绝。前几天，就有人开始穿街过巷找手擀面了，没找着的后悔，吃了的也后悔。

　　一方水土养一方人，胃才是真正的鉴定专家，最不会撒谎，没了家乡的味道，面，吃了等于没吃。

西府人吃面，叫咥干面，听起来就过瘾，就攒劲，最好是油泼辣子，"刺啦"一声，不待进口，香气四溢，诱人口舌，沁人心脾，令人垂涎欲滴。但出门在外，不具备条件，有时只能以方便面顶替，可胃不答应，吃得多了，只要开水一冲，调料一进，就翻江倒海，呕声不断，似在抗议：你又把这给我灌呀，你不知道有多难吃吗！

所以出门在外，时间若久，近了带油饼，远了带锅盔，油饼虽然好吃，但不易保存，锅盔易于保存，又能保证原味。

锅盔，探其来源，众说不一，相传唐官兵修建乾陵，因工程巨大，工地无烹调用具，官兵以头盔为炊具烙制面饼，故取名锅盔。历代不断改进制作方法，形成了陕西一大怪，"锅盔像锅盖"。

锅盔制作工艺精细，素以"干、酥、白、香"的岐山锅盔为美，其干硬耐嚼，内酥外脆，白而泛光，香醇味美，闻起香、吃着酥、耐存放，有嚼头，比之馒头"烧饼有味，较之米饭"扯面便携，只要有水，不管热凉，不像方便面，非要开水冲泡，不像米饭，无菜则食之无味。它，既是菜，又是饭。

"饿了吗，"同事看我走神，"晚上不行找点面去。"

"行，等会咱去找找。"我应着他，一并走出。

小小街市，遇见三波同事，都是找面的，晃来荡去，一无所获。无法，不情愿间走进旅行社准备的团餐，今天吃的是火锅，很多菌类，看着如枯草败叶般的菜品，提不起食欲。

"等着，我给咱拿馍去，就着吃。"

回到客栈，扯开背包，伸手拽出那张跟着我2000多公里的锅盔，打开包装，先掰下一块，填进嘴里，提着疾步向餐厅奔去。

"拿的啥？"伙伴们强忍口水，明知故问。

"锅盔。"

再不搭言，你一把我一把地扯掰开了。

空手而归，坐在锅前。

"你拿的锅盔哩？"

我动动嘴唇，卷卷舌头，像刚刚偷食似的。

咚字号烤肉

要说吃之豪迈,吃之随意自然,非烤肉莫属。你不见街头巷尾,店内店外,无论男女,皆豪爽彪悍,龇牙咧嘴,吃相狰狞,嘴角油渍肉末,手上纸巾不离,一口肉,一杯酒,酒香浓郁弥漫,肉香魅惑诱人,孜然味、焦油味在空气中飘荡游离,迟迟不散。

烤肉从新疆传入内地,1986年春节联欢晚会上陈佩斯、朱时茂的幽默小品,把一个烤肉摊主演绎得惟妙惟肖,颇有推波助澜之效。

专家有理有据,再三说明,烤肉是非健康饮食之首,经过烤制的肉不但营养会损失,而且会产生强烈致癌物。虽如此,一向闻癌色变的吃客们也不过分在意,真有"过把瘾就死"的壮烈。

大众餐饮,核心是分量足、口感好,烤肉从原料、调料的选择,到腌制、串扦、烤炙的火候把握,无不体现功夫和能力,有些路边小店,不断挑战味蕾极限,生意好得惊人。

烤肉便民简单,不要高桌,只一个炉子,几把小凳,几张条桌就可,吃起来顾不得体面,有大口吃肉、大碗喝酒之慨,俗称"撸串"。

最早经营烤肉的几家店以新建路与广元路交界处的"胖子阿记"、宝桥的"马老五"较有特色。原在红旗路铁桥北,长青路高层楼下,有一家"咚字号",店铺不大却味美肉鲜,人气很旺,常常吃肉的吃肉,等座的等座。

尤其爱吃疙瘩筋,听名字都攒劲。焙筋要干一些,看起来粒粒晶莹,闻起来香气扑鼻,嚼起来弹柔韧劲,有回味,有余香,有力道,每次去,疙瘩筋是必选,"老板,焙两把筋"。

疙瘩筋经常断货,也来点花肉、腰子或羊肚。羊肚要嫩,味道要浸透,吃起来既有柔劲,又有肉香。烤饼必不可少,上好的烤饼讲究焦脆酥嫩,即外皮焦脆,里层嫩,入口既酥脆又耐嚼,切成小块,用牙签一扎,挑入口中,味蕾全开,回味余香。

吃过烤肉,浑身力气十足,不知是巧合还是必然,几回吃过烤肉后的历经之事都是触目惊心,至今想起来一身冷汗,有些后怕。

记得一次,在"咚字号"吃过烤肉,大家余兴未了,于是转移战场,赶到好友家里继续喝酒聊天。一位不胜酒力先行回家,半夜三更,电话爆响,说是这位被人打了,等到医院门口,只见满面是血,只有一双眼睛扑闪扑闪,嘴里酒气、膻气肆意喷洒,嘟嘟囔囔、含糊其辞,不知所言。等送到医院清理伤口后才看清鼻梁骨被人打断,听着大夫用镊子取出鼻梁碎骨屑时的呲呲嚓嚓声,在鼻梁穿针走线的缝针穿梭声中感觉骨子里痛,可那位仍不知所云,滔滔不绝,不知是烤串的力量还是酒的余威。

另有一次,大雨磅礴,在火车站吃"小明烤肉"。这家烤肉串大肉多,价廉味美,以量取胜,几人越吃越有味,越说越起劲,竟说起了几十公里外的一位同学,遂半夜三更,冒雨赶往。

那时还没有查酒驾,大雨浇在前挡风玻璃上,雨刮器左右开弓,忙个不停,刮都刮不急。醉醺醺的几个人你看路,我开车,晃晃悠悠跑到目的地,见了人立足未稳,寒暄几句就往回返。不知为了什么,也不知干了什么,等把人家安全送回后,车了和自家楼下的老槐树来了个亲密接触,车门变了形,打都打不开,现在想来都后怕。开车不喝酒,喝酒不开车,不只是善意的提醒,更需要法律的监督和严惩,许多有同样经历的人都会铭记在心。

烤肉是美食的享受,更是心理的抚慰,它最大的特点是不必正襟危坐,可以完全把吃作为一种酣畅淋漓的宣泄,一种辽阔草原原始淳朴、野味乡情对喧闹嘈杂、虚伪浮华都市文化的宣战。

往常,身处钢筋水泥、高楼林立的职场人不得不收敛自己彪悍的野性与粗鲁,一个个举止端庄,彬彬有礼,殊不知物竞天择、适者生存的自然法则需要一种野性、一种竞争、一种力量。自然界所有胜者、头领都是由孔武之力角斗而来,无需像人类一样通过溜须拍马、阿谀奉承达到目的。"撸串"带着彪悍,带着野性,成为人类回归自然的象征,成为物竞天择的完美诠释,更成为疲惫软塌的身躯积蓄力量投入战斗的能源补充。

每次走过路边,看到一些吃死老子的半大小伙赤膊上阵,豪爽大气地撸串喝酒,心中无比羡慕。如今,已经到了好吃难克化的年龄,偶尔一两次还可接受,次数一多,心中有念,胃不答应,只得作罢。

但往往贼心不死,只得饿上几天,再去撸几串,不知道"咚字号"还在不,不知道新开的烤肉谁家更地道!

豆花泡馍

一方水土养一方人，每个地域都有地方特色鲜明的美食小吃，这些大多出自民间，富贵贫穷同享，妇孺老幼皆宜。

有人说美食记忆是爱国情结的最好表象，实在不假，你不见咸阳机场归国的妙龄少女急不可耐地消化两三盘擀面皮，小伙、老汉狼吞虎咽咥一老碗臊子面，抚抚肚皮，哎呀，舒坦！系统还原，认祖归宗了！

有主食，有小吃，也有早点。

要说西府早点，唯豆花泡馍最具代表性，既营养又美味，既便捷又耐饥。豆花和馍都是提前准备的，馍一般放在大箩筐或塑料袋里，豆花用一保温桶，另烧开一锅豆浆，支几张桌子，就可开张。

美食记载：豆花泡馍的馍采用独特工艺加味料烙成，厚过寸，锅形，敲之有声，俗称"锅盔"。泡馍用的锅盔对火候、口感要求严格，色金黄，外脆内韧，嚼之劲道，麦香醇厚，用快刀削成薄片，形似金叶；豆花要用品质上乘的黄豆土法做成，鲜嫩爽滑，煮而不散。

加佐料将馍片和豆花滚汤烧煮烩成一碗，豆花洁白，如白玉含脂、岫山生烟，滑爽细嫩；馍片金黄，如金鱼嬉戏水面秋叶，软香耐嚼，回味醇厚；汤色乳白，如琼浆玉液，豆香浓郁；佐以凉拌爽口时令小菜，秘制烧腊卤品，还可撒上悦目开胃的葱花、香菜，或淋上香辣满口的红油，或加入香甜绵长的白糖。北方的厚道简约、酣畅淋漓与南方的精致香软、温情婉约融为一体，平凡实惠而有韵味，简便快捷而不随便，食之无不大呼：极品美味也！

豆花泡馍发源于西府凤翔，传说当年一对夫妇卖豆花，时任太守的美食家、文豪苏东坡品尝后连声称奇，巧妙地称道：东湖柳、姑娘手、金玉琼浆难舍口，妙景、巧人、佳味，实乃三绝也！"金玉琼浆"说的就是豆花泡馍，其中"金"说的是金黄的馍片，"玉"指的就是豆花，"琼浆"是对豆浆的美誉。

现在做豆花的很多，但地道的很少。20世纪90年代初，在红旗路新华书店南，有一家豆花泡馍，经营者是一位六十岁左右的光头老汉，老汉五短身材，身板结实，性格爽朗，大嗓门，好说话，和"牙好，胃口就好，身体倍棒，吃嘛嘛香"的相声演员李嘉存有点神似。

每天早上七点不到，老汉就开门营业。这里距河滨公园、市委市政府及经二路小学都很近，先是晨练的，后是上班上学的，吃饭的人络绎不绝，经常见等待用餐的队伍排成长龙。

这里也是官民亲近的最佳舞台，老头绝不会因为谁是书记，谁是市长而走后门，有时甚至和熟悉的公务员开玩笑：你一天吃的油水太多了，给你少来点油！说着有意识地把伸向油碗里的勺子晃一晃，惹得大家一通大笑，老汉开玩笑很有分寸，逗趣的人也不恼，和着大伙一笑了之。

老汉豆花点的恰到好处，不软，也不硬，软了上不了筷子，硬了影响口感。馍是死面锅盔，切成厚薄适中的长条馍片，连续几次，用滚烫的豆浆浇透，各个馍片顺顺溜溜伏贴于碗中，达到既有嚼头又不太软糯的味觉效果。然后提起铁勺，从桶中舀出几片嫩嘟嘟、颤巍巍的豆花铺在馍上，浇上豆浆，再用铁勺挖些自制的辣子油，撒几粒炒熟的芝麻，香菜、芝麻漂在红汪汪的油面上，格外喜人。

老汉一天卖出多少不得而知，但他装馍的箩筐有好几个，每天早上都像收获的谷仓一样，堆得又高又尖，烧开的豆浆添了一次又一次，辣子油用了一罐又一罐。很多人每天不吃碗泡馍浑身都不舒坦，他也和大冬天穿背心送牛奶的小伙，沿街叫卖"咸鸭蛋"的老者一样成了城市的标杆和百姓议论的话题。

看着老汉一日一日、一年一年地劳作，六七十岁的年纪能够坚持而且天天乐不可支，陶醉其中，不单为他的手艺，更对老人的心态和精气神敬佩不已。

臊子豆花，是豆花泡馍的又一吃法，将百搭的清爽豆花和油腻荤香的臊子融为一体，别有一番风味。有一次去凤翔，同行人介绍，东湖的臊子豆花不错。到东湖市场，一个简易小摊，几个马扎板凳，坐满了人，旁边还有几位，站着，端碗猛咥。

主厨是三十多岁的妇女，干净利落，面带微笑，一看就是麻利婆娘，又是加馍添豆浆，又是切肉做豆花，忙得不亦乐乎。旁边一苦面干瘦、瓷马二愣的邋遢男人，心不甘情不愿地收拾碗筷盘碟，看架势不像老板和伙计，遂为这媳妇叫屈。俗话说：不是一家人不进一家门，这两口子反差太大了，正应了：好汉无好妻，懒汉娶个娇滴滴！

吃着碗里看着锅里，眼看一小伙起身离开，忙抢前坐下，有了板凳，又让麻利婆娘加了一份猪头肉，肥瘦相间的油腻，洁白无瑕的豆花一咕噜下肚，在肠胃里和谐顺贴地研磨交流。

岁月流逝，记忆长存。美食成了故土难离的朴素回忆，受到无数游子的虔诚膜拜。如今，耐得住寂寞，坚持古法制作的地方美食越来越少，无不迈开了标准化的步子，这是世界大同的初始。看看风靡一时的西餐，莫非文化的侵袭，从胃开始？

真怕若干年以后，回家的游子，寻不见家乡的记忆和舌尖的味道。

古家火锅

琴棋书画诗酒花，柴米油盐酱醋茶，人生八雅八俗，八雅各有韵味，八俗核心是吃喝。再雅之事，吃喝是基础，饱汉闲暇，雅才有韵，饿着肚子说雅，不只要水平，更要境界，除非佛祖高人，实难空腹顿悟。

要说吃喝，大众饮食，影响面广，复制速度快，品牌意识强，非火锅莫属。从最早的东来顺，早先的小天鹅、小肥羊，到当今的海底捞，无论口感、服务，还是品牌推广，各有各的优势，各有各的特色，得到众多吃客，特别是年轻人的喜爱，以至风靡国内甚至漂洋过海，开辟异域市场。

火锅之所以风靡，一是快，原材料提前准备。无论鸡鸭鱼鹅、羊牛猪狗、土豆白菜、萝卜山药。肥瘦不捡、荤素不嫌，只要刷洗干净，无不为食材。自己动手，无需厨师，想吃什么涮什么，口味重口味淡自己可控，有参与感，而且锅滚汤热，气雾弥漫，颇有红红火火之意。

再则，火锅便于复制。味道就是真谛，调料各家有各家的奥秘，各家有各家的"祖传"，莫不声称经过多少年多少代研制，或曰不为外传的核心机密，其核心在调料，在味包，许多加盟店只要把调好的油包往锅里一倒，加盟店和旗舰店的味道就相差无几。

火锅主要有以涮羊肉为主的京派和以麻辣为主的川味，虽然海鲜火锅也有部分客源，但毕竟火锅是大众消费，价格实惠是根本，始终没有占据太大份额。

20世纪90年代初，火锅在宝鸡开始风靡，主要以铜火锅为主，铜火锅一般用排骨或鸡鸭熬制老汤，加各种香料，另有一碗油泼辣子。

铜火锅的功夫主要体现在这碗辣子上。

每至傍晚时分，西起马道巷，东到汉中路，沿陇海线铁桥下圆桌摆放的密密麻麻，气势恢宏，阵容庞大。人们三五成群，穿街过巷，蜂拥而来，围坐欢聚，没有儒雅，没有秀气，无论男女老少，皆豪爽豁达，高谈阔论，举杯畅饮，大快朵颐。喧闹嘈杂的人群和香辣四溢的空气交织，就像一个饮食的战场。

最有特色的属古家火锅，常常人满为患，好就好在辣子。中餐的奥秘也在于此，同样的材质，同样的加工，每个人有每个人的味道，每个人有每个人的特色。比如油泼辣子，辣子面不说，就是泼这一下，油温掌握要恰到好处，高一点低一点效果截然不同。加之泼的时候，要不停搅拌，不能有焦糊或没浇透的情况，油一进碗，"刺啦"一声，香气弥漫，辣味扑鼻，圆润不燥，回味无穷。

古家火锅靠的就是这一碗辣子，因其不燥，吃起来不炝喉，因之和润，咽下后回味悠长。自己最爱吃的菜除了牛羊肉之外就是面筋、豆腐、土豆、宽粉，在锅里一涮，筷子夹起，放入油碗，三转两晃，让辣子充分粘黏糊裹，提起筷子，碗边刮掉余油送进口中。吃得舌中生津，满口辣麻，一股辣香，万分舒坦，后背发热，额头汗珠，解郁除湿，淋漓酣畅，无不大呼过瘾！

辣子都有讲究，只能吃，不能带，就是吃剩下也不行。常常一碗辣子不够，再要一碗，到最后实在吃不完，眼见红艳艳的辣子被丢弃，心不甘，情不愿，又要几块小烧饼夹上，最后掰一块饼把碗擦的明光锃亮方才作罢。

春去秋来，花落花开，那一片由一家到两家、三家、四家，最后修建火锅城，环境越来越好，品种越来越多，香辣蟹、刘一手、盗汗王、小隆福等，还是红火了一阵，但自己念念不忘的始终是连续吃了几年的古家铜火锅。

古家火锅搬迁到清姜后，一个北风刺骨、寒气逼人的天气，坐在门店马路边简易的圆桌上，顶着漫天飞舞的雪花，边吃边聊，想起一去不返、劳苦艰辛却风花雪月的日子，翻卷那个吃嘛嘛香的美食记忆，不由感叹人生苦短，岁月几何！

石油羊杂

上次说到宝鸡早点豆花泡馍，这回说说石油羊杂。

羊杂即羊下水，是把羊头、蹄、心肝、肠肺及羊血洗净、煮熟、切碎，加葱、蒜、辣椒等调料，加羊尾油、细粉条、锅盔饼烩煮，或浇滚汤反复烹调而成。

上等羊杂端上来，必是热气腾腾，红白相间，油而不腻，鲜香扑鼻，令人垂涎欲滴，不愧一道暖胃、驱寒的保健佳肴。

烩羊杂的绝妙首先在原料，一副肠肚往往要清洗十多遍，尤其对羊肺要处理的特别精细，在清水中浸泡一夜，最后放入有各种调料的锅内分别煮熟。

羊杂符合中医营养学中"以脏补脏"的理论，含有蛋白质、脂肪、碳水化合物、钙、磷、铁、维生素B和C、烟酸、肝素等多种营养成分，有益精壮阳、健脾和胃、养肝明目、补气养血的功效，自古就有"要想长寿，多吃羊肉；要想健康，多喝羊汤"的老话。

前些年宝鸡羊杂很多，尤以石油羊杂为最。在金陵桥西，石油简易市场里，有两家羊杂，都是回民，一家爷俩，一家父女。水泥台后面支一口大锅，冒着热气、乳汁般的浓汤翻滚着，各种调料一字排开，一盆凝结成块的红艳艳的羊油，几盆分装的肠、肚、肝、肺等，整个操作台拥挤而饱满。

主厨是两老汉，一干瘦精干，一微胖和善，干瘦者一女儿，微胖者一小子，女儿明显灵巧，儿子略显愚钝，有女儿家生意略好，儿子家稍逊。但总体人都不错，加之羊杂本身就是早点，吃的人比较集中，有人见谁家排队长了就上另一家，味道略有差距。

　　生意好时都是冬季，灰蒙蒙的水泥台上的油腻渍很难擦净，油水很快凝结，擦手擦嘴的纸扔的到处都是，却丝毫不影响吃客的心情，用手拨一拨，用脚踢一踢，只要有个位置，就心满意足了。有没位置的，端着碗，勾着脖，一边吸溜吸溜地往嘴里拨，一边观察身边有无吃完让座的，一边偷偷瞟上几眼忙碌的羊杂西施。

　　等吃的队伍弯弯曲曲，百折回旋。都不急，大多是熟客，互相闲谝着，挪动着，没有人插队，没有人代买，秩序井然。很多时候边说边盯着大锅，盯着盛满羊杂和锅盔的箩筐，唯恐不幸落到自己头上，队排了，羊杂没了！

　　羊杂一般都是早点，卖完为止，有时候十一二点还有，自己几次就是时间紧张赶不上没吃成，到单位后坐立不安，心神不宁，十一点多实在熬不住，返回来吃一大碗，加一小碗，抚抚肚皮，才算安然。

　　羊杂讲究汤浓味鲜，杂香料全。有时候，心肝没了，可以加点肚肺。我对肺不太感冒，但"心"又奇缺，只有撞大运，才能如愿，大多时候，都有遗憾。

　　一碗羊杂下肚，油腻香辣，热漫周身，先是额头后背，后是经脉气穴，无不热络翻滚，瑟瑟缩缩的身躯顿时舒展，四肢灵活，挥舞孔健，似有武松打虎之勇、万军夺旗之慨，雄赳赳气昂昂地投入工作生活。

　　民以食为天，饮食不但是生存必须，更是文化传承，是历史记忆。那个年头，生活清苦，日子艰辛，没有多少油水，羊杂成了物美价廉、汤鲜味美的早点，这个习惯一直持续多年。

　　现在运动不足，营养过剩，三高盛行，每次看看羊杂，咽口唾沫，佯装未见，但总归骗了眼睛欺不过心，无奈咬牙跺脚、一步三回头地讪讪而去。

五处油茶

说完石油羊杂，再说五处油茶。

五处油茶在桥南老市场，经营者是一个驼背弯腰的瘦小老头，四川口音，因周围铁一局五处家属较多，市场里卖米线的、卖包子馄饨的许多都是四川口音，听说老头也是五处家属，食客叫惯了就成了五处油茶。四川老汉怎么学到的老陕早点油茶的真传，未及深究。

做油茶要先将精选面粉炒熟，然后加入大小茴香、花椒、丁香、良姜、肉桂陈皮、砂仁等研磨而成的香料粉，再加牛油，最好有牛骨髓，放入花生米、核桃仁、黑白芝麻、瓜子仁等配料，熬成糊糊状。好油茶稀稠适度，软糯顺滑，入口咸香，回味悠长，因其状像浓茶，故名"油茶"。

油茶始于两千多年前的秦朝末年。据历史记载，公元前206年，楚汉相争时刘邦受伤于武德县，住在一姓吕的家里，吕以膏汤积壳茶食之，三个月后伤愈。刘邦即位后，在长安思食膏汤不得，即召吕某入宫，封为五品油茶大师，封油茶为御膳。实践证明，油茶确有益肝健胃、润肺补肾、提神生津、强身益寿等多种功能，因其味道浓郁、浓而不腻、芳香可口、营养丰富、食用方便等特点而备受欢迎。

最早吃油茶在20世纪70年代初，那时候自己还未上学，身体单薄，三天两头生病。祖母过一段时间就要迈着颤颤巍巍却坚定有力的小脚，带我经过又陡又长的石头坡，到群众路喝碗油茶补补身子。清楚地记得祖母抠抠索索从兜里掏出攒了不知多久的五分钱，倒一碗油茶，在旁边看着我吸溜吸溜喝完，心满意足地说：走，我娃回！

记忆中，那时对五分钱比现在的五百块钱都更加珍惜！

就和每一位老陕的子孙一样，油茶的记忆伴随一生，寻找好油茶成了心理的安慰和不懈的追求。五处油茶就是不懈追求的战果，伴随了我四五年时间，留下了不可磨灭的美食记忆。

每天早上，卖油茶老汉用三轮车将穿着厚重外衣、硕大的油茶壶拉到市场上，抱起放置于水泥台面，摆好凳子，开始营业。

老汉倒油茶的水准，完全有"卖油翁"的风采，一个五六十斤的油茶桶，半米长的壶嘴，老汉一只手拿碗，置于壶前二十公分左右，一只手把壶一抱往倒一推，油茶从壶嘴滑出一条美丽的弧线，眼看就要溢碗，手一松，壶恢复原位，碗里不多不少令人惊叹。

你再看，黑芝麻、白芝麻、核桃仁、花生仁在黏稠的油茶中像陷入困境的队友，扑闪着眼睛，等待你的救助，遂顾不上烫嘴，提起勺子吸溜吸溜地将它们挑出送入五脏庙妥善保管。

他们家的油茶，杏仁、核桃仁、芝麻干净，大小适中，特别好，格外香，尤其葵瓜子，一个个像修长的淑女，个头、身材、品味既悦目又唯美，简直无可挑剔。

现在许多油茶开始偷工减料甚至作假，首先在原料的挑选上不能严格把关，再则在炒制时火候把握不到位，不是火欠了香味出不来，就是火过了既影响口感又影响美观。他们家油茶泡麻花也很到位，麻花既酥又脆还香，自己常常泡一根，走时候再带一根，边走边吃，一边回味油茶的味道，一边感受菜籽油的鲜香。

老汉两口子带一个帮工，老汉卖饭，老婆收钱，帮工的女子洗碗。那时不兴套塑料袋，洗碗工作量很大，有时忙不过来，老婆也帮着洗，洗着洗着就忘了收钱，忘了她也不恼，更不追，我就有两三次喝了油茶抹抹嘴就走了，第二天或过几天才交钱，交多交少她也不说，你说一碗就一碗，你说两碗就两碗，从不计较。回头交钱的人很多，他们的生意越来越好。

有些事情看起来简单，做起来不易；有些人看起来聪明，其实并非如此。这一对夫妇，没有多少言语，没有多少计较，只是做好油茶，只是给人信任，尊重了别人，丰富了自己。

每次，我看到他们一遍遍地洗涤碗筷，特别是在冬季，手冻得通红也不减少一道工序，心里由衷地敬佩。现在吃饭，看着给餐具套上塑料袋时，不由反胃想吐，但又有什么办法，国家三令五申禁止使用塑料袋，除了把原来由商家免费提供变成了消费者自己付费以外，还有什么效果？出台这样没有监督部门的政策又有何用？

五处油茶持续了好多年，前些年市场拆除，搬家后换了人，再也没有见过老两口，挂的仍是五处油茶的牌子，但味如嚼蜡，远非昔比。

或许，这家油茶，也不见得多么难喝，而吃饭本身，就不仅是色香味的问题，更是一种胃口的记忆，一种美食的情怀，一种饮食的文化。

眼镜饺子

当人们很长一段时间都把"吃了没"作为问候语时;当纯朴善良的乡邻殷切地留你吃饭,而"让人是个礼,锅里没下米"的时候,吃,成了一生最大的事,"民以食为天",人生不挨饿成了最高追求。

如今,除极个别还未脱贫者,大多数人都已享受着丰腴的物质生活。吃,这个事越来越退居其次,甚至为不知吃什么而发愁。

因为简单,所以随便,一些吃饭的规矩渐渐消失。除非官商应酬,谁是领导,谁是主宾,谁是主陪,谁坐什么位置,鱼头该朝谁,谁负责左右逢源,活跃气氛,越来越讲究,越来越固化。一些老爷们也乐在其中,正襟危坐,小脸紧绷,伺候者诚惶诚恐,唯恐闪失,怪不得贾平凹先生说:"老兄,今晚的宴请我就不去了。"

其实仪式感是要有的,仪式感让人们更加珍惜生命,珍惜拥有和失去的,就像我们升国旗,无论何时何地,民族自豪感都会油然而生,我们会为祖国的强大而骄傲,为美好的明天而充满期待。

家庭是社会的基石,家庭最有仪式感的莫如春节,辞旧迎新,阖家团圆,努力打拼的远方游子,翘首以盼的慈母严父,天真烂漫的学子顽童,嗷嗷待哺的祖国花朵,无不在这时,欢聚喜庆,共度良宵。

放爆竹烟花，吃年夜饭，烤柏朵火，祭祖守岁，小的拜年，老的发包，忙了个不亦乐乎。

吃过饭，喝过酒，收拾碗筷，女人们围坐一团，开始唠家常，拌饺子馅，包饺子，等待新年交子之时吃的第一口。

饺子就酒，越吃越有，此时，没有任何一种饮食能承载饺子这样的使命和寄托。

饺子还叫"交子"，据史料记载：大年三十晚上，有守夜辞岁的习俗，其中，最普遍的一种叫包辞岁吃。家家户户在大年三十夜里把备好的肉、菜剁成馅，因肉和菜谐音为"有财"，因此剁时要弄出大的声响，让左右邻居听见。馅调好后和面、擀皮，包成月牙形，到午夜十二点时下锅煮熟全家共食，这就叫包辞岁。

说起饺子的来历，还有一说。在建安初年，张仲景辞长沙太守，告老还乡，看到那些为生存而奔波的穷苦百姓，衣不蔽体，许多人耳朵都冻烂了，心里非常难受。临近冬至，他在南阳东关空地上支起大锅，把羊肉、辣椒和祛寒的药材放在锅里，熬到一定火候时，再把羊肉和药材捞出来切碎，用面皮包成耳朵样子的"娇耳"下锅煮熟，每人一大碗汤、两个"娇耳"，这药就叫"祛寒娇耳汤"。人们吃后，顿觉全身温暖，两耳发热，从冬至起，张仲景天天舍药，直舍到大年三十，乡亲们的耳朵都被他治好了，欢欢喜喜地过了个好年。

从此以后，每到冬至，人们也模仿着做娇耳的办法，做了起来，天长日久，形成了习俗，每到冬至这天，家家都吃饺子。

许多家里在饺子里还包有硬币或其他吉祥之物，谁要是吃上了就预示新年大吉大利。为活跃气氛，有时也包几个或几种以增加幸运中奖率。

饺子好吃，但做起来麻烦。要买肉，要剁馅拌馅，要擀皮，要包，样样都是技术活，马虎不得，除非过节过年，不愿大动干戈。想吃饺子，只有上街，街面上卖饺子的少。一是因为从挑肉、选菜、剁肉、拌馅到手工包捏，下锅点水，工艺流程太多，哪一道做不到都影响结果；二是价格较贵，一碗面就能打发的事，花几碗面钱过个嘴瘾还是要仔细掂量。

能生存下来的饺子店微乎其微。有一段时间，陕西饺子行业老大"德发长"在汉中路开店，不知是加盟还是自营，苦苦支撑了大半年功夫不得不关门闭户，硬是斗不过本地的"华沙饺子"。

除了华沙饺子，在之前，红旗路夜市，有一家"眼镜水饺"，味道极为鲜美，常常客流不断。叫"眼镜饺子"，因老板是一胖乎乎的笑面人，带着一副常常被水气呵得看不见人物的宽边眼镜，老板和媳妇两口经营，还有一个帮工丫头以洗盘碟为主。

眼镜拌馅很有讲究，每次都是在家里拌好，到时只用。最到位的是茴香、韭菜、芹菜、萝卜、白菜加上素馅的韭菜鸡蛋共六种，这几种馅各有特色都是自己所爱，经常各点二两，老板专业功底扎实，敬业精神很好，常常笑面以对，不厌其烦。

饺子要好，首先在馅上。肉要肥瘦相间，剁成茸状后使劲向一个方向搅，待肉黏糊，再放适量的花椒粉、五香粉、食盐、鲜姜末、味精、香油，继续搅拌。同时加少许酱油，如有肉汤最好加肉汤，加滴边搅拌，直到成糊状后，再将菜馅倒入搅拌均匀。

饺子宜肥胖，不宜瘦长，取元宝宽裕之意。眼镜包的饺子，一个个列队站立，像威严肃穆的兵马俑，又像和蔼可亲弥勒佛，和坐在圆桌旁，透过滚沸大锅飘荡的热气看到的胖乎乎、笑呵呵的眼镜相映成趣，一看就是他包的！

过了几年夜市撤销，眼镜搬到了新建路，如今还在经营，前几日，几位老友追随而去，与其说是吃饭，不如说是留恋。

那是一段艰苦而幸福的快乐生活，悠长而深刻的美食记忆。

苏轼与美食

"民以食为天","食色,性也",中华五千年饮食文化,全球莫不为之叹。

八大菜系,满汉全席,食不厌精,脍不厌细,炒勺锅铲,红白面案,酱醋调料,煎炒烹炸,无不令洋人瞠目结舌,叹为观止,大长国人志气。在华人眼里,水里游的除船舰,地上跑的除汽车,天上飞的除飞机,几乎无不可吃。

辉煌的吃历史,首先应归功于神农氏,神农尝百草,开了吃的头。但一"草"字,注定在民间百姓嘴里,只能是灰灰菜、荠荠菜、蕨根、地瓜蔓、萝卜缨等草本植物填肚充饥。俗话说:糠菜半年粮。再加历朝历代战乱兵荒、天灾人祸,忍饥挨饿而成"东亚病夫"。体质始终不如咥肉吃奶的西方人,也使国人盼吃、想吃、馋吃、贪吃。

吃,有雅吃,有俗吃;菜,有宫廷菜,有家常菜。宫廷菜精工细作,如《红楼梦》中的茄鲞:用刚下来的茄子,把皮刮了,只要净肉,切成碎丁子,用鸡油炸了,再用鸡肉脯子合香菌、新笋、蘑菇、五香豆腐干,拿香油一收,外加糟油一拌,盛在罐子里封严。要吃的时候,拿出来,用炒的鸡瓜子,一拌就是了。

家常菜似及时快餐,如发源于江边的火锅,河边的盐帮菜。以几种主材,加葱、蒜、姜、辣椒等,或急火热烹,或一锅炒烩,以随意简便、油腻味浓为主，便于快速恢复体能，吃者畅快淋漓，大呼过瘾。

高堂贵人精雕细琢，市井劳工大快朵颐，好像一个是天上飞，一个是地上跑，不会交错。达官贵人不会街市陋巷随处摆桌，众目睽睽之下，旁若无人进食；平民百姓没那闲致雅兴上百道工序寻材烹制，落了个各得其所，自得其乐。

不知谁说，一个文人要无口福，大概写不出好文章；一个作家若没有好胃口，也怕难有杰作，这在苏轼身上得到了完美诠释，其命运多舛，屡遭不幸，宦海沉浮，九死一生，诗、词、文均有成就，嬉笑怒骂皆成文章。他一生追求自然随意合缘自适，乐观豁达机智风趣；他顺应自然生命，不以己悲；安时而处顺，进退应矩；或优游山水，访僧论禅；或因地取材，就地烹饪，口腹享受，把酒言欢；处变不惊，受辱不屈，即使垂垂老矣，被贬岭海，失子丧妾，仍把苏辙难以下咽的烧饼嚼得津津有味。

苏轼谪居湖北黄冈时地偏人稀，食材短缺，但却猪多肉贱。《食猪肉诗》云："黄州好猪肉，价贱等粪土，富者不肯吃，贫者不解煮。慢着火，少着水，火候足时他自美。每日起来打一碗，饱得自家君莫管。"

后调任杭州，修浚西湖，筑堤防汛，堤修好后适逢年节，百姓送来猪肉和酒。苏轼批条："酒肉一起送"给那些湖里劳作的民工。结果，做饭师傅错看成"酒肉一起烧"，把两样东西一起下锅，谁知歪打正着，香飘西湖，令人馋涎欲滴，造就了色浓味香、酥糯可口、肥而不腻、瘦而不柴的东坡肉。慢火、少水、多酒便成了这道菜的要诀。

其实从吃，也可看一个人的生活态度、身体状况。"廉颇老矣，尚能饭否？"探望病入膏肓之人，回来一句吃不成了，大体意思，你懂的。人之一生不会平平稳稳，顺顺当当，总会有波折，有坎坷，良好的心态和健康的身体是渡过难关的保证。

苏轼在《初到黄州》中，就表现出坚毅刚强、绝不认输的性格:"自笑平生为口忙,老来事业转荒唐。长江绕郭知鱼美,好竹连山觉笋香。逐客不妨员外置,诗人例作水曹郎。只惭无补丝毫事,尚费官家压酒囊。"与其《念奴娇·赤壁怀古》"千古风流人物,故垒西边,人道是:三国周郎赤壁"之大义凛然气势磅礴,不失幽默风趣透悟人生有异曲同工之妙。

当下生活节奏加快,压力巨大,每时每刻每根神经都高度紧张,很少有闲情逸致,仔细品味美食,看似高朋满座,呼亲唤友,觥筹交错,开怀畅饮,但既无古人之雅兴,亦无古人之悠闲,总归不得舒展洒脱。

无论如何,美食不可拒,每遇大餐,自己总抛弃大雅,不管不顾,一副急不可耐状,加之有些雕工烹制极好者,栩栩如生,色香味美,令人馋涎欲滴,欲罢不能。

前日,一老友相请,席间一硕大圆球,表皮金黄,若柔若坚;外粘芝麻,欲滴欲落;糯米清香,若有若无;双目圆睁,口舌生津,掩饰间,忙拿起手机狂拍,直到服务员端下分切方才作罢。又上一枯木丫枝,每枝有蛋挞样美味珍馐,不知何物,不由探身,眼观鼻嗅,状极不雅,若不是亲朋挚友,真不敢登大雅之堂,免得被人笑话。

否极泰来,物极必反,从极度匮乏的物质供给到物质极度丰富的今天,人们早已不为吃喝发愁,改为为发福的身材担忧。"三高"成为中老年,甚至青少年的头号大患,肥头大耳,脾胃不和,食欲缺乏者比比皆是。

怀古念宗,以老祖先"神农"为榜样,登山喝茶、吃糠咽菜再成时尚。槐花飘香时,秦岭鸡峰山的槐花干饭、槐花炒鸡蛋,不知诱惑了多少人。这几日,又蠢蠢欲动,惦记起西山的荠荠菜、蒲公英来,其实无论蔬果,无论鱼肉,饮食有度,营养是关键,平衡是学问。

芸芸众生,人人可尝"东坡肘子"、"东坡肉",但东坡的淡定豁达、东坡的修养胸怀不是人人都有,不是人人能有,在美食养生的同时,修身养性更为重要。

说食事

民以食为天，再大的事，比不过吃饭。杀人不过头点地，行刑前也要给口好饭，甚至几杯美酒，好让顺利上路。人从生到死，不能停止的就是吃，就是祭祖拜天，也要认真对待，体现"吃文化"，不得和老外一样手里捧花，口中祈祷，点到为止。

吃的范围之广，更让老外大跌眼镜。吃猫、吃蛇、吃老鼠；吃燕子的巢，吃鲨鱼的鳍，吃乌龟的蛋，如果可能，怕连天上的月亮都要摘下来尝尝。再说吃的工艺，无论酒店餐饮，还是街市小摊，煎炒烹炸，蒸卤烩拌，熘炖烤炙，样样娴熟，各个精通。

前几日，单位组织体检，真是洪洞县里无好人，不是血脂高，就是血糖、血压高，再不就是脂肪肝，冠心病。大夫说：十之八九是吃出来的，也对，在生存压力下，在市场竞争下，在物质欲望的诱惑下，吃饭成了一种身份象征，很多人对两点一线的生活很有失落感，几天没人请吃就感觉混得不行。

参加饭局，除了做主宾，否则也难受，特别是和领导吃饭，无法贯彻老婆"少喝酒，多吃菜，再不行，咱就赖"的嘱咐交代，菜往往顾不上吃，尽剩陪酒的份。本来酒食酒食，酒是粮食精华，喝酒等于吃食，但酒一多，即成害，各个高血脂，脂肪肝，甚至为活跃气氛，斗酒逞能，命丧酒场。

胃口不大，应酬太多。吃的品种不断增加，频率不断提高，加工越加精细，花样越来越多，被催熟的家禽家畜，喷着膨大剂的蔬菜水果，不断加量的添加剂、生长素，尽数犒劳着五脏庙，照单全收，更是雪上加霜。

前几日看有关部门统计，八项规定以来，公务员队伍三高群体呈明显下降趋势，本来针对铺张浪费，纠正党纪党风，狠刹吃喝风的事却歪打正着，救了一批公务员。

其实吃来吃去，还是五谷杂粮最养人，当下早不是见面就问"吃了没"的年代，而是营养全面过剩。过去平常人家，早上一碗苞谷糁，中午一碗干面，晚上喝汤，以萝卜白菜为主，偶尔葱和蒜苗提味，甚至辣子一道菜，直接往碗里一撒，搅拌几下就开始吃。地里干活的人出力出汗，体内毒素随风而去，经络通畅，百病不生。

记得祖母经常喝完一碗面糊，用馍馍把碗擦得干干净净，八十多岁还在地里捡麦穗，93岁无疾而终，没见体能比城里人差哪去。又一年在白云峡谷，遇见一位人工养殖娃娃鱼的八十多岁老者，看着老人硬朗的身板，昂扬的状态，轻松的步履，羡慕不已。想到老人住在这山清水秀的风水宝地，啥都好，就是万一有个病了啥的很难出去。老人回答：你说的病不容易得，我又不胡吃胡喝凭啥得病哩。的确，除了自身无法改变的遗传基因外，良好的生活习惯，特别是饮食习惯，成了身体健康的最大变数。

俗话说：鸟吃几粒粟，人食几担粮，是老天定的。这可能有些唯心，但无论达官显贵，还是草根阶层，节制欲望，合理饮食，吃饭七分饱是不争的事实。千金难买老来瘦，就是提醒我们，大腹便便必是短寿之人，正所谓，腰长一寸，寿短一岁。吃这么简单的事，如今捉起筷子都要三思，该不该吃，怎么吃。不是问题的问题，现在成了问题，不知道你怎么看这个问题。

说酒局

"酒是粮食精,越喝越年轻","这不是酒,这是情哩","要想感情深,你我一口闷"。一上酒场,敬酒词花样繁多,对好酒之徒,敬起酒来,得心应手,不怕你不就范,对酒力不佳者,酒场不亚于刑场。

小到百姓给子女操办满月宴、百日宴、升学宴、婚宴,给老人操办寿宴、告别宴,到自己离开这个世界,由子孙操办的送别宴,筵宴离不开吃,筵宴离不开酒,"无酒不成席"。国家更是如此,虽然这两年倡导招待宴会不上酒水,但几千年的风俗改变不易。

有酒就有局,也称酒局,自古以来,即使国破家亡之时,仍有"商女不知亡国恨"而莺歌燕舞纸醉金迷,酒局不断,借说商女,实指高官。

历史上最著名的酒局非楚庄王绝缨之宴、楚汉之争鸿门宴及赵匡胤杯酒释兵权莫属,这几次酒局各个刀光剑影,血雨腥风,惊心动魄,暗藏杀机,最终见招拆招,化险为夷,令人拍手叫绝。

据《韩诗外传》记述,楚庄王跟群臣喝酒,大家推杯换盏,频频举杯,不觉间酒高失态。恰逢大殿蜡烛熄灭,大将唐狡借酒劲调戏庄王妃子。妃子大惊,大王的人你都敢动,一把拽下唐狡头上将缨,哭告楚王赶快点灯,无红缨者即为色狼。楚王听后,命令赴宴群臣,凡顶上有红缨者一律摘下,这样除唐狡外,无人知道调戏大王妃子者是何人。事隔多年,楚庄王身陷重围,危在旦夕,唐狡横刀立马,冒死解围。看来,酒后失态会惹来祸端甚至杀身之祸,对失态者的大度包容也能换来感恩报德、舍生取义。

鸿门宴是更为经典的酒局。楚王项羽在坝上宴请汉王刘邦,这顿饭不好吃,这杯酒不好喝,但不喝不行,不喝免不了敬酒不吃吃罚酒,刘邦还没有和项羽叫板的实力和资格。此时,有勇无谋、仁柔寡断的项羽,足智多谋、老谋深算的范增,威猛豪爽、直闯营帐的樊哙,以及身在曹营心在汉的两面人项伯,一个个栩栩如生的人物相继出场,至今跃然纸上。可以说,没有这场精彩的鸿门宴,就没有"明修栈道,暗度陈仓",更没有大汉朝的江山,也没有"生当为人杰,死亦为鬼雄,至今思项羽,不肯过江东"的哀怨和惋惜。

赵匡胤"杯酒释兵权"是中国历史上最为仁慈柔和的集权之策,是用最和谐手段强推民主集中制的管理模式,虽然也不免有些威逼利诱的成分,但在当时已有很高的境界和超人的手腕。一次晚朝后,赵匡胤把石守信、高怀德等几名高级将领留下喝酒。酒过三巡,菜过五味时,赵匡胤开始诉苦,石守信等人听出话中有话,又听了对释兵权后的安排,第二天纷纷上表声称身体有病,要求解除兵权,赵匡胤准奏,随后开始一系列政治军事改革。

想起刘邦杀韩信、彭越、英布、藏荼等,朱元璋更使文臣刘基、李善长、胡惟庸,武将徐达、朱文正、廖永忠、蓝玉等无一幸免,赵匡胤的这场酒局将刀光剑影化为和风细雨,不失人心而被后人称道。

当下酒局,除婚丧嫁娶私人宴请外,大多和官场升迁有关,和商战利益有关,醉翁之意不在酒,在乎官位、利益、美女之间,这种酒局带坏了风气,破坏了家庭,损害了身体,还是少参加为妙。不妨学学楚王、汉王及宋太祖这些设局破局的高手,既能达到目的又能安全脱身,化险为夷。

自古至今，酒局无处不在，酒局意不在酒，在局。如何自如应对，见招拆招，要看个人修行和应变能力，不逢迎庸俗酒习，不被领导怨怼，不坏酒场氛围，不伤亲朋情意，清者自清，这是酒局的最高境界。

酒文化

中国人喜欢热闹，要热闹没酒不行，无酒不成席。

推杯换盏，三五盅下肚，各个面红耳赤，不再拘束；神情亢奋，话语急促，由矜持而放松，由放松而舒坦，由舒坦而斗酒，由斗酒而狂躁，由狂躁而现形，由现形而伤肝肾，增感情。每每懊悔不已，每每重复过去，上次的斗酒，此次的话题，为人如何，豪爽与否，全看酒品。

灼烧的肠胃，隐痛的神经；摇摆的身躯，无力的四肢；迷离的眼神，相知的赤诚。老婆的苛责与埋怨、劝诫与关心，都统统抛之脑后，只为一场酒，一段情，有时候，仅仅为朋友一句话。

喝酒伤身，喝酒误事，人人都懂，但喝酒也能成事，能健身，只是个度。难就难在这度，因人而异，没有标准，可能为一句话，可能为一个人，就会过界超度。

都知酒辣，都知伤身，都知身体要紧，可，屡屡酒醉，只为气氛，只为感情，酒到深处，情到至诚，可称兄道弟，可拍肩搭背，可摇摇晃晃，可放肆狂妄，发不敢发之言，做不敢做之事。有过之处，可酒醉搪塞，可失言谅解，"没啥，没啥"，不管心里怎么想，和酒醉之人计较，终究难以启齿、不太坦荡。

吾之喝酒，以白酒为主，总觉红酒、啤酒不很过瘾。红酒很讲情调，只适与红颜知己浅饮慢酌、细细品味，不适合大众聚会。啤酒除了味觉因素之外，一瓶两瓶难以解决战斗，喝多既肚胀，又要不停放松解压，实在麻烦。唯有白酒，三两杯下肚，周身发热，畅快淋漓。若再加几杯，有哭的、有笑的、有唱的、有闹得、有胡言乱语的，有掀桌练武的。

酒，是交际必备，由人之本性所定。每个人都有放松压力、释放自己的一面，酒，是黏合剂、助推剂，有时也是催化剂。

酒与茶

人生八雅：琴棋书画诗酒花茶，前四项不挨边，后四样都喜欢，尤其好酒。

"豪饮一杯太白酒。江湖路，笑傲天涯走。""劝君更尽一杯酒，西出阳关无故人。""明月几时有，把酒问青天。""对酒当歌，人生几何。"从古至今，无论将士出征壮行，亲友迎来送往接风洗尘，还是月下独酌，思考人生，以酒为媒的诗句题材很多，相对来说饮茶的诗就很少。

究其原因，可能酒有催化作用，越喝心越热，斗志越高昂，血脉越喷张，口气越大，信心越足。挽袖高歌，你说阵前杀敌还是景阳冈打虎，没有不行的；你说数理化文史哲，没有不会的；你说高官巨富草根平民，没有不识得的；你说天文地理古今中外，没有不知的。即使说得兴起无人搭理，亦能"举杯邀明月，对影成三人"。此时一杯在手，富贵不移，威武不屈，有泰山崩于前而不惊之慨，乃天下最勇敢之人。

喝酒，其实还是个气氛，没有好气氛不会有好酒量。俗话说酒逢知己千杯少，人要对眼，话要投缘，酒越喝越有，话越说越多。有时候，同一句话，同一个声调，同一个语速，反反复复，喋喋不休，二人相对，视为至亲，举杯频频，相识恨晚，不知前世今生，只恐阴阳两隔，冉冉缠缠，不能撒手，以至表情僵硬，双目呆滞，四肢瘫软，每个毛孔都散发着酒香，不肯罢休，才叫到位。

斗转星移，打扫战场。夜色下，几个兄弟或搀，或扶，或抬，或背，住平房还好，要住楼房，五层或六层，醉酒者瘫软无力，陪酒者晃晃悠悠，连攀带爬，跟跟跄跄地到屋敲门。开门一主妇，河东狮吼大声呵斥：把这死狗一样的给我抬回来干啥，从哪抬的抬哪去。众人忙忙后退，谁愿意抬谁抬去，深一脚浅一脚地下楼回家，迎接暴风骤雨劈头盖脸的埋怨呵斥。

酒这东西，喝多了不行，不喝也不行，常常自我安慰，少喝点没事，控制好就可以，要注意度。总量控制好没问题，但三番五次之后，除了自己不信，其他人也不信了。

把酒排在人生八雅之中，或有些唐突，看起来不但不是什么雅事，还频频出丑，究其原因，可能和酒精浓度有关。据说武二哥景阳冈仗着酒力把那只吊眼白额斑斓猛虎打的呜呼哀哉时喝的是米酒，酒精浓度约在二三十度。

像这种酒，喝个似醉非醉，似醒非醒，迷迷糊糊，懵懵懂懂是最佳状态。心有飘拂，步有微晃，可进可退，可行可睡，可饮酒作对，可佳人诗语，可豪情壮志，做不敢做之事，骂不敢骂之人。

英雄豪杰，官商地痞，文人骚客，无不借酒壮胆消愁，李白酒后抱怨："安能摧眉折腰事权贵，使我不得开心颜"；阮籍借酒发出"肌肤授之于父母，不必用衣物遮盖清白"的愤时誉世之语；曹操和刘备"青梅煮酒论英雄"自称英雄，借酒遮脸；西门庆与潘金莲苟合偷情，靠酒壮胆。

"抽刀断水水更流，举杯消愁愁更愁"，酒局和梦一样，总有散时，总有醒时。一旦清醒，发现天还是那个天，云还是那朵云，人还是那个人，时间又过去一天，翻肠倒海，头晕目眩，四肢无力，目光呆滞，往往搓手顿足，追悔莫及。

渐渐地，更爱茶，茶可多人饮，亦可独自品。嫩芽绿叶在水中翻滚沉浮，略带苦涩的香气扑鼻而来，缕缕丝丝，轻轻淡淡，若有若无，汲取自然灵气的叶丫在碧透空灵的玻璃杯中自然而舒放，优雅而贤淑，像极了自得其乐翩翩起舞的少女，独自陶醉着，绽放着。

端起杯，呡一口清香，温润而绵长，香气随着经脉打通全身，五脏六腑都被荡涤清澈，气顺了，心敞亮了。一身的皮囊开始有了自然的气息，在占据，在扩散。

好茶要有好书，翻几页书，品一口茶，历史深蕴，茶道闻香，日月精华，事不张扬。或明智，或悟理，或为古人担忧，或为现实不平，举一反三，五味杂陈。正如茶味，正如生活，苦乐悲欢，尽在不言中，胜败得失，只是一缕香。

品好茶，读好书，人生之大趣也。若有好友相伴，人不宜多，一二人，三两人，或喁喁私语，或对望不语，或三言两语，只为相伴相知。淡泊相宜。就这样，一两个小时，三五个小时，不觉时间长，只叹日月短。

人到中年，远酒近茶，远闹趋静，更喜欢茶的清淡，茶的苦涩，茶的余味留香，茶的回味悠长。加之经过社会积淀，有了生活感悟，更能体会，不浓烈，不张扬，随风飘雨，淡淡花香，更有禅意，更悟人生。

布衣草根，茶本平常，茶喝多了，也醉，是心醉，心旷神怡地醉，发自肺腑地醉，不似酒醉，十里扑鼻，染得空气都像醉了酒，趔趔趄趄，混混沌沌，惹得人躲，惹得人烦。

万丈红尘一杯酒，千秋大业一壶茶，酒和茶，场合不同，年龄不同，心态不同，感悟不同，结果更是截然不同。人多时，把酒言欢，独处时，一杯清茶。

径山茶

在杭州，出市区，走小道，一段砂石路，蜿蜒崎岖，几处荷塘，豁然开朗。当地朋友说是去径山寺旁的一家环境优雅的农家乐，这里经营的都是原汁原味的本地土菜。

依荷塘而建，呈回字形的一排竹屋茅舍，前门进去一个小配菜间，再往里走一大屋，能容十人的饭桌。座椅很简单，再走就是凉台，地面伸出水面，放一摇椅，一四人茶桌。微风吹过，水波一层层地向外蔓延扩散，波光粼粼的水面上鱼儿嬉戏追逐，水边叶茂碧翠，绿绒似毯，时光仿佛静止一般。

旁边就是径山寺，最近闭寺修缮。

径山寺和日本茶道有千丝万缕的关系。唐宋年间，许多日本僧人远渡重洋来到杭州，学习中国茶道，并带茶种回去种植，在此基础上形成日本茶道。现如今，日本茶道已形成独特的风格，甚至将国内茶艺甩在了身后，有"中国会喝茶，日本精茶道"一说，其实这种说法只是不了解中国茶文化历史而已。

说起茶道，还得归功于1300年前唐代的陆羽，他把种茶、制茶、喝茶、茶具、品茶以及与茶相关的人物全作为文化艺术来研究，使得喝茶超越了解渴、解乏、提神这样的实用功能，开辟了饮茶之道的精神领域与审美境界。

在创造了24种茶具的同时，他还规定了饮茶的仪式，让人们按部就班地进入茶饮天地，进入一种心灵净化的程序，由此得到不掺杂任何功利的纯粹欢愉，他以其毕生的追求为人类文明的发展增添了一页新篇，那就是茶文化。

唐宋时期，上层社会喝茶，主要方式是把茶饼碾成茶末，然后烹煮或点泡，可称作"研末煎点"法，日本人系统学习茶道就是这一套规矩与程序。当时还流行斗茶，就是把茶末在茶碗中打成沫饽，好像浮出一层白蜡一样，有点像现在咖啡拉花技术的雏形，为了彰显黑白层次效果，茶碗以福建建盏黑瓷为佳。日本人在天目山的径山寺学的茶道，以讹传讹将此碗称为"天目碗"。

到了明清，随着散茶的兴起，品尝炒焙清香的新茶，看到雀舌旗枪的嫩芽嫩叶成为时尚，无论在品茗形式和茶具的形制上，都开始强调因茶叶质地的变化而产生相应的变动，对原有仪式规矩甚至弃而不用。也就是在追求茶道本质的前提下，更加强调品茶的根本，一是茶叶的味质与香气，二是品尝者的味觉与嗅觉。

日本茶道基本延续了唐宋茶道的仪式，特别是到了17世纪，经千利休的改进发展，强调"和敬清寂"为其精髓。参加的人心存敬意，循规蹈矩，随着茶人的点化，由进入沉寂而虔诚的心灵进化过程，发展成为一种类似宗教洗礼和心灵净化的神圣膜拜。

店家给我们上的毛茶，比精挑细选的高端茶粗糙些，但香气更浓郁，回味更清爽。为避免形状的欠缺，巧妙地用白瓷茶壶泡制，分给客人。端起玲珑茶碗，脉络透彻清心，心情松弛舒缓，咂一口茶，嘬一下嘴，清香顺着嘴唇、嗓子、肠胃，贯穿五脏六腑，回味无穷。眯上眼，身子不由地从椅子下移，头松弛地耷拉在椅背上，进入了仙道的境界。

在杭州，无论场面菜还是土菜，总离不了东坡肉，或曰红烧肉。这里的东坡肉红亮剔透，比酒店的色泽更重，块头更大，配菜更少，味道更浓。操起筷子，夹一方红烧肉，软糯细腻，入口即化。

想想苏轼一生"身行万里半天下，僧卧一庵初白头"，宦海沉浮，命运无奈，从北到南，一次次被贬谪，被放逐，一次比一次远，一次比一次苦。但就是这样一个颠沛流离、一生坎坷之人，却始终乐观豁达，其为官一任、造福一方的实干精神，佛、儒、道集于一身的传世大家，千古几人？

还有一味菜更有特色，原料其实很普通，就是豆腐。将豆腐切片，用卤水腌制上色，用青椒爆炒，看似平常简单，但味香无比。刚一上桌，各个垂涎三尺，顾不得颜面，争先恐后下筷，唯恐稍有迟疑，就盘底朝天。

几味菜下肚，这时酒已上头，茶已无味。

喝茶要净心爽口，心无杂念，口无腻心。我们常常喝茶，都在酒后，甚至满口荤腥。要想品茶，就该和喝酒不开车、开车不喝酒一样，喝酒不品茶，品茶不喝酒。好在朋友盛情，带来几盒极品的径山茶，使得我们能够真正地闲心品味。

好东西要分享，回到家中，几桶茶叶带着径山的情谊散发出去，留在自己手中的仅剩个小包装，放于冰箱冷藏。几个月过去，一个周末，呆坐于书房，猛然间想起。遂离座，打开冰箱，翻箱倒柜，取出茶包。茶台，茶巾，茶碗，置于茶几，摆开架势。再开冰箱，四处搜寻，不见珍藏之秦岭山泉水，万分遗憾。

好茶要好水。苏东坡即使被贬到天涯海角，仍有闲情逸致发现生活的情趣，从突出的江面钓矶上，大瓢小杓地舀水烹茶，业曾写过《汲江煎茶》一诗，前四句是："活水还需活火烹，自临钓石取深清。大瓢贮月归春瓮，小杓分江入夜瓶。"陆羽在《茶经》中对烹茶之水说得更加明白："其水，用山水上，江水中，井水下。其山水，拣乳泉、石池慢流者上。"所谓山水，就是深山幽谷的流泉，因其通过适当的岩层过滤，既清澈又富含矿物质，烹茶最为适宜。

世事不如意者十之八九，身居闹市，只能求而其次。

阳光从阳台透过纱帘，穿过滴水观音，洒落在茶几，南山碧翠连绵依稀可见。洗净双手，打开茶盒，用心请出几簇茶叶，即将煮沸的矿泉水轻轻一冲，嫩芽像久渴的禾苗喜迎润雨，像面向太阳的朝阳花，像情窦初开的少女，渐渐舒展开来，吸收着水的温度。

喝茶之上道谓之品茶，贵在心静，心净，自在悠闲。茶懂人心，你敷衍它，它敷就衍你，你心不在它，它心也不属你，虽一杯杯下肚，终不知茶为何物。

此时，想起一句话，"不知是水泡了茶，还是茶泡了水"。径山茶、径山寺带给我们的远不止此，更有对两国传统文化传承的深层思考。

酒场乱弹

龙庭会所，老哥们相聚，自是推杯换盏，笑声不断。现在酒局，最怕两类场子，一是同学聚会，二是老友重逢，唯恐尴尬，无法推辞。一同学口头语：都是光屁股长大的，装啥装，推脱不掉，扫兴不成，干脆好吃狂饮，畅快淋漓。

酒场三要素，段子、美女、花生米。

酒过三巡，菜过五味，话题自然离不开女人。一老兄聊起情场趣事，从民国军阀马步芳，到五毒书记"许三多"，一辈子女人勤换，艳福不断，真真假假、实实虚虚，满屋欢笑，一地光阴。老兄调情水平一流，却不流连舞场歌厅，外面彩旗飘飘，家里红旗不倒，真佩服其强大的驾驭和协调能力。

本来这种话题，与己无关，不是自谦，确实没这体会，没这经验。你说运动，你说读书，你说品茶，你说历史哲学、天文地理，可以无所不谈，但说到泡妞，确是短板，自知才疏，永远处于学习阶段，用老师的话说：只学习，不进步。

说的兴起，谈的热烈，一老兄感叹：唉，这辈子，多多少少，人家亏过咱，咱也亏过人，但不能亏自己，该弄就弄，该耍就耍，到死的时候，有人为咱哭地悲天恸地，有人为咱死了欢天喜地，不管咋，没白活。

老兄猛一扭头，望了望我，明显属于白活一类，惋惜感叹，这么多年，没见你有啥情况，连点绯闻都没有，要么就是隐藏太深，要么……怕老兄酒多胡言，我赶快接话：咱没这本事，弄不了这活，话一出口，又觉不对，赶快掩饰。"不擅长这活"，大家一笑而过。

事要随情，人要服人。这方面，一直是同学朋友开涮的对象，但也多了话题。都说要抓住青春的尾巴，但青春早过了，尾巴没抓住，平淡一生，波澜不惊，环顾周围，玩得好是本事，玩不好家破人亡、妻离子散，冒险精神不够，心理素质不行，少惹麻烦为妙。

大千世界，饮食男女，相识相聚，本是机缘；人之本性，避近求远，回头想想，不很划算，不同性格爱好，不同生活方式，并存共融，适合就好。但人之于动物，除了天性，还有责任，为了自己，为了家人。

工作压力，身体疲惫，在酒精的灼烧下，尽数涤荡，灰飞而去。夜幕沉沉，凉风嗖嗖，头脑顿时清醒许多，晃晃悠悠，欢笑乱语，相伴随行，同步而回。

老碗面

老陕爱吃面，"一天不吃一顿面，好像今天没吃饭"。

岐山臊子面、杨凌蘸水面、户县软面、大刀铡面、뷁뷁面、手擀面、油泼面、扯面等花样繁多，变幻莫测，宽窄粗细，长短厚薄，各有特色。

臊子面讲究小碗一口香，扯面、油泼面要端大碗，咥老碗，蘸水面直接上盆。过去每家每户的老母亲、巧媳妇都是做面好手，一张面皮在她们手中飞舞跳跃，一会儿就由面团变成或宽如腰带，或细如发丝的宽面条细面条。

老陕吃面靠的是一碗辣子，辣子面要选身材细长的尖椒，当地人叫"线线辣子"。辣子摘下来晒好，选深红透亮者，用石碾子或脚滚碾成面，不能用机器碾的那么碎，再用六成热的油泼，"刺啦"一声，香气扑鼻。

手擀油泼面又宽又筋道，在开水中煮熟捞在碗里，配上葱花、臊子、花椒粉、盐及焯水的嫩菜叶，再撒上一层辣椒面，满碗一通红，厨子从烧得滚沸的油锅中舀出半勺油，猛地浇于辣面及面条上，"刺啦"一声，一团油烟，香气扑鼻，满口生香。用筷子一挑，绿油油的青菜，红艳艳的辣子，热油浇得红里透黄、椒辣韧香的面条，看着、闻着、咥着。

有人总结杨凌蘸水面二十个字：面白薄筋光，汤旺酸辣香，汤面分盆装，越嚼越是香。这面四季吃法不同，夏天可以把汤汁放凉，冬天可以把汤汁加热。汤汁一般有西红柿鸡蛋和浆水汁。蘸水面吃起来有气势，一盆裤带面，蘸过香浓汤汁，光滑软香，回味无穷。

岐山臊子面"薄劲光、酸辣香、煎稀旺"与蘸水面有异曲同工之处，只是蘸水面面和蘸水分开，盛面一般用大盆，臊子面面在下，臊子漂菜在上，各有特色。

臊子面据说来源于周朝。周文王宴请群臣，因人多肉少，采取高汤回锅方式，让大家都能尝鲜。臊子面顾名思义重在臊子，取肥瘦相间的肋条肉，先将肥肉放入油锅，出油后放入瘦肉、姜末、花椒、茴香、八角、辣椒、西岐陈醋等多种调料秘制，文火慢炖。

臊子烂好开始调汤，在锅里放菜油少许，烧熟，再放盐、醋煮沸，豆腐、红萝卜、黄花、木耳做底菜，蒜苗、香菜、摊好的鸡蛋薄饼做漂，加上臊子的红油，红、黄、白、绿、黑对应金、木、水、火、土，五彩缤纷、五谷丰登，令人未吃先馋。

臊子面讲究一口香，不喝汤。如果喝汤就表示吃饱了，主人不会再给你端，一般小伙，吃个三二十碗，没有问题。有一家小门店，以臊子面起家，经过十几年发展，做到了极致，现已连开几家酒店，加以当地小吃，终日顾客盈门。高管巨富，平民草根，皆纷纷前往，起的店名也妙："家外家"。

"家外家"以臊子面起家，如今醋粉、搅团、荞面饸饹、豆面糊糊都很有味道，有一段时间还在进门处请了一个农家厨师表演大刀铡面，关中地域色彩很强。

油泼面做工比较麻烦，街面上少有人卖，要想一饱口福，只能自己动手。扯面、蘸水面、臊子面成为必不可少的大众饮食，相对而言，扯面市场份额更大，更受吃客欢迎。

要说扯面，可圆可扁、可宽可细、可不宽不细，也叫韭叶，自己认为以大宽为最，薄、筋、光的一根面，筷子一挑，一疙瘩，不粘不软,若秦腔花脸,高亢激越,若征战勇士,铁骨铮铮,最适合二不愣登的小伙,或自认为小伙的半大老汉。

有一家王军面。有一天去吃,小店里三层外三层坐满了人,沿街道的几张桌子也坐了满人,吃面者咧开腮帮,挽袖猛咥,等候者目光飘移,寻找空位。

一行人走到过道,不知所措,服务生端面穿过,"把路让开,把路让开"地不断提醒,嘴里还自言自语,嘟嘟囔囔:没地方了到外面等去,隔壁吃噶一样么,非要到这吃!你说气人不气人!气人也没办法,不觉气,谁叫咱好这一口,想想也就心宽神定,找了个座,笑咪嘻嘻耐心等待。

"老板,来碗二宽。"

"只有一种,没有几宽几宽。"

吃客笑笑。

"那就来三四根"。

"四根有几两?"那边没了回音。

左等右盼,面上了桌,

"给倒碗面汤。"

"面汤在外头,自己倒。"

无奈起身,左躲右闪端一碗面汤,剥两头蒜,开始咥面。风卷残云般一碗面下肚,抚抚肚皮,深吸一口气,未等喘匀气息,旁边一大嗓门胖媳妇急促地呐喊:"这边完了,这边完了。"

抬头望望,四目交汇,彼此会心一笑,人急了能看来,不便发作,遂离座告退。饭吃得撩,可这待麦客的弄法让人多少有点遗憾,总想有个地方能体面地咥干面。

有人说城际酒店推出老碗面,手艺不错,环境优雅,招呼人不失礼仪,遂邀三两好友,赴城际酒店。看着富丽堂皇的高楼大厦心里发毛,头脑发晕,楼堂馆所高端消费,或难以承受。转而想,输赢不在一半担银子,既来之则安之,一碗面,还能把人吃破产不成？

一进大门，服务员盈盈袅袅，招呼落座，咖色桌台，暖色调灯光，长条西式餐台，黑皮座椅，温文尔雅，柔和幽静，刚一落座，一杯上好的苦荞茶带着暖阳摆在面前。

要一碗面，豆腐脑，小榨菜，水卤耳片等几碟小菜。明档里厨师开始操作，大锅中宽面像是狂放不羁的波涛，此起彼伏，滚过滚，加水再开后灶滤将面捞出，加上油、盐、酱、醋，调和后送到面前，土黄色暗花的瓷老碗古朴厚重，像极了陕西愣娃的脾性，望一眼大功告成的正宗老碗面，好友无不拍手称赞。

一结账，几两散碎银子，吃了个面颊发热，脑门冒汗，心满意足，肠满肚圆，抚抚肚皮，连呼舒坦。

招待挚友亲朋吃老碗面，就去城际老碗面。

杀年猪

转眼又至年关,周边渐渐热闹起来,商超开始促销,街市更加拥挤,打拼的游子有些心不在焉,一盘算奖金,二盼着放假,老家父母翘首以盼,满脑子荡漾着儿孙满堂、其乐融融的天伦景象。

现如今,很多成品、半成品,不用动手,就可摆盘上桌,宴请宾朋。快节奏带来便利的同时,也扼杀了过年的乐趣,少了些民俗礼仪和文化传承。

记得小时候,从小年开始,就发面杀猪,祭灶蒸馍,贴窗花,写对联,买鞭炮,剁松柏,好不热闹。

城门北村口有棵洋槐,茂盛壮硕,难以合抱,夏能够遮阴避暑,冬可以挡避风雪。年前几天,村上在这儿公榜,算工分,家家户户,老老少少,合计一年收成。钱虽值钱,但一个工分也就一两角钱,一年忙活,只够糊个嘴,孩子多、劳力少的,可能还欠队上的,不得不东拉西扯,愁眉苦脸。但大多数家,多少有些收获,都会扯些布,给老人孩子做几件新衣。娃娃爱过年,大人没有钱,是真实写照。

最让人心热的还是杀猪,农村里家家杀猪过年。散养猪活力四射,器宇轩昂,瘦身健美,四肢有力,不像猪场的,腻腻歪歪,肥头大耳,一摇三晃,有出的气没进的气。这些猪吃五谷杂粮长大,属绿色食品,城里人羡慕不及,一旦将其放开,若猛虎下山,气贯山河,几个壮年都难以制服。每当接近年关,都关进圈舍,不再放出。

杀猪之人,称为屠夫,一般还有三两个帮手。屠夫先是在圈里抓猪,上案板放血,置大缸烫猪,剃毛刮净,再上架开膛,剔除心肝肠肚,零七杂八,手法之快,下刀之准,嚎叫之挣扎,扬尘之弥漫,场面之惨烈,震魂灌耳,刻骨铭心。

那时候不觉血腥,艳羡杀猪之人,很是威风。

眼看就要过年,几位同事相邀,到山里搞些土猪肉。联系好后,不知哪根筋不对,起了念头,想看杀猪。过凤翔,走十八岭,山道崎岖蜿蜒,旷野冰冻严寒,这边紧追慢赶,那边电话直催,走哪了,等不及了,开始杀了。伴着"快到了,快到了"的应答声,不经意间,飞快地超了一辆开往天堂的班车,好奇天堂的班车开往哪里。

北山没有南山的青山绿水,自然条件比南山差得多,土地干涸,草木枯林,田垄乡间,沟壑连绵,倒有几丝陕北味道,同行者介绍,再往过翻几个山梁,就到甘肃地界。

一个山坳,几间村舍,稀稀疏疏,一条路,只可前行,不能倒退,会车肯定不行,沿路而下,便到一个十几户人家的小村子。

杀猪人四方阔脸,脑门凸出,圆眼大嘴,精瘦干硬,见我们到了,提了精神,笑着露出两排黄牙,说一头已经杀了,还剩一头。一看屠夫周边,七八条大汉,前呼后拥,心想,杀个猪,多大工程,好大动静,杀鸡用牛刀,未免小题大做。

猪通人性,见众人往猪圈来,加一提刀屠夫,自知命将休矣,忙往舍里跑。几人追将过去,猪返身来,拼命撕咬,顿时圈内灰土四扬,步移蹄飞,恰似陀螺打转,好一个人猪不分。

倒是屠夫,提起猪后腿,猛往外扯,猪死活不依,拼命回舍,一拉二扯间,可怜猪被撕扯成了单薄的版画。任其百般挣扎,总归架不住众人帮手,被箍紧长嘴,横拉竖扯地拽出圈外。

一到圈外,七八条壮汉都有大显身手的机会,提腿的提腿,抱腰的抱腰,无处下手者,攥耳朵,揪尾巴。嚎叫、挣扎、气馁、恍惚,以致哽咽悲泣的八戒兄被八抬大轿般簇拥着上了案板。

一股寒气袭来,刺骨森凉,几分钟前拼死反抗的黑猪,变成了白净顺溜的土猪肉。随着股股热浪腥臭泛起,突然间,莫名地悲哀,哪还有儿时的快感,只想逃离现场。屠夫挥着血迹斑斑的杀猪刀指了指旁边圈舍里惊慌失措的几只小花猪:这是给明年准备的。

枯枝上立着几只乌鸦,不知悲喜地喳喳嘶吼,风刮起灰土败叶开始啪啪打脸,原想乡里的年味比城里浓郁很多,看看杀猪,预预热,一路回来却打不起精神。

或许,同一件事,随着年龄环境的变化会有不同的感受。

少时,快乐源于单纯,成人,烦忧在于认知。

过 年

春之始，万物苏。

再有两天，就是传统佳节农历新年。人们开始忙碌，扫屋的扫屋，采购的采购。街市商超，无不熙熙攘攘，人头攒动；大包小裹，人人手提肩背，满载而归。

五湖四海，大江南北，回家成了漂泊游子唯一的念想。据报道，春运前10天，仅航空、铁路、公路就发送旅客7.4亿人次，预计节前高峰，日发送将破8200万人次。昨日，广铁集团运送135万人次，但仍有几十万大军滞留广州东站。

几天后，家庭团圆，和睦庆欢。爷爷奶奶抚摸着难得一见的孙子；父母眼噙泪水，盘问远方而归的子女；孩子们穿着爸妈买的新衣，怯生生上下打量陌生的父母。

此时，挚情之浓，足以融化冰冷严寒；相聚之欢，让人忘却打拼艰难。

离开高楼林立、光彩炫目的都市，斑驳古槐，摇曳柳枝，故乡的山山水水、一草一木都倍感亲切，载满童年嬉戏、追逐记忆的小河波光粼粼，清澈见底，涓涓流淌，日夜不息。几只小鱼，偶露峥嵘，自在悠然，时隐时现。

谁家公鸡，率领母鸡几只，鸡雏七八口，一家老小大摇大摆、旁若无人占道觅食。傲立的充血鸡冠，挺拔的健硕身姿，赳赳的坚实步伐，充溢着激昂阳刚，散发着亢奋的雄性荷尔蒙，一派傲视群雄之势，尽显凌然不可侵犯之威。

家乡的鸡，都这么牛！

村口几位老人，半倚半靠在麦草垛旁，眯眼晒暖，拉话扯闲。这些年轻时种地打夯、割麦上炕的好把式，风吹日晒，满脸沧桑，一笑起来整个脸缩成一团，像个干枣，又像半片核桃，稀落的三两颗黄牙如风中残烛，摇摇欲息。

这一切，绝不影响唠嗑吹牛，骂街打趣。眼前闪过的后生，爷呀、伯呀地叫着，喜得张着牙齿稀落、有点走形的嗫嚅嘴大声应承，唯恐后生们听不见。偌大的回声，后生们吓一跳，说："爷（伯）底气足的很么。"遂一团笑声，自嘲"老汉能行"。

待后生走远，开始逐个点评，对没太多出息的嗯嗯几声了事，对成才、孝顺的不怕唾沫四溅，多费口舌。

这是谁家老几，人家把娃抓成了，现在在外面干事哩，最重要的是娃娶个媳妇是城里人，对老人孝顺得很，年前还把他妈接城里住了两个多月，老婆子回来见谁给谁说，媳妇多好多好。说有一回还把她领到美容院叫她汗蒸哩，把她老婆子差点没蒸熟，头晕的不行，就叫媳妇搀出来了。晚上听儿子跟媳妇争嘴，嫌媳妇把她带到美容院了，老婆子看媳妇委屈，赶紧说："你个仔娃子，不怪媳妇，是你妈皮太厚了，蒸不熟，自己要出来哩，和媳妇没关系。"儿媳破涕而笑，说妈你太逗了。老婆子一脸茫然，太逗啦，啥意思？

夕阳西下，凉意渐起。村舍丝丝暮霭，袅袅绕绕，缕缕烟雾，若隐若现，烧炕的麦草味，灶膛的松香味，人畜的粪便味，搅和着草木芬芳泥土清香，万千滋味，十分惬意。被都市雾霾、尾气糟践的鼻腔、心肺、毛孔、肺泡，集藏已久的灰腻得到彻底清洗，整个嗅觉完全恢复灵敏，系统辨别功能再次刷新，高速运转。

窗外，寒风料峭，屋内，暖意正浓，你推我让，招呼上炕，凉热兼备，荤素搭配。腊牛肉猪耳朵，菠菜豆芽调蜜藕，四喜丸子红烧肉；大年菜清蒸鱼，蒸碗饺子旺酸汤，花样馍馍一箩筐。

祖孙三代，甚或四世同堂，推杯换盏，嘘寒问暖，热气腾腾，其乐融融，一方水土一方人，吃着自家的五谷杂粮、鲜嫩青菜，喝着酒香四溢的西凤六年，就着冰凉的山野清风，漂泊的心终于落地，吃的都是美味，叙的俱是亲情。这里，才是自己的根。

山村的夜晚，归于寂静，寒风拍着窗棂，啪啪作响，难以入眠。掩门出走，坑洼的小路，柔软若毯，安逸踏实，年年背井离乡，四处奔波打拼，或许该尝试换种生活。

有时，收入，不意味着收获，而收获幸福，才弥足珍贵。

观 海 听 风
guan hai ting feng

老何所依

一

欧式风情小镇，别墅配套应有尽有，人到大门，两个冷面英姿的保安要求登记，并让与业主联系。自告是想给父母找养老的地方，想进去了解了解，和工作人员联系后被准许进入。

一进大门，郁郁葱葱一排竹林，沿大理石幕墙亭亭玉立，像知性修女彬彬有礼，无处不在的自然气息，连绵不断的绿地与原生态环境，绿海碧漾，古木参天、飞鸟徜徉，湖泊流水，郊野公园、山脉连绵成美丽的天际，释放出湿润的空气与负氧离子。

识得山水雅趣，大隐乐居桃源，离尘而不离城，无疑，这是一个顶级养老中心。

沿着人车分流的小径行走，天蓝草绿，鸟语花香，一栋栋欧式别墅阳台绿意盎然，花草芬芳。老人或悠闲漫步，或相携相扶喁喁私语，或对弈设局捉对厮杀，或阴阳太极打拳健身，无不面色红润，精神矍铄。

转过一楼盘，一草坪圆桌前坐一老人，白衬衣月白羊毛外套，宽松的深灰纯棉西裤，脚穿黑色老北京手工布鞋。花白头发，消瘦干练，在阳光下闭目养神。

或许听到脚步声，老人睁开眼，犀利的眼神望望我们，又和颜悦色地笑笑，算是打个招呼，我们围桌而坐，黑色的铁艺桌椅在碧翠草丛地围裹下格外醒目。

老人今年86岁，老家安徽，是随军南下干部，原在南京某干休所居住，那是国家免费养老院。两年前搬到这里，全部自费，主要是环境好，服务周到。

老人说，这些住宅全是根据老人需求量身定做，卫生间里方便扶手，房间里呼叫系统，手上智能手环，无论在房间，还是在小区，智能控制室都会收到反馈信息，如果出现异常，工作人员会立即赶到现场。

小区还有自己的医院和医护人员，每栋楼有负责饮食、健康、生活、快乐的工作人员，还有各种兴趣小组，绘画、唱歌、跳舞、音乐等都由专门老师授课。

老人跷着二郎腿，不无得意地大致介绍着，使人对这种养老模式羡慕不已。

"你们要想到这来，最少再等20年。"

"20年，太长了吧？"

我们都是五六十岁的人了。

"能活动的时候多做些事，多走走，多转转。"

"这里面可能住的都是些富人吧？一般老百姓肯定住不起。"

"也有大学教授和部队退下来的，还有儿女在国外没人照顾的。"

心里想：社会养老的主要人群可能就是这一类人。

二

这个老的居民小区，在建设时就按照养老地产规划设计，院里12栋楼，除颐养中心外都是六层，卖的使用权，或出租租赁，没有产权，满60岁就可以在多层居住，力所能及的情况下，可以到颐养中心做护工，帮助照顾没有自理能力的人，赚到一份工资。

我们见到的赵阿姨就自己在这儿居住，在前面楼上做护工。赵阿姨带我们到她家参观，70多平方米的房子整洁干净，一尘不染。阿姨说自己就爱打扫卫生，闲不住，去年，到颐养中心打扫打扫卫生，照顾照顾老人，收入基本够交房租，老两口又有退休费，住在这里子女也放心。

今天天气很好，阳光散落在树间林道，温暖着大地，颐养中心楼前，轮椅上老人好奇地看着我们，可能每天来得人少，一直目送我们进了楼道。

路过音乐室，一个中年女人大声呼喊，谁的轮椅，谁的轮椅？我们好奇地问，怎么轮椅还能丢了。她说，经常丢东西，丢眼镜，丢手绢，丢外套，最担心的就是丢轮椅。老人年龄大了，骨质疏松，走不了长路，一般坐轮椅过来，唱歌唱得高兴，忘记了轮椅的事，随着人群走回去的很多，大多时候我们都会发现追上，但有的人跑得很快，有时又不止一个。

听老师讲到这儿，自己都忍不住笑了起来，老人娃娃，操不完的心。

楼上是书法室和工艺作品室，这里许多老人曾经是获过大奖的书法家和工艺美术师，他们也设课讲座，组成兴趣小组，老有所学、老有所乐。

这种养老，费用相对较低，环境和服务一般，但服务人员大多很热情，对老人护理得很耐心，多少弥补了专业性不足的缺陷。

三

智慧坊提出一碗汤的距离，这是都市养老最适用也最为可取的一个方向。

这个建成20年的大型小区，当时四五十岁的购房者如今都已到了退休养老年龄。多年来，在小区有相对熟悉的环境和邻居，不想离开小区。

有了智慧坊养老院，子女可以在小区居住，将老人送进小区养老院，平常由养老中心工作人员护理，有专门的保健医生和食堂。子女下班可以来看看老人，使老人享受天伦之乐，有益于心理健康，孩子们改善改善伙食，端到父母跟前，汤是热的，心是暖的。

一个小区会所经过业主同意改建为三层小楼。一进门以为进了美容院，漂亮的医护人员正给一位老人量血压，可爱的笑脸对着老人疲惫的面庞不住地安慰："爷爷，你别紧张，这两天不高。"老人表情严肃，浑浊的双眼一直紧盯着忽上忽下的血压计。"90，140。"老人也不答言，对小姑娘点点头，算是告辞。

"你们有什么事吗？"

"想给老人找个养老的地方。"

"你是想半托还是全托？"

半托？全托？这是要上幼儿园的架势，心里想。

"半托就是早上送来，晚上接回去，全托就是晚上也住这儿，但最多只能一个月，现在没有位置。"

还是幼儿园。

"那就登记一下，我们全托。"

"你是几号楼，几单元，几号？"

"我们不在这个小区。"

"不在这个小区我们不接待。"

说着小姑娘已经把脸转向我们身后一个颤颤巍巍的银发老太太。

在上海寸土寸金的地方，这种养老无论对老人还是孩子都是双赢，孩子们既可省去大笔开支，又可床前尽孝，何乐而不为？

说到底，都市养老最终由经济基础决定。有多少钱，准备多少支出，决定采取什么样的养老方式，要想安度晚年，还得趁早准备，这个，谁也逃不脱。

四

福利化养老院目前大多是针对孤寡老人的养老。近年来，这一类养老院频频出事，有些服务人员不够，素质太差，虐待老人，有的说是公办，其实是私人承包，老人在这里根本没有人权，甚至没有生活乃至生命的保证，这也是为什么现在许多老人提起进养老院就觉得被儿女抛弃，儿女提起送老人进养老院，就会担心背上不孝的罪名的主要原因。

秦岭北麓嘉陵江源头的一个养老院，进去时，已是下午五点多钟，从路面往下是一段坑坑洼洼的砂石路，转过弯，进了大门，院子静悄悄，以为没人。一个60岁左右的男子从门房出来问有什么事，说想给父母看一下养老院，对方称人不在，就缩回头，关上了门。

在院子里转转，水泥地面上有几堆砂石，一栋灰头土脸的六层楼，几块玻璃已经破碎了很久，有些用纸糊着，有些没有。几个老人从窗户里探出头来，目光对视，一瞬间，我的眼泪都要掉下来了，那种孤独、寂寞、麻木、凄凉的表情让我几宿都难以入眠。

我想，这就是人们普遍印象中的养老院，这就是大家都拒绝排斥的养老院，我们都不想承认，但却是事实，同行者几人都扭过了头一路无语。

过了好久，有谁刻意打破僵局。

"以后咱养老都住一块。"

"好，好，就是。"

不住地迎合。

是从内心排斥这种孤独的境地吗？

五

冬日暖阳下飙脚是一种享受，渭河公园一路绿树荫荫，草木青青，给大西北的冬日带来无限色彩；天鹅灰鸭在波光粼粼的湖面觅食嬉戏；几位悠闲的钓者，提着小凳，背着水壶，泡着好茶，相继走进各自的领地，拉开架式，不论水平高低，总怕钓的鱼多盛不下，带着一个比一个大的钓箱。

钓鱼就图个心境，耐下性子，调匀气息，平心静气地坐一下午，即使毫无收获，也是收获。

穿过城区，向北走过宝平路、群众路，宽阔的柏油马路变成了窄长的乡村路，爬一段不短的坡，到了一个村子。

"姑，姑。"站在门口大喊。

院子里有人搭腔。

走进院落，一个东西走向、南北朝向的三间二层楼房，靠门处两间平房，一间厨房，声音从靠院门的一间传出，浓浓的麦草香使人想起小时候烧炕的味道。

进了屋，一个身子骨很硬朗的老人在炕上已经坐起了身，短小精瘦的老人声音很大。

"我娃忙的咋能来哩。""赶紧往炕里头坐。"说着抬起屁股一直往里面挪。

"姑，你好着没，来看看你。"

说着把提的牛奶、蛋糕放在炕边的凳子上。

"你一天忙的跟啥一样还来看姑，姑现在啥都做不了了，光剩吃了。"

"你都快九十的人了，还想做啥，吃两年闲饭吧，让他们把你伺候伺候。"

准确说她今年八十九了，两年前还给重孙做饭收拾屋子。

老人是农村基层的老党员，一辈子从没说过谁不好，再苦的日子在她这里都能咂出甜味。

"现在这社会好得很，今年过年人家村上给每个老人200块钱，一桶油，一袋面，一袋米，现在啥都不缺。"

"我一天天暖和了就围着村子走走，转一圈半个多钟头，回来就坐炕上，老邻居都来围一炕，说噶笑噶一天就过去了。"

"你转的时候不到谁家去吗？在人家屋坐不？"

"我不到谁家去，一家和一家日子不一样，说说是非就出来了，屋里事情说不成。"

"那你咋叫人家到你这说哩？"

"到这是她自己要说哩，屋里人知道了也不怪我。"

老人脑子清楚得很，不愿掺和到家长里短的是非窝里。

老人又开始说起大媳妇对她多好，二媳妇对她多好，孙子多好，孙子媳妇多好，重孙子多好，孙子媳妇她外甥多好……

大媳妇回来接孙子，看到有客人来就进厨房和面擀面，不一会儿一大老碗擀面端了上来，重孙给老人说："你先叫我爷把饭吃了你再说。"

几个小时过去，四世同堂的农户茅舍其乐融融，笑声不断，在老人夸东家、赞西家的满足中结束。

老人站在村口，顶着瑟瑟寒风挥手告别自己的侄儿。

这是中国乡村最传统的养老模式，农耕经济的养儿防老在这里世代流传，老人的两个儿子都是地地道道的农民，在简朴的生活中却得到无限乐趣，和许许多多农村家庭一样，将孝文化继承延续、发扬光大。

六

养老方式的变化离不开经济实力的支持，对大多数家庭来说，养儿防老、享受天伦之乐还是一条不可避免的路。在目前的状况下，国家和社会力所不及，微薄的养老金不能支持打拼一辈子的人体面地生活，更说不上大量靠天吃饭的农村人口。

社会化养老在相当长的一段时间，只是少数人群的高消费福利，对大多数人来说不过是美丽的幻影。不要寄希望于社会、养老院。有这功夫，多锻炼身体，多调整心态，多做老年规划，多靠自己和家人。如果亲人都不可靠了，亲人都不愿管了，亲人都嫌麻烦了，期望利益交换为基础的市场给自己兜底岂不可笑？

花不常开，月不常圆。我们"来自尘土，必归于尘土"，生老病死乃自然法则。

　　曾想，不远的将来，退休后，找一所院落，有一片田园，种几行蒜苗、韭菜，搭两架西红柿、黄瓜，邀三两知己，泡一壶酽茶，打一锅搅团，熬几碗包谷糁子，拌两三盘凉菜，整三两杯小酒，一帮姊妹兄弟，日出而起，日落而息，乐享天年。说说过五关斩六将，笑笑，喝醪糟醉道旁。病了，也不看，不吃药，以食疗为主，活了就活，死了就死，不吃二茬苦，不受二遍罪。就像自己的祖母，棺材从阁楼抬上抬下，先后画了三次，最后一次画匠都死了，她还活着，直到93岁无疾而终。

　　啥是成功，这就是成功，最大的成功！

　　理想终是理想，想起来，有些可望而不可及，但正如所言：理想还是要有的，万一实现了呢。

　　琢磨琢磨，早早盘算，我们的养老到底该靠谁。

生活简单就是享受

烦透了职场的阿谀奉承，鄙视为了自保的所谓成熟。

人，简单点好。生活简单就是享受。可能会因此付出代价，甚至被一些人看作异类，但，该坚持的，还要坚持，该固守的，还要固守。

一个个体，要有自己的思想，自己的判断，自己独立的人格，不能人云亦云，如水中浮萍，随风飘零。

人过四十，大多已然定性，没必要委曲求全追求所谓的成熟，没必要为了权贵屈折损己博得所谓的认可。看淡事物，做事只凭问心无愧，无愧于人，无愧于己。

社会是个浮躁的社会，没必要事事理论，该糊涂一定不能清醒，看《康熙王朝》时总鄙视老索尼每遇不决之时休克晕去，现在才能深刻体会，这，是一种处事谋略，是韬光养晦。

没必要争执，但要有自己的观点；没必要点破，但要知道对方的目的；没必要在乎，每个人都认可，那，不是真实的你。

简简单单、洒洒脱脱面对工作，面对生活，做一个内心坦荡透明，外在个性鲜明的人，不要被世俗的标准断送了自己。

活的直白一点，有时，逃避不失为一种工作方式；活的简单一点，有时横切可以更高地攀登。

别管别人唧唧歪歪，活的背了，有人笑话；活的顺了，有人嫉妒。得意不张狂，失意不颓丧。活自己，简简单单，尽情享受，享受工作，享受生活。

一城江山

在人类发展进程中,居住状态和居住方式往往体现一个时期、一个地方的文明程度,特别是人的地位和尊严,可以说城建和民居就是立体、多重和多元化的艺术,是一个时期和地区的历史写真。

从最早西周时期陕西岐山的两进院落四合院;山西砖墙封闭、似堡垒又似城池的王家大院、乔家大院;到乌镇、西塘碧水蜿蜒、小桥流影、依河而建的水乡民居;宏村、黄山粉墙石雕、层楼叠院、高脊飞檐的徽派建筑,无不体现浓郁的地方特色、诠释繁衍传承的家族使命,彰显乐业安居的传统文化。

当下,城市发生了天翻地覆的变化,当代人已经没有世代传承的责任和意义,也无福享受大家族的其乐融融,各个四处飘荡,八方打拼,即使身在乡村,也被连根拔起,照此下去,或许几代之后"亲戚"这个名词都将消失。"移民搬迁工程"让大批乡民离开了山清水秀、世代居住的风水宝地,来到交通方便的公路之旁,住上了整齐划一的"新农村"豪宅。

其实无论国内还是国外,越是交通便利,越是大都市越不适合居住。喧闹、拥挤、嘈杂和严重的空气污染让人们想尽方法尽快逃离,只是由于资源分布的严重不均,使人们不得不咬牙坚守打拼。

或许,世界就是因矛盾而美丽。历史的长河中,我们可以为自然环境、生态平衡遭到破坏忧心忡忡，大声疾呼，但社会发展、人类进步需要利用资源，改造世界，宽敞的厂房、高大的楼房必不可少，这些都成了发展中国家不解的难题。

好在这两年，许多城市都在旧城改造中既加强环境和自然的保护又使城市焕发新颜。街道变宽、高楼林立，设计更前卫，商业更繁荣，居住环境更舒适，绿色、环保理念更得到关注，一批批适合"诗意栖居"的楼盘拔地而起，提供给人们更多的置业选择。

秦岭脚下，渭水山城，从闹市向南，穿过几个小区，空气渐渐清冷而舒爽，碧翠高耸、连绵不绝的山脉映入眼帘。进入岔道，楼盘开始稀疏，星星点点地伫立在乡村味十足的旷野中，像是独立而骄傲的公主，亭亭玉立，挺着胸，昂着头。一到春天，漫山遍野的桃花，连缀成花的海洋，粉白、绯红、紫红、绛红，浅淡而清纯，密集而浓烈，蜂儿蝶儿忙忙碌碌，在花香山谷中耕耘劳作。

一阵风起，落红一片，绿毯般的大地被轻柔而艳丽的花儿点缀，像山坳中的喜娘，艳丽而质朴，清醇而性感。泥土花香掺和在一起，厚重的泥土的拙腥与缕缕丝丝的花香合奏出一曲曲沁人心脾的美妙乐章。

桃园依山势成梯阶舒展蔓延，歪歪扭扭的桃树，一棵棵，一行行，一片片，壮美而艳丽，浓情而饱满，皱褶粗粝的身躯托付起妖娆的花朵，仰着头，向着太阳，为了生命的延续，为了饱满的果实，用力地绽放，展示自然的力，发泄着青春的偾张。

一台台挖掘机在紧张施工，轰轰鸣鸣的拉土车来回穿梭，一条高速公路要从此东西穿过。立在山顶，往下一望，矗立起一排排的别墅洋房，整个小区被花的海洋包裹着，簇拥着。

说起居住环境，以山清水秀为最佳。要依此论，山里的乡民各个住着别墅，我们进山，看着山坳间、河道旁，依山傍水处，三两户人家，密林幽静，水流潺潺，蓝天白云，空气清新，确是居住的上好环境。对有工作、有事业的都市人来说，这些无疑可遇而不可求；退而求其次，离尘而不离城，成为购房置业的最佳选项。老天是公平大度的，喧闹的都市在带来极大的便利和物质文明的同时，钢筋水泥包裹的冷血淡漠也凝化着人们柔软的内心。污染的空气、水源，速成的畜禽，各种使用添加剂、防腐剂的食品比比皆是，防不胜防。

经常看到在山间耕作，吃着原粮，喝着纯净水，呼吸着新鲜空气，被大量湿润的负氧离子环绕的老人，乐观豁达地颐养天年，一而概之的移民搬迁工程，得与失，利与弊，无法做一武断的评判。

桃花随着起伏的山势向南延展，遥遥相望，炎帝尝百草、老子讲经的天台山依稀可见。站在梁顶，感觉到远山送来湿冷的原始森林气息，浓密的负氧离子成群结队奔赴而来，为这花，为这地，为这人。离开梁顶，沿蜿蜒小路下行。此时，最后一抹夕阳余晖，像青春的血耀目火热，挥洒于林间小道，桃枝蕾朵，锦簇繁硕，火红招摇，诱人心魄。人们再也忍耐不住，钻进桃林，在树间、花下来回穿梭，寻找适合拍照的角度和配景，女子更是人面桃花相映红，不知谁比谁更红。

一个红胖圆脸的中年女子放下庞大的身躯，斜躺在落叶花红的大地上，可能坐时太猛，身下的泥土龇牙咧嘴，形成一个深深的凹坑。女子费劲地翻动身子，迎合一位看似有心赏花却无力摘果的干瘦细高的华发老者弓腰狂拍，陶醉在彼此的幸福之中。

社会要发展，生活要继续，桃蕾怡开花易落，花红绿柳正当时。扎根于桃花下，置身于桃园中，过幸福日子，揽一城江山，人生之大幸矣！

人在左岸

冬日暖阳，清冽淡爽，下楼转转，发现左岸格外美。

此时左岸，茵香河南迎北贯氤氲灵气，迎春花招摇舒展鲜亮耀眼，两岸松柏梧桐刺槐伟岸玉立，冬青栀子灌木密集，颇有原野意境、自然韵味。

沿蜿蜒小路环绕一圈，身体微微发热，脊骨舒展了很多，拾级入屋进书房，躺椅上，侧望北向飘窗外，几人影影绰绰正在行政中心步步高升的大台阶上吃力地向上攀登。

左岸东、西、北三面出口，北门面高新大道，为正门，项目开工时，整个高新还是一片郁郁葱葱的菜地，爆竹齐鸣锣鼓喧天，漫天飞扬的泥土粉尘随风扑来，不觉喷嚏连连，捂住嘴鼻放慢呼吸。

灰土太大，从市里早早赶来，饥肠辘辘，到马营街道吃碗羊肉泡馍，回工地时已人走场空，空余一地纸屑和几台挖掘机。

心想，这偏僻荒野之地，何时才能发展成熙熙攘攘、人头攒动的新都市。

2008年，公司一个含括住宅、商业街、百货商场、酒店的综合体项目开盘，自己负责前期招商筹备工作，车过防空涵洞，眼前豁然开朗，路两边到处是建筑工地。

有时停在十字路口，望望红灯，看看四周，渺无一人一叶，亦无一车一卒，马路更显空旷，犹犹豫豫怀疑红灯起不起作用，能不能闯。

率先从市里开通的10路公交稀稀落落甚至空车运行，只有午饭时段，小饭馆挤满民工时才有点人气。

一次，朋友要看看我的房子，那是单位建造的福利房，自购房后没有上去过，也没有装修入住的意思。每次从小区路过，从街边望望房子觉得是自己的一个物产，看看房价不停地长，总归有一个窝，仅此而已。

如今，这些已成过去。

一进左岸，一汪池水，碧波微澜，主干道石砌拼接，两边小路用鹅卵石铺就，大路宽敞坚固，小道意味悠悠，绿草鲜花，植被茂密。

两座小桥映入眼帘，第一座是木拱桥，四个涵洞，流水畅通，弧度不大，颇有感觉；第二座是石桥，简易古朴，连通两岸，利于车过；左手偏东，土垒高台，建一六角凉亭，木质结构，下有长凳环绕，上有凭栏扶手，偶尔几位鹤发老人，拉唱弹曲，自乐怡然，一两句秦腔，或高亢激越，疾风骤雨痛心裂肺，或低回委婉，婴语鸟啼如泣如诉。

唱得好当属老刘哥，老刘哥和我搭过班子，人精瘦机灵、豁达乐观。老刘哥有些结巴，刚开始发言，自己总忍不住想笑，知道很不礼貌就把头深深埋下去，绝不敢对视，后来慢慢习惯了。他说话时实在卡壳说不出来，你把意思替他说出来，他"奥，就是该"如释重负，大家就哄然一笑，轻松了很多。

别看平时说话不太利索，唱起戏来却顿挫有致，流畅悦耳。看老哥唱戏之神情，之专注，之陶醉，整个面部肌肉随戏情组合，重组排列，戏生表情，真是戏唱得好，表情比戏还好。

池水不深，不规矩的几块山石随意排列。不知哪位业主投放了几只小鸭，先是两只，后又来了两只，这下小区沸腾了，岸边挤满上到满头银发步履蹒跚的老者，下到牙牙学语乳臭未干的孩童，有呼叫的，有喂食的，有自言的，有对语的，带给大家莫名的快乐。下班回来，总会站在水边，看一看水中优雅曼妙的身姿。

过木拱桥向西，一条主路，一条小道。小道极窄，一人可过，两人须得侧身。两边灌木草丛，路上几片落叶，有山野悠远之感，自然田园之息。婉转前行，就到家中，很多时候，自己总是在不长的小路上磨蹭，一次下雨时，不小心摔了一跤，坐在地上。碎石片拼成的地面湿滑坚硬，起来还没感觉什么，几天后脊柱生痛，腰都无法转动，吓了一跳，怕是摔出毛病了。找技师矫正按摩，近一个月才好，以后再在小路上，走起来就小心翼翼，倒想念起铺满落叶、崎岖泥泞的乡间小道了。

电梯上楼，开门进户，房间南北通透、视线极好。南阳台秦岭逶迤连绵的山脉映入眼帘，鸡峰山主峰清晰可见；北书房，盘龙塬上烟土漫漫，行政中心大台阶、大牌坊一字贯穿。

住房要求的不光是房间，更重要的是采光和视线，在高容积率、高楼林立的今天，真正能够保证这两点就要算房中珍品。

年少之时，家在乡间，满目青翠，遍地野花，蝴蝶纷飞，鸟啼盈盈，喜欢逐鹿山水、纵情田野，贫不觉苦，累也不嫌，天地之间记忆中都是欢乐。

夏收季节，跟着祖母的步伐，往田地里送开水。几十年过去了，祖母晃晃摇摇却坚定有力的佝偻背影一直无法抹去，觉得那才是真正的幸福，带着一股浓浓的泥土气息和收获的麦香味，在城市，难有这种如此接地气的感觉。

当今环境恶化雾霾肆虐，左岸的树木，左岸的水草，左岸的栀子迎春，和城市的每块绿洲，每片园林，都是自然的馈赠，是城市之肺，我等之福。

爱左岸，爱生活。

心灵游戏

转瞬之间，人到中年。没有了青春的激情张扬，没有了天地间舍我其谁的担当。大多时间，只是淡然处之，一笑了之。

比如登山。上山拼得是勇气、毅力，靠的是激情、耐力。没有多少资本、没有多少资历，目标明确，只为登顶。而下山时，挟登顶之兴奋、伴身体之疲惫，仰高傲的头，迈欢快的腿，殊不知，登得越高，离地越远；离地越远，风险越大。

风花雪月迷人醉，古今英豪几人回，社会喧嚣复杂，人们随时要对突如其来的遭遇作出决定。

"我的五样"——这一心理游戏有趣而深刻。在竞争如此激烈的环境中，我们无暇顾及真正的需要，因此当真正的需要和实际发生冲突时就会显得束手无策。

其实，需要的不多，想要的很多。

把你最想要的、最珍惜的、最值得拥有的"五样"写在一张白纸上，可以是健康、亲情，可以是父母、子女，可以是金钱、美女……但一定要准确、具体。

好的，静静心、吸口气，现在开始游戏。

要做的是放下、放弃。放弃意味着永远失去，离开你的视野，离开你的世界，把决定放弃的用刀片从白纸上刮去。

舍弃第一样时，你可能皱皱眉头，有些许惋惜，因为这五样是自己从数以万计的欲望中选择的最迫切、最想满足的。得到了，会很幸福，很开心。现在让你舍弃，这不是玩我吗，不是捉弄人吗？

　　是的，有时候，生活就是这样。

　　舍弃第二样时，无论愿意不愿意，都会感觉生活的不完美，为什么这么简单的要求，都不能满足，我完全有能力，这是我的权利。

　　是的，有时候，现实不讲你的能力，别人不顾及你的权利，人人和我们一样都自顾不暇，疲于奔命。国庆期间，鳌山又有驴友失温冻死。明知死人的概率比珠峰还高，敢登顶绝非等闲之辈。

　　看来，死活不在能力，不在机遇。实在无法诠释，就以命运自慰。

　　当你舍去第三样时，你会觉得，生活失去了趣味，现实如此残酷。你在想，玩这个有什么意义，每一次舍去，都像割自己的心头肉，这个游戏不好玩。因为此时，很多人留下的，除了亲人、健康之类，大多美好愿望早已舍去，甚至奋斗一生的金钱、财富等等。此刻，只剩这样的艰难、痛苦，以及撕心裂肺的呐喊。

　　你想转身，你想放弃，你给自己一百个理由：不可能，这不可能。

　　残酷的还在后头，当你对你的真爱、渴望只能保留其一时，也就是你要舍去第四样。重要的是你进入了情节，刀片刮去的：或是你的亲人，或是你的事业，或是健康，或是金钱。你可能会有坚定地放弃游戏的念头。

　　游戏可以放弃，但生活还得继续。

　　静下心，仔细看看刮得惨不忍睹的白纸。可能，你会对在游戏过程中放弃的东西抱有愧疚，甚至背上沉重的包袱，可能觉得这就是世界末日、人间地狱。

　　在内心深处，铭刻这个顺序。庆幸的是，放弃这么多，我们还坚强地生活着。

　　真正的快乐，应是奉献与知足，而非贪婪与索取。

坚守寂寞

又一天过去，熙熙攘攘，皆为利往，感觉没了自我，乱哄哄的，不是工作就是应酬，像上紧发条的陀螺似的转个不停。这两年，遇见的娶媳妇、过满月的人多了，上火葬场的次数也多了，不知怎么回答央视的提问：你幸福吗？

夜幕降临、喧闹渐渐平息。书桌前，或枸杞、菊花、山楂，或铁观音、龙井、普洱。开水冲下，香气四溢，疲倦顿消。一本书，一壶茶，向伟人致敬，与灵魂对话。

这段时间，是一天最快乐、最轻松、最真挚、最幸福的时光。可以真正超脱物外，遗世独立，与白天的物质世界保持距离。有了这个距离，就能清楚地看清自己、审视世界：你到底要什么，得到了什么。

人生的本质是物质和精神的集合，为物质奔忙，忽视精神领域，整天为这张皮囊，被无尽的欲望诱惑，这不是生活，只是生存。

人类是索取远大于需求、欲壑难填的高级动物。动物的残忍以生存为目的，但吃饱喝足一般不会破坏、不再杀生。而人类却不断破坏耕地，毁坏山林，拦河筑坝，屠杀生灵，用一个又一个高科技挑战亿万年亘古不变的自然规律，消灭大自然可爱的生命。在人类眼里，动物只有两种用途：能否玩赏、能否食用。

一个人，要活出品位、活出本真、活出真性情、活得有尊严，既要追求物质充裕，更要体现精神高贵。在这功利性很强的社会，后者尤为可贵，这是一种积淀、一种内敛，是厚积薄发的思想者。

书香飘飘，可能你在读书，和主人互勉、和作者交流；可能是读自己，反思过去，澄净思绪。夜深人静的安谧，远离喧嚣的充实，看似孤独寂寞，实则快乐享受。

多年来，坚持读书，所读之书，选类很杂，不图高雅，只求快乐。有时候，写几段感慨、发几句牢骚，平复下情绪，也算心态调整的一剂良药，心路历程几笔记叙。读的畅快、活得自在，不在乎别人的看法，读书静心、真诚做人。品几口茶，翻几页书，或回味茶之清香苦涩，或品读书之人间百味，优哉乐哉。

读万卷书、行万里路，真正的人生快乐，在路上，在智慧的精神世界里，只有耐得住寂寞，受得了孤独，你才能感悟心灵呼声，体会内心的快乐。

二　姑

　　二姑是一个普普通通的农家老太，今年89岁。但在我看来，这个普通的农家老太着实不普通。最近几年，每年都要去探望二姑。

　　二姑家和我们一个村，我们是四组，二姑是三组，二姑父姓王，王家的女儿嫁给了我的伯父，成了我的大妈。

　　二姑一生务农，没有一时离开生养她的土地，每天风风火火，忙个不停。在她眼里，你好，我好，大家好；社会好，兄妹好，子女好；媳妇好，孙子好，重孙更好。

　　今天见面依然如此。二姑拉着我的手说了两个多小时没停嘴，从民国18年年谨闹灾荒，说到现在机械化收粮，不用自己操心，队上把麦拉到家门口；从政府今年给她两百块年钱，还有一桶油、一袋米，说到解放军、中央军开战北堡子；从孙子是成都的研究生，说到孙子媳妇乖得很。涉及前后历史八十年，涵盖亲戚朋友上百人。

　　两杯茶下肚，嫂子做的热干面上桌了。我说，不行，姑你这信息量太大，我要录音，回去好好消化。

　　二姑两个儿子都是地地道道的农民，但，再艰苦，二姑眼里没有苦，说出来都是开心。身为老党员、多年的妇联主任，二姑说得最多的还是共产党的好。说起解放战争时期战火纷飞时，人民解放军西北野战军和国民党胡宗南九十军在北堡子激战，解放军军纪严明和九十军的抢掠蛮狠形成鲜明对比。

小时候，经常听老人骂一些调皮捣蛋的后生说：你看这货就像九十军日的一样，总是不解其意。看来当时的国民党部队在百姓中的口碑的确太差，得不到群众的支持和拥护，也是丢掉大好河山的主要原因。

二姑一生劳作，即使这些年不能下地干活，还在家哄孙子、重孙，烧火做饭，不得一时空闲。二姑说大孙子已经结婚生子，孝顺得很。住院期间，孙子把她抱来抱去，接屎接尿，起初她还觉得毕竟是个娃娃，不让干。孙子说，你管了我几十年，我管你有啥不行的，我爸和我叔年龄大了，熬时间长了也不行，我接班他们就能轻松点，你就能多活几年，你是咱屋的大旗，你不能倒！

听着二姑讲这些事，望着二姑笑得缩成一团的身子和因高兴而浑身有节奏地晃动的表情，一种幸福感油然而生。想着有些老人孤单的晚年生活，身体的病痛，家人的冷漠，再看看这个豁达开朗、侃侃而谈的农村老太，幸福感爆棚。

二姑情商之高令人折服，经常给我讲她怎么样花六百元娶了两个媳妇的事。娶第一个媳妇时大约是80年代初，当时农村娶个媳妇一般要三百元彩礼。二姑见了人以后，非常喜欢，就和媒人商量嫁娶的事。媒人说，媳妇家在山区，比较贫困，可能会要彩礼，不能低于三百元。二姑接话，是这，你给回话，只要她看上我屋，彩礼钱我出。媒婆回话后，二姑带着表哥一起到女方家里提亲，看到确实家里不太宽展，二姑二话不说，递上四百元彩礼，这事就定了，咱挑个好日子吧。

那时的四百元对一个工分二三角钱的农民来说也算是个天文数字，是一家几口勒紧裤腰带，缩衣节食，甚至可以说是从牙缝抠出来的。表嫂进家后，二姑百般疼爱，逢人就夸，连表嫂带些高原红的脸都被二姑当成利好：你看我媳妇，脸红的像个红苹果！

每每说起此事，已经升为祖母的表嫂总是笑得合不拢口。

到娶第二个媳妇，女子家在城郊，家境不错，当时的彩礼行价已飙升到八百元，表弟和女子二人互相愿意，但媒人说过彩礼的事。刚刚为二姑父治病花光了积蓄的二姑家里，真的可以用一贫如洗来形容，媒人说那就算了。二姑让媒人带她见一下女方父母，成与不成你的跑腿费不少。

见到女方父母后，二姑先把女子夸了一通，然后说起家里的情况：我知道你他叔也不差那几百块钱，也是为娃娃好，咱最主要就是要给娃娃寻个好人家，现在两个娃都愿意，钱我确实拿不出来，但把娃这事耽搁了我心里过意不去，你要么叫我缓缓，回头叫娃娃把咱这钱加倍补上。

女方父母一看这情况，忙说，嫂子，规矩是人定的，咱最终是要给娃找个好人家，今天一看你嫂子这么豁达开朗，彩礼你有了给几个，没了就算了。听到这，二姑急忙说：那不行，没多有个少，我不能失礼么！

多年后二媳妇知道此事，嗔怪道：妈，我嫂子比我进门早，你咋还给她四百元彩礼，才给我二百元，是看着我不值钱么。二姑忙说：看我娃说的，你嫂子屋里不宽展，咱多给几个马上能解决问题，你爸妈都是历练人，日子过得红红火火，多一个不多，少一个不少，你看你不收钱，这些年在咱屋过得多硬气！

媳妇听完心里甜滋滋的，二姑既表扬了亲家，又肯定了媳妇，还照顾了大媳妇的面子，从此阖家欢乐，其乐融融。

二姑的睿智还在处理邻里关系上。二姑辈分高，现在村上不是叫婶的，就是叫奶、叫太奶的。每天早上，二姑像巡视一样绕村子转一圈，大约半个小时，回来后往自己炕上一盘，左邻右舍的老姊妹就像几十年前一样围坐一团，有一句没一句地唠嗑聊天。

我问二姑，你到人家家里去不？她坚定地说：不去，家家有家家的情况，你到人家家里去，说着说着就出来是非了。我问，你不怕人家到你这说出是非吗？二姑一笑：又不是我叫她说的，有事怪不得我。

　　其实二姑不是怕事的人，对有些事情，她像当年当妇联主任时一样认真。有一年秋，天气骤然变冷，许多家都提前烧炕，一家老人到二姑这儿说媳妇还没有给拉麦草烧炕，从烧炕的事说起，几十年前陈芝麻烂谷子地数落媳妇。二姑也没接话，傍晚若无其事地站在村口，那家媳妇回来碰见说：二婆，这么冷，你站这干啥里。二姑说：你小爸说给我拉麦草烧炕呢，这两天把人冻完了；又随口说道：你心细的，怕早早给你妈把炕烧上了，那家媳妇嘴里嘟嘟囔囔说就是就是。

　　第二天，那家老人没来，过了几天，二姑在村口见了，问炕烧了吗？老人说烧了，那天咱说完第二天就烧了。二姑说：我就说你媳妇乖着哩，年轻人火气大，可能没感觉冷，也可能把这事忘了。

　　二姑就是这样经常风轻云淡地化解着一场场家庭风波，赢得了村上老老少少的尊敬和爱戴。

　　我总认为，文化不是你识多少字，读多少书，拿几张文凭。文化是源自骨子里的善良，是坚持不懈持之以恒地与人为善，是心存感恩地对待周围的人和事。二姑，和许多耕田种地的人一样，虽识不了几个字，读不全一本书，但我觉得她是有文化底蕴的人，是一个真正的智者。

　　临走，二姑特意叫我摸摸她的热炕，说：姑好着哩，你不操心。我笑答：娘家侄儿检查，放心啦。表弟、表嫂一团笑声。

　　真的是：修行何须进庙堂，人生处处是道场！

父子之间

父亲的手艺

每个人心目中都有一个英雄，很多人最初的英雄就是父亲。

父亲的固执，父亲的坚韧，父亲的好学，甚至父亲的脾性，都是儿子模仿的榜样。

我对父亲的崇拜却有点太晚，甚至是在父亲永远地离去之后，时间越久，感悟越深，这里面有多少惋惜，多少后悔，多少自责，多少无奈，说不清楚。

从记事起，父亲和所有那一代人一样，总是在不停地忙碌，但父亲好像更善于学习，只念了几年小学，没有多少基础的父亲，硬是自学成才，从一个农家子弟实现成功逆袭。父亲的钢笔字洒脱飘逸，令人敬佩，上中学时，我练了好久，也没有掌握那一手好字。

由于父母都在外工作，这使得我们虽然身在乡村，却没有体会太多生活的艰辛，但难还是很难，在一个有着七个兄弟姊妹的大家庭里，当时只有父亲一人在外工作，祖母和我们一起生活，还有正在上学的小姑，还要接济其他兄弟姐妹，就连邻居家里有事都会找父亲借钱。记得一次一位叔叔为孩子治病，没有拿到钱离开后，父亲沮丧的神情像是犯了大错似的，好久都缓不过来。

父亲看起来冷酷严厉、不苟言笑，经常默默不语，一直到老，总让人敬畏多些，亲近少些。有一阵，在外滔滔不绝的自己在父亲面前，竟说不好一段完整的话，总觉得父亲过于严厉，不够亲和，在一次被父亲暴打之后，甚至问祖母自己是不是亲生的。

作为一个政工干部，他几乎肩负了家族所有晚辈的教育开导工作。儿子、女儿、侄子、侄女、外甥、外甥女，谁有错都由他去批评教育，单位和家庭职能混为一体，时间长了或许有了职业病。

家里也算大家族，弟兄姊妹坐起来几十号人，每年过年，侄子、外甥欢聚一堂，把酒言欢，这家走了走那家，这家喝了那家喝，经常喝得东倒西歪，胡言乱语。

只要父亲在场，都会有所收敛，在别的地方喝三瓶五瓶，家里也就一瓶半瓶，父亲不停地劝酒，晚辈不停地推辞，不敢造次。

父亲除了工作，业余爱好是木工，他的工具箱里斧子、锯子、凿子、刨子等一应俱全。亲戚朋友、同事邻居不论谁家要借，都会乘兴而来，满意而归。

父亲主要的作品是凳子，从帆布带、牛皮带、麻绳穿起的折合凳到四方四正的大、小方凳，书桌、餐桌前用的椅子，都是拿手好戏。

每一次拿到料，父亲会先仔细端详，再用笔画线，下料，锯好，刨光，再上油漆，像做工艺品一般，工艺流程，样样不可少。

凳子做好，都是送人，只要人家说个这凳子不错，就像喝了蜜一样甜，到如今，他亲手制作的各种板凳仍散落在亲戚邻里家。

到后来，父亲年纪大了，做不动了，但他偶尔还会打开工具箱，拿出家具，又是端详，又是揉洗，比画比画这个，试一试那个，自言自语道：这传不下去了，没人干了。

父亲对我们严厉，对工作精益求精，15岁离开农村，从通讯员开始，到退休时当了半辈子共产党的书记，其文章和书法，刚柔兼备，洒脱飘逸，特别是坚毅正直、简朴低调的生活方式，都是我学习的榜样。

父亲一生勤劳质朴，即使进城了也本色不改。1981年，我们搬到粮食局家属院,当时周边还是荒野田园,每逢周末,父亲都外出砍柴、院里劈柴,我们觉得没面子,但父亲乐此不疲,还亲手盘了烧柴灶,柴干火旺,烙饼酥香,楼上楼下参观者络绎不绝。

从逃避父亲,到敬畏父亲,最后崇拜父亲,觉得父亲不容易,有担当,这是一个男人的核心魅力。多少年来父亲上要赡养高堂老母,下要抚养儿女成人,还要接济照顾兄弟姊妹,特别是在母亲病重后,父亲更是八方打问,四处求医,端茶递水,形影不离。母亲病逝后,他又放弃城里舒适的生活环境回农村照顾祖母,娘俩相依为命,直到祖母93岁高龄去世。

父亲在73岁生日前夕,想邀请相交几十年的挚友到家里欢聚,当时父亲在农村居住,这些老友年龄大的八十多岁,小的也年过七十,加之交通不便,我有些为难。看着父亲失望的神情,又不落忍,就借了面包车,从城市的角角落落把叔叔伯伯接到山上家中,让厨师加工好半成品到现场再加工,自己准备了两瓶六年西凤和两瓶长城干红,被稀稀落落不顾血压血糖的两桌老人喝得精光。

离开分别、各奔东西时,老哥们依依不舍相互拥抱的场景不觉让人眼眶湿润,我把这次聚会全程录像,制成光盘,配上背景音乐,刻上《一生的友情》为题。

制作完成后,送到各家时离欢聚的日子也就一个多月的时间,年龄最大的罗伯伯已经去世,他的女儿接受了光盘,说老人不住地念叨这次聚会,自己不由自责没有在更短的时间里把光盘送到他们手中。后几年,老友接二连三的过世给了父亲沉重的打击,他又不顾劝阻一次次参加追悼会,回来后情绪很久都缓不过来。

自己乔迁新居以后,手脚已经不太利落的父亲来到家里,带着他的工具,我说你早都不干活了,拿这些干啥,他说:我给你把凳子收拾嘎!

父亲那天把家里所有的凳子腿上都钉了厚皮子,再三调试感觉稳当方才满意地说:"这下你来回拉凳子就不影响人家楼底下了！"

如今，在家里，不论拉起哪把椅凳都静悄无声，唯有现在正坐、去年新换的这把圈椅让我胆战心惊，唯恐不小心弄出声响，我想：父亲会怪我的！

儿子的职场

儿子大了。俗话说儿大不由爷。可，不养儿不知父母恩，不停地嘱咐，或多或少有些唠叨，只为儿子少走些弯路。其实，路是自己走的，无论万贯家产的富二代还是家徒四壁的穷小子，父母都包办不了什么。大有大的无奈，小有小的自在。

两代人观点差异很大，甚至背道而驰，不是谁的错，错来自环境，来自教育，来自时代的变迁。说心里话，自己还是比较倾向于年轻人的看法，不太固执己见，所以和儿子能很好地沟通。

除了稳定的公务员和央企职员，没有多少人不为生计奔波，理想很丰满、现实很骨感是真实写照，要理解这一代人在社会上打拼的不易。当今，是老人主政的天下。

很羡慕奥巴马像个打工仔似的头顶墨镜，腰挎手机，吮着冰淇淋，旁若无人赶路的感觉，那是一个打拼的氛围，是一个有激情的社会。

每个时代都有时代的烙印，60年代"文化大革命"、70年代下乡、80年代下岗、90年代下海、21世纪居无定所开始买房，到现在面临老龄化越来越严重的社会。

希望自己的儿子早日出人头地是每一个做父亲的心愿，这就要求自己善待周围的年轻人、培养提携周围的年轻人，以此推彼、以古至今，没有发展前景的、没有明确目标的人是不可能有激情的。当然也包括年轻人，不要期望持久的激情。

实现自我价值是每个人的需求，但我相信，年轻人，会表演的更好，这是人类进步的标志，是自然发展的规律。

加油,儿子,做努力的自己,做真实的自己。

为儿子的努力喝彩!

儿子当爹

儿子,今天是你的生日,祝你生日快乐!

多年前,你带着家庭的欢乐和期盼来到这个世界。从那时起,我们一家开始了平凡而快乐的日子,你给我们的所有,都是父母快乐的源泉,我们为你高兴,也为你担忧,因为在我们这个家庭中,我们总是把亲情放在第一位,因为即使得到了所有,若失去了亲情也谈不上成功。

去年一年,你完成了两件大事,托你之福,我既当上了公公,又当上了爷爷。这些来得有些突然,来得也让我惊喜,我们家一年添两口人,特别是昕怡,一笑一哭都紧紧地吸引着我的心。说实在的,你小时候大多为生计奔波,没有多少体会,现在才真正地感知亲情,享受了天伦之乐。

从你上学到现在,你都是一个好强的孩子,是一个让老爸骄傲又担心的孩子,既荣耀又宠爱的孩子。你知道,你爷爷对我的教育是严厉而冷峻的,虽然现在看来并无不当,但在我年轻时,感觉不到多少温暖,大多只是尊敬。所以对你的教育我总是比较宽松,我们也无所不谈,感觉既是父子又是朋友,不知道这种教育方式是否有些偏激,但从现在看来,是成功的。儿子,你在你们同龄人中是优秀而出色的,是父亲的自豪。

儿子,原来你在西安时,我们总是用qq交流,你的一些观点,一些想法很好,但和所有有理想有抱负的年轻人一样,未免操之过急。有些事,只要做你喜欢的,坚持下去,必定会有回报。

现在社会上所谓的成功很多,但有时,你只看到一面,看不到另一面,有些成功,对一些有原则、有情操的人来说简直一文不值。有钱当然好,但世界上比金钱可贵的东西很多,一定要发现自己所拥有的，珍惜自己所拥有的，感恩自己所拥有的，这样，你永远是一个对大家有用的人，永远是一个生活在快乐之中的人。

儿子，你很孝顺，这一点毋庸置疑，现在成家了，要处理好大家和小家的关系，一定要给妻子一个独立的空间，独立的家庭。我知道你用心良苦，你们都有一颗感恩的心，但往往事与愿违，这不是谁的错。有句话叫距离产生美，你在这个家庭生活了近三十年，所有的你都已习惯，另一个人出于对你的爱，加入这个家庭，可能短时间能够忍受，但时间一长，不同的生活习惯和没有自己的独立空间必定会产生很多摩擦，这是自古总结出来的经验教训，所以你们自己过自己独立的生活早比晚好。

儿子，你现在从事酒店行业，这是你的爱好和职业，这个行业和其他所有行业一样有它的优势也有它的短板，最大的优势是能接触很多人，你一定要抱着平常心去对待每一个人和每一件事，不必鄙视也不必仰望，因为每一个人都有他的光鲜和无奈，要善于发现一些机会，要能够有定力把握自己，冷静客观地看待事情。

儿子，闲暇时间，还是要多看些书，虽然在社会上能学到很多东西，但毕竟要吃很多亏，碰很多钉子，走很多弯路。可能这些亏，这些钉子，这些弯路，前人都吃过，都碰过，都走过，因此完全可以少走这些弯路。书中自有颜如玉，读书也可以让你在烦乱的工作中忙里偷闲换换思路，就和你打游戏一样。

儿子，不说了，慢慢走，调匀气息，踏踏实实。登山的趣味就是谁能坚持谁就能登顶，而不在一时兴起，坚持认真地对待工作、对待生活，美好的日子在等着我们！

生日快乐！

太极拳师

太极拳是以儒、道哲学中的太极、阴阳辩证理念为核心思想，集颐养性情、强身健体、技击对抗等多种功能于一体，结合易学的阴阳五行之变化、中医经络学、古代导引术和吐纳术而形成的一种内外兼修、刚柔相济的中国传统拳术。

它不受时间、地点限制，一趟拳十来分钟，连打三趟，后背发热，脑门沁汗，血脉通达，肝气舒畅，有利于恢复元气和精力，尤其适合工作压力大，周旋于酒场、牌桌、书房，没有时间和场地健身锻炼的企业家、机关干部、白领阶层。

和太极结缘，不得不说太极拳师张中林老师。

初次见面至今记忆犹新，身材魁梧、步履轻快的张老师刚一落座，简洁明了的寒暄介绍后，单刀直入进入正题。

刚开始，自己基本是听，听张老师几十年练拳的艰辛与坚持，感悟与理解；听张老师对太极拳推广的信心与思路，也听他对当下中华传统武术仍旧走不出门派之争，不能像跆拳道、搏击等外来武术有强大的市场开发力和影响力，进而造福更多人的惋惜和无奈。

从中华武术说到中华传统文化，从传统文化说到中医五行理论，说到穴位针灸、推拿按摩，说到养生保健。一下午，或高亢激昂，或低吟回环，你来我往，说个不停，确有相见恨晚的感觉。暗下决心，无论为公、为私，都要全力以赴支持张老师的拳馆开业，助其实现弘扬中华武术精髓，惠及万千家庭的良好愿望。

交谈中，我们分析当地市场，制定出推广太极拳的发展战略和发展目标，可喜的是，这次所定五年规划，张老师两年时间就圆满完成，不但在本地站稳了脚跟，增强了影响力，还成功举办多次国内、国际太极拳大赛，成为政府推广城市太极文化，以太极助推旅游开发、经济发展的设计师和操盘手，迈开了面向全国，走向世界的可喜步伐。

练拳不练功，到头一场空。拳馆开张，张老师从扎实的基本功开始教拳授艺。历严寒，经酷暑。眼看着一位脑血栓后遗症患者颤颤巍巍走进拳馆，几个月后和正常人一般来去自如；眼看着一个个日理万机的企业家拖着疲惫的身躯走进拳馆，转而斗志昂扬，踌躇满志地离去，投入更加紧张的市场竞争中；眼看着一位位头晕眼花，心情烦杂，颈椎病常常复发的机关干部、公司白领从练拳中得到身、心、智多方面收获。

通过这第一批受益者口碑相传，学拳者蜂拥而至，张老师穷其心力，扩大场地，更加努力地教拳授业。

做成一件事情，必定要有恒心，有坚持。渐渐得知，张老师几十年来，为学拳，也耽搁了不少事，失去了许多晋升和致富的机会，一直到退休都默默无闻但却无怨无悔。

他先拜八角寺主持释普渡大师学习金刚拳、罗汉拳和铁砂掌，后随史天佑老师学习陈式太极拳小架一路，再拜陈式太极拳第十九代传人陈清安为师学习小架六十四式、老架七十四式和部分器械，最后由陈清安老师推荐拜陈式太极拳第十代传人朱老虎为师，系统学习陈式太极拳和推手，系朱老虎老师的入室弟子，并在2004年以宝鸡市太极拳代表团教练身份出访日本，与日本太极拳爱好者切磋交流。

自己与张老师亦师亦友，说起来惭愧，枉费张老师一片热心，总归三天打鱼两天晒网，不得章法，到头来怕误了师傅的名声，更不敢说是老师的徒弟。但即使如此打打停停，仍旧受益匪浅。本是驴友，偶有空闲，整装穿越秦岭山水间，每次重装长线登山，总觉光照日月，英雄气短。这两年呼吸顺畅多了，腿部力量大得多了，身体协调性好的多了，这不得不说是太极之功。

张老师经常强调心静、放松，常常打到最后一遍，说：这下没劲了，就打好了。这与太极讲究呼吸开合、气息畅通有很大关系。"心静"就是要求思想集中、精神贯注，做到专心打拳；"体松"是指身体各部位保持运动中的自然舒展，排除紧张情绪。

人体的张弛动静关系着精、气、神的衰旺存亡，只有做到安静自然，才能加强内气的运行，把人的精神、形体、气息三者有机结合起来，从而在不断提高身体素质的同时，也不断锤炼自己的意志水平。这几年，自己面临巨大工作压力时的焦虑急躁有所释缓，虽不说达到遇喜而不狂、遇怒而不恼的境界，但变化显而易见，除了年龄与阅历，太极难辞其功。

在张三丰悟道太极的"离天只有三尺三"的金台观里，又见到了正在为弘扬太极文化运筹帷幄、劳碌奔波的张中林老师。

张老师有些愤愤不平地说，最近韩国要把太极拳申报为非物质文化遗产，说张三丰是韩国济州岛人，这简直是个笑话。张三丰在金台观修真悟道五六十年，金台观是张三丰的第一道场。可以说，宝鸡才是太极拳的发源地，是太极拳的故乡。老祖先留下来的东西我们不重视有人重视，传统文化这块阵地我们不占领有人占领。

看着他在飞阁玲珑、朱栏璀璨，既有黄土高原气息又有传统民族意味的金台观窑洞前，略显疲惫却坚定有力、踌躇满志的身影，感觉他几十年矢志不渝、坚持不懈的努力是成功的，他不遗余力为弘扬传统文化，传播中华武术的奉献和付出是值得尊敬的。

挥手告别，烈日当空，云卷云舒，天地相接处，张老师的身影在碧翠浓阴下、光环交错中渐渐远去，但在心里，愈加高大清晰。仰天望，那里是"离天只有三尺三"的太极故里金台观。心想，这下，拳师找到了源泉。

虎　娃

阳春三月，迎春花在阳光的映衬下格外妖艳，像对寒冬挑衅与蔑视，又像吹响春天的号角，残余寒流与冬日暖阳交织，街道上穿棉袄的，着短裙的，让你难辨四季。

和朋友过斜峪关，绕道石头河水库，进入高码头乡，石榴山下，一个壮实的农村小帅哥，让人开眼，惹人赞羡。

这虎娃，三两岁，愣头愣脑，憨实壮硕，在敞开的院子里，光脚两片，端搪瓷碗，风卷残云般，大半碗冰凉的宽面片瞬间进肚，那个香，那个美，那个舒坦，绷紧的粉嘟嘟的嘴巴边残余着剩物，挥手一抹，全送进口，舒一口气，那叫一个酷。

吃完一碗，虎娃抬头，提起铁勺，碗边叮当地敲着，在屋后斜坡地里耕作的娃他婆放下锄头，从木墩上的大碗里又拨了些，也无多话，径自上去干活。

虎娃看着我们，有点诧异，有点疑惑，怎地，没见过？吃饭有啥好看的，想现在，城里的孩子，大多躲在屋里，即使出门，也被他婆、他妈里三层外三层地裹得严严实实。

风在寂静的山里，显得威武、坚毅，摇着草、撼着树，像是宣誓，像是恐吓，裹挟着泥土芬芳的空气冰凉、清爽，让人打着寒战，挺起精神。

旷野矗立的茅屋、散发着生命力的虎头小生,构成了人与自然和谐的美妙图景。

子非鱼,安知鱼之乐;你非我,安知我所求?生活在这四面环山、云雾缭绕,门前溪水潺潺、清澈见底的世外桃源,比忙碌的都市惬意百倍,自己不止一例地见到居住于大山、难离故土的老人,他们受不了都市的喧嚣与现实,受不了污浊的空气与急促的步履,"急死去呀吗",或许能表达山里人的悠然、闲适。

城里人在享受经济发展成果之时,也越来越多付出代价:污浊的空气、污染的水质,吃了瘦肉精的健美猪,加了防腐增白剂的小麦粉,环境问题、食品安全问题,越来越突出的当下,不要强硬地拉农民进城,进城的安排好就行,其实,真正可怜的是城里人。

五谷杂粮与碧蓝天空、纯净水质,最简单的要求,人类文明的今天,又有几人,有福享用?

羡慕虎娃,真的。

地震过后

　　昨天天气格外好，早上下楼，忍不住拍了几张照片，白云似絮如棉，在蔚蓝的天空组成炫目的图案，碧绿的灌木丛和花草树木神采奕奕，精神饱满。好一个美丽的早晨，阳光明媚的日子，充满希望的一天！

　　吃过晚饭，沿河堤散步，天渐渐暗了下来，西边乌云密布，火红的太阳带着最后的余晖染红一片，依依不舍地下山。东边仍旧很亮，隔河相望，灯火辉煌，代马大桥在光带的衬耀下亮出优美的身姿。

　　风越来越大，柳枝随风飘逸，刷刷作响，地上的花草静静地贴伏大地，直不起腰，稀落的几个人匆匆地朝家的方向狂奔。让暴风雨来得更猛烈些吧！经历了一夏的干渴，大地敞开胸怀，迎接这即将来临的倾盆暴雨。星星点点的雨滴落在脸上、身上，觉得舒爽，好像又回到了孩童时代追着雨嬉闹的岁月，雨浸湿了面颊、后背，有几分惬意，丝丝悠然。

　　回到家，歇歇身子，待不再发汗，赶快冲个凉。随着淋浴刷刷地飞溅冲洗，涤去一身的雨腥与汗味，享受着运动的快乐。

　　老婆说：地震了。不敢相信自己的耳朵，很快从窗户上往楼下望，从手机朋友圈里读，找到了答案。

　　有托儿带女一路狂奔的；有喧闹惊恐四顾找人的；有报告震

级、震区的；有发布震后防范措施，逃生办法的；有把秦始皇搬出来以长安来安定人心的；有借秦岭说西安到宝鸡是秦岭压着的一块磐石的；还有一位住在32楼倚着墙直喊头晕的。地震的摇晃转瞬即逝，心理阴影在朋友圈不断发酵，睡，还是不睡，躲，还是不躲？

  人们在大难之中表现出的应急反应可能是最真实的，对生命的珍惜和对美好世界的眷恋在此时得到充分暴露。记得2008年汶川大地震，一位老哥舍弃妻儿老小独自逃命而被议论纷纷，成为"夫妻本是同林鸟，大难来时各自飞"的现实版，有些事，不经历生死真看不出来，有些人，不经历生死真想不明白。

  只有面临生死抉择，才能知道自己真正在乎的是什么，自己应该珍惜的是什么，自己的努力为了什么，自己的明天应该怎么活？

  但人类是健忘的，就像我们走进火葬场送人，看到无论将相商贾，平民百姓，高寿喜丧，半路夭亡，同样是一个火炉，同样是一个匣匣，虽然关系好点的，职位高点的，家庭富裕点的可以做个最后冲刺，抢个头炉，安放于或玉石或玛瑙或檀木或樟木材质的小盒，但这些都已和死者无关。

  这时候，仿佛一切都想通了，看淡了，顿悟了，但一走出，该怎么吃怎么吃，该怎么喝怎么喝，该怎么争权夺利、以命博财，一切照旧，不会有任何的收敛。

  地震已过，但地震的棒喝除了提醒人们对自然的保护之外，更多的是地震过后，我们的日子怎么过，我们该怎样面对明日的生活。

冬日暖阳

冬日暖阳,格外舒坦。

懒懒地坐在阳台上,背对日光,一杯茶,一本书;似看非看,似读非读,灵动的空气,享受的生活。

半边脸晒得灼热、发痒,扭扭身子,品味龙井,丝丝苦涩,淡淡清香。

人生如茶,空杯以对,现如今,励志鸡汤灌得脑满肠肥,众多青年才俊透支健康,倒在追求成功的路上,留下白发人送黑发人的遗憾与悲痛,没有了幸福,只留下功利。

世界,怎么了?

无谓的说教于事无补,真正的学者给人启迪,供人借鉴,有些人一辈子学不透《易经》,有些人拿算命就替代《易经》,拿话筒的人,不是政客,就是戏子。

饮食天成,烹饪自然,品人间美味;日出而作,日落而息,过简朴生活。

远眺南山,依稀可见,昔日登顶俯瞰,气层罩盖城市,污浊凝滞,饮鸩止渴的发展模式,千篇一律的钢筋水泥,给后人留下了什么?

持儒家入仕,学道家出世,对外作为与内心修为不一致时,会造就大批口是心非者、表里不一者、胸有城府者。这,就是潜规则。见怪不怪,百试不爽。

有些事,说,不如不说;有些事,说了,也是白说,衡量的标准,不是对与错,而是权与势。

养成独立思考的习惯,形成对事、对人的判断,了解大势潮流,不必随波逐流;笑看花开花落,乐享冷暖春秋。

伸伸腿,展展腰,夕阳西下,寒意初起,身在尘世,适者生存。

周末的日子,真好。

读书旨趣

说起读书，很多人觉得苦，加之有"书山有路勤为径，学海无涯苦作舟"、"头悬梁锥刺股"这些格言警句的暗示，更使有些人从内心害怕读书，觉得读书是件苦差事。

事实上现在读书也够苦了，从幼儿园开始，升学考试的压力让孩子过早背上沉重的包袱，失去了学习的乐趣和可贵的童真。寒窗苦读，一旦考试结束，大量的课本、作业从教室窗户、从阳台走道飞出，无疑是压抑已久的情绪在解脱和发泄。

读书不能急于求成，应是伴随一生的习惯，现在从小学到高中填鸭式的应试教育，到大学放羊式的自我管理教育，一旦走向社会，丧失了学习的紧迫感和推动力，除了与工作有关的知识学习外，读书屈指可数，这多少和"读伤了"而产生逆反心理不无关系。

自己读书没跟上节奏，输在了起跑线上，小学中学没读多少书，没能考个好大学、找个好工作，资质愚钝，收入微薄，却一直坚持买书读书，几十年不间断，尽管无大长进，也算养成了自以为不错的良好习惯，日积月累，藏书不断增多，虽经过几次折腾，书房还是里三层外三层地堆满了书。

说起折腾，其实是最艰难的时候，书给了我转机，给了我希望。1995年,企业人员在没有任何生活保障的情况下大批下岗,被推向社会,自己一夜之间成为下岗职工,吃饭都成了问题。

记得一天,上小学的儿子过生日,我们买了一个极小的蛋糕准备庆生,谁知儿子放学喜气洋洋地带回来七八个同学,要分享生日蛋糕,妻子流着泪将蛋糕分给孩子们。那一刻,自己下决心要干点事改善生活,最起码解决温饱,决不能怨天尤人,坐以待毙。

想来想去,一无本金,二无技术,看着堆了一屋子的书,不行就卖书!

在父母和姐姐那里借了点周转资金,把家里的书整个搬进了书店,一个叫"秦文书店"的小店开张了。记得那时,卖自己的藏书就像送走出阁的女儿一样依依不舍,但又为有人能看中自己的书而自豪,其中,一本80年代初上中学时买的《她们的抒情诗》,是当代女作家的诗歌选集,定价1.65元,最后以5元出售,购书的也是一个年轻人,没有还价,揣上就走。我看着他消失的背影,五味杂陈,说不出什么滋味。

在书店一有空闲就看书,文、史、哲、金融、地产等什么都读,大多不求甚解,也不费心思考,更谈不上举一反三,只图有乐趣,打发时间。

这样的日子持续了两年多,自己离开了图书行业,书店里没卖完的书送的送,分的分,实在处理不掉,就跟我回家继续与我为伴。至今书架上还有三十多年前买的书,有时候翻翻,每读几行字,亲切感油然而生。这些书像最困难时陪伴我的亲友一样,无论升降沉浮,落魄贫穷,几十年来不离不弃。

随着买书越来越多,有时没时间读,买的新书连塑封都没打开就在书架上搁着,但还是看见好书或以为是好书就忍不住要买回来,图书越积越多,读书的时间却越来越少,直到这两年有些空闲,才抓紧补课,翻开早已属于我,却备受冷落、无暇宠幸的宝贝。

说起来不怕见笑，即使读，也不太认真，不会每书做笔记，写感想，只是图乐，图休闲放松，就像很多人说我：你这是个好习惯。我说无所谓好不好，就和抽烟喝酒搓麻跳舞一样，对自己来说，只是打发时间的一种方式，毫无高大上的感觉。

我知道自己的做法得不到专家学者的认同，更有可能对希望借助苦读而出人头地的莘莘学子产生负面影响。但我就是一个普通人，一个喜欢读书的普通人，如果想向专业领域发展一定要吃透挖深，不能学我一知半解，但同样要从培养兴趣入手。

庆幸的是，几十年不求甚解的读书，多少给自己笨拙的大脑留下一些知识的痕迹，依然给了我丰厚的回报。

虽说读书不求甚解，但对选书，是近乎苛刻的，有一套自己的标准，有些作家的作品，见一本买一本，出全集买全集，有些作家，即使获得国际大奖，声誉如日中天，说来惭愧，至今一本未读，更谈不上买。

如今书架上除了金融地产、古建民居、企管营销、酒店餐饮之类的业务书；鲁迅、林语堂、梁实秋、沈从文、南怀瑾、贾平凹、阎连科、王小波等人的文集或全集；周国平、林清玄、汪曾祺的作品；歌德、普希金、雪莱、拜伦、裴多菲、朗费罗的诗集；蒙田、培根、尼采、伍尔芙等人的随笔；柏拉图、叔本华、黑格尔、苏格拉底的哲学及其他中外经典名著等都是自己所爱。最近又开始收集梁晓声和张炜的作品，他们的作品在三十年前就读过，曾经给自己留下深刻印象，读到新作仍能给我新的启发和动力。

总之，我读之书，要么真正自己喜欢，要么是经过历史沉淀、大浪淘沙后的中外名著、名篇。

这两年，电子书大行其道，自己有时也看，但总觉得没有纸质书的书香气，不能随时折折画画。网络信息及机场码头鸡汤类作品，还有一些教人如何攀缘权势，如何奢侈沦落，如何屈膝于庸俗的厚黑理论，这些烂书垃圾，根本不读，都是老中医，用不着你给开药方。

转来转去,还是捧起精心挑选的纸质书,静下心来,陶醉于书香之中,乐此不疲。也许期望值太低,正因为低,所以快乐;正因为低,所以坚持,也算一种没有功利性,只图享乐、不求上进的读书观。

观海听风隅书房

爱书之人大都有书房，即使没有书房，也得有个书桌，仿佛这是读书人的象征，家里没有张书桌，很难称得上文化人。

虽然，仅有一张书桌远远够不上文化人的标准。

每晚回家，收拾利落，走进自己8平方米的书房，开启台灯，独居斗室，捧起一本书，端上一杯茶，或坐在宽厚的书桌前，或躺在落地窗前的摇椅上，享受专属自己的书香世界。

华灯初上，人来人往，街道上车水马龙，行色匆匆的路人带着一身疲惫和满满的收获各自回家，喧闹的都市安静下来。偶尔电掣雷鸣般的刺耳声划空而过，激情四射无处发泄的青春少年狂放无羁的夜生活刚刚拉开序幕。

书房门朝西，一进门，沿墙，在门后南北走向，打了排到顶的橱柜，可以放一些被褥杂物，靠着衣柜有一排2.2米高、2.8米长的六层宜家风格的简易书架，刚好和橱柜贴齐，平常取衣柜中藏物，要从书架间隔中掏，比较费事，但面积所限，只能如此。

门正对东面整堵墙，被一排六门书柜占据，书柜和书架的交界处，朝北、朝西的两个小墙面也没有空闲，悬挂着秦岭南北穿越时，从原始森林中背回的羚牛头骨和岩羊头骨。

北向，落地窗碧透的玻璃下，深棕色北欧风格摇椅，配以中式香柏木脚凳；后面墙上悬挂着重装背包和几个小背包及腰包；墙面和书柜之间的空隙处见缝插针的竹木搁置架，上面放着户外水壶、酒杯、茶具、护膝、手套等；和书柜对面的西墙上，一个和书柜同一品牌、一个色系的实木书柜，单配着厚重结实的柚木圈椅。

这把圈椅是后配的，原来的转椅凳子一来靠背低，二来总感觉不太稳当，这把柚木圈椅扎根地面，稳如泰山，就是想挪，也要弓腰吃力，有时候想想也就作罢，于是安定了身子。

书桌之上，是一幅"黄河落天走东海，万里写入胸怀间"的李白诗句，虽不是名人大腕所书，但喜欢其内容，故悬挂至今。

坐在书房，回忆过去，展望未来，虽一陋室，却可静心读书，发呆思考，珍惜这来之不易的一块领地。

记得20世纪80年代末，刚结婚时租房居住，城中村二楼，十二三平方米的房子，打家具时除了床和柜子之外，特意打了一件自己设计的书桌、书架组合家具，80公分高的桌面上竖起一个1.8米的四层书架，这样既可以写字读书又可以存放书籍，写字时因位置逼仄，都是坐在床沿上当凳子。这个笨重但实用的组合书桌到现在还在老房子里，既是我们结婚的纪念物，也是自己第一次拥有的独立书桌。

书桌上的书品类不断变化，从以诗歌散文为主到励志鸡汤，从金融地产到人文历史哲学，书越读越杂，越读越觉自己无知，越读越迷茫，越读越卑微，越读越低调，越读越感觉山外有山，人外有人，一瓶子不满半瓶晃荡的唯我独尊的自己开始谦逊起来。

随着生活环境和人的处境变化，书也随之增减，有时事业所迫俗务难脱，没有功夫读书，有时为了生计顾不上读书，有时为了生存甚至要变卖图书。

90年代中期，在"砸三铁"的呼喊声中下岗。生活所迫，开了个书店，家里的藏书成了店里的商品，看着一本本陪伴自己的图书被书友买走，既心怀欣喜又莫名哀伤。

熬过了最艰难的一段时间，慢慢地又开始买书读书，藏书写作，家里的书和日子一样，渐渐丰裕起来。

乔迁新居时，自有自知之明，挑和厨房相邻的一个小间设为书房，站在书房的落地窗前，遥望北坡公园"步步高升"的大台阶上气喘吁吁的登高者，台阶下巍峨雄伟的政府大楼蝼蚁般人来人往，繁忙的公仆们正在为群众们呕心沥血，思忖着"民为贵，社稷次之，君为轻"。

想想这两天热播的《人民的名义》中"面币思过"对不起人民的贪腐者真和人民有什么关系，陶醉并为之拍手喝彩、摇旗呐喊的媒体和观众与上千年来坐在戏台下，观看《铡美案》、呼唤包青天的小脚老太有何区别？

回过神来，安坐陋室，做好自己。自古以来，读好书、取功名是无数读书人的梦想，也是许多贫家子弟实现逆袭的唯一出路。但阴阳正反，利弊相成，读书的功利性也使很多头悬梁、锥刺股的苦读之士一旦掌握权力就会置报效祖国的伟大梦想于九霄云外，更对人民的呼声置若罔闻，热衷于权势富贵，总是以"人民的名义"做些偷鸡摸狗、监守自盗之事，走上韩非子所云"今之县令，一日身死，子孙累世絮驾（有车坐）"的老路。无怪乎孟老夫子发出"人之所以异于禽兽者几希"的感慨，足见读书的功利性多么可怕。

读书的人目的是知识的掌握，是人格的自省，是自我约束和素质的提升；读书是相伴一生的爱好，是对环境对事物有更加清醒的认识而不随波逐流，盲目跟从；是终其一生的人文主义理想，是对社会不公、人性弱点犀利的批评和讽刺，是做像鲁迅一样"横眉冷对千夫指，俯首甘为孺子牛"的无畏战士。

对俗世的喝彩认同很容易，众多识时务者选择做权贵得势者炮筒，甚至助纣为虐，对平民大众的疾苦报以漠视与冷酷，对中国传统文化中的精华未知有几，而对《厚黑学》《谋略学》，对上级的心思揣摩极尽溜须拍马之能事，这些就和《人民的名义》中在主席台上的贪腐分子一样，往往红极一时，却终究经不住历史的验证。

扯得远了，一间书房，承载着爱书者的情怀和心灵寄托；一间书房，展现着历史的波澜壮阔更迭起伏；一间书房，见证着爱书者不为物累陶醉于书的海洋自得其乐的简朴随性。

每一个爱书者，不论面积大小、位置豁窄，都应打造一间适合自己的书房。

北堡子的老城墙

这是一个老寨子，原名"北堡子"，又因古时堡子南坡下有一规模不小的尼姑庵，清朝时更名"北庵堡"，老宝鸡仍习惯称为"北堡子"。

"北堡子"位于北塬二台，呈东西长、南北窄的长方形，连接南北城门的道路，将居住区分为东西两片，南北两条街被村民称为前、后街，共七八十户人家。

堡子建于何时已无可考，但从其建筑格局来看，其选址布局、规划建造非常贴合农耕经济生产生活及"藏风聚气"的需要，也体现了中规中矩、独立合围的传统价值观和审美观。

北堡子历史上最知名的人士要属南明官吏杨畏知了。

据《宝鸡市志》载：杨畏知，字介莆，崇祯十五年进士，渐升四川北道，不久，因疾告归。后被朝廷再次起用，为云南金沧道。畏知率兵收复楚雄，后任南明唐王朱聿键右佥都御史，巡抚云南。顺治七年，被讨封"秦王"不成，率兵破广州、桂林，逼永历帝逃至南宁的张献忠余部首领孙可望设计杀害。

堡子背靠蟠龙塬，北沟、柳沟两条水系从堡子东西环绕而过。举目远眺，巍巍秦岭，连绵起伏，涛涛渭水，奔流不息；俯瞰市区，高楼林立，人来车去，熙熙攘攘，尽收眼底。

如今，北沟、柳沟水已干涸，家家户户的水井早已废弃，城墙斑驳陆离，倒塌零落，杂草丛生。蛐蛐儿吟唱追逐，彩蝶儿双飞比翼，一只只红冠公鸡气宇轩昂地踱着将军步，率领妻妾子孙在这块属于自己的领地寻找散落的花草卵虫。

在家乡的那些年，从小学到高中，没有一天不上城墙，没有一天不进城门。南城门是我们歇脚的中转站，从早上天不明走出城门下山上学，到中午回来吃饭，从下午上学、放学，到上下晚自习，一天多的时候来来回回、蹦蹦跳跳六七趟而不觉累，现在，偶尔走一回都气喘吁吁。

进南城门，通过村子，到北城门，北城门已经坍塌，当年茂密壮硕的大槐树如今开膛破肚，昏昏欲睡，不知道是活是死，龟背般的树皮裂开无数口子。村里人不敢让死，也怕真死，就在树根下补栽了一颗槐树苗，树苗倒信心十足，不住往高处窜，眼看就够着死活不知的斜岔枯枝，望一望黑白不见顶的天，不由得为自己的明天担忧叹气。

出北城门，一片山坡，和北坡公园连为一片，与金台观同高，坡上树林茂密，生长着核桃、桑树、杨树、槐树及各种灌木。这片茂盛的"荒坡"，是我们割草砍柴、放马嬉戏的地方，打核桃，剜荠荠菜，掐苜蓿雪蒿，摘酸枣桑葚，北沟捞鱼，水库游泳。

再往东，是一片乱人坟，有有主的，有无主的，沿着路边崖豁处堆着一个个土堆，小时候也不怕，割草砍柴过来过去没多少忌讳，倒是老人经常叮嘱黑了少到那儿去，让人担心秀才遇鬼妻的事。

沿坡是梯田式的错层庄稼地，下面平整，越往上越窄长，开始时没有分田到户，都是集体劳动，每天早上在城门口老槐树下队长派工，男人壮劳力10分工，女人们一般五六分工。男男女女也在这里打打趣，说些粗俗的色情笑话，过过嘴瘾，打打闹闹，都有分寸。一年四季，天热了在树下乘阴凉，天冷了靠墙晒太阳，倒没听说男欢女爱的激情故事。

城墙原有五六米宽,沟壑之外就是柳沟。每到夏季,夜幕降临,星光灿烂,村子里男男女女都拉一张凉席上城墙乘凉,崖豁上凉风习习,飞虫萦绕,蝉鸣阵阵,老婆子围坐一团,叨叨着姑娘回来时提的白馍,媳妇今天又给我翻眼睛,东家长李家短的事。

地下叽叽喳喳敞开说着,天上静静地耐着性子听着,听着听着嫦娥也觉得心里烦乱,躲得不知踪影。女人们开始窸窸窣窣地收拾回家;男人娃娃,有些就在城墙上一睡,没有遮拦地一觉到天明。

大槐树在城外,只有上工时人们才到那里集合,而随时随地,三两步就上了城墙。厚实的城墙没有了抵御外来侵扰的战备功能,成了除大槐树之外最受欢迎的休闲场所,每次雨后,我们成群结队地上到城墙上拾地软,那是真正的原生态纯绿色食品,如今想来都垂涎三尺,欲罢不能。

要想拾得多,就要往高处走,往远处走,往人不去的地方走。站在蜿蜒曲折的城墙上,望一望纵深直切的壕沟,不但是平衡技巧,更是心理素质的极大考验。这也可能歪打正着,为自己以后酷爱登山探险打下了基础。

日新月异的生活,更加便利的交通,现在,柏油路已经修到大槐树下,车可以直通金台观,连接宝平路进入市区,人们渐渐地淡漠了老城墙的历史。

岁月流逝,坍塌的北堡子絮絮叨叨地述说着那段艰苦而幸福的难忘记忆,一帮年轻后生急匆匆擦肩而过,到市区努力打拼,争取更加美好的生活。

举目北望,残垣断壁的老城墙,那是我们的家乡,我们的根!

韩家崖的土窑洞

韩家崖位于宝鸡蟠龙塬下,渭水之北,与巍巍秦岭隔岸相望,在距今7000多年前的新石器时代,就是原始氏族繁衍生息之地,和北首岭、温家寨、刘家崖遗址发现人类活动迹象的时间处于同一年代。

据《尚书·禹贡》载:秦文公四年设都于汧渭之会,距韩家崖东咫尺之遥,韩家崖村北遗址现为省级文物保护单位。

韩家崖古村落为三层台塬,村上人称一台、二台、三台。村子主要有毛、韩两大家,多年来和睦相处,其乐融融。

一台以韩姓居多,比较宽阔,村委会大院就在一台,1958年修引渭渠时,将一台前的陡坡切为十来米深的直崖,门前变得非常狭窄陡峭。

二台、三台大多为毛姓,生产队的碾场就在二台,那是朴实的乡民见证收获喜悦的地方。每年农忙季节,虎口夺食,光场、碾场、扬场、晒麦,上到八九十的老翁老妪,下到两三岁的小子丫头,上下齐动员。割麦的割麦,送饭的送饭,碾场地、扬场地,谈情地、说爱地,打闹地、捣乱地,都忙得不亦乐乎。

说起送饭,有一个有趣的故事。因韩家崖有些地在塬顶,离村庄较远,为了争取时间,割麦的都不回家吃饭,家里做好后由老婆娃娃送到田间地头,吃完稍事休息后加油再干。

或是有不成文的乡约，陕西女子不对外，过去都是一个村子内部互通有无，女子要嫁出村子，没人给你儿子上门订媳妇。村子内知根知底的人家，虽不是换亲，但总是在一个既定的圈子里繁衍生息，这个乡俗延续了好多年。

记得有一年穿越秦岭，路经山清水秀的十二盘，路边一院盖得大气恢弘的桩基，大门紧锁，司机说是原村长的院子，没住人都十几年了。原来村长女儿上学出去后不愿意和在家定下的村里后生结婚，结果未进门的媳妇不知出于什么原因，表示永不再进门，死活找不下媳妇的儿子一气之下想不开，竟做了傻事，寻了短见。老两口从此远走高飞，不知去向。

这是改革开放初期，二三十年前的事。如今这些问题多是用彩礼解决了，你要娶媳妇先拿十万、八万彩礼。

言归正传，说是一个送饭的娃娃，从家里给他爷、他爸往地里送饭，提的瓦罐，上面是汤、下面是饭，一路烈日当头，如同灼烧，摇摇晃晃，爬坡过崖，终于上了塬顶。过舅家的田地，舅爷开玩笑说：你给舅爷送饭了，赶紧，把舅爷饿得不行了。

娃娃捂住瓦罐，急地脸涨得像个胡萝卜：不是，不是饭。舅爷看见上面有汤，就说：那把水给爷喝点！娃娃望了一眼罐罐，口不择言地嘟囔着：这不能喝，这是磨镰水！

从此"磨镰水"就成了外甥的代名词。

自己就是韩家崖的"磨镰水"，小时候一进村子，老人们都笑呵呵地说着："磨镰水"可来了，不知是何含义。舅爷讲了这个故事后才知道，那个生活贫瘠、愁吃愁喝的年代，这种冷幽默实在让人有些酸涩。

韩家崖家家有窑洞，窑洞完全原生态，不像陕北的窑洞要用砖箍，有些地方撅头的痕迹排列有序，清晰可见。舅家一共三口窑，窑洞是南向一字排开，西边一间由于雨水浸透，顶部已经开始漏水，里面放着引柴麦草；中间一间阔且深，一进门东侧是一个大土炕，再往里接着一个小一点的炕，西边是一排柜子，里面挖出一个套间，套间没有窗户，搁着些杂物，一个竹子摇椅。我的很多童年记忆就是在舅爷的摇椅上度过的，舅爷会唱戏，词句早都忘了，但旋律很好听，有很多益智的故事。

东边一间窑洞浅些，是大舅他们住，后来在院子盖了一排平房，这个窑洞基本闲置了。冬暖夏凉的窑洞，成了我和表姐表弟打草砍柴回来后，休息打闹的地方。

从塬上下来的雨水冲刷出来的两条渠沟，将村子自然地分成了三层九块，基本上每一块住着的都是不出五服，一个门子的人。新中国成立后村长基本上是毛、韩两大家族轮流担任，80年代末期的选举竞争尤为激烈，村民手握红彤彤的选票，庄严而神圣。

这不但是责任，更是荣耀，是个人的荣耀，也是家族的荣耀。

那次的选举让还在上学的我至今记忆犹新，以后参加过无数次选举，有选的，有备选的，有被选的，但都没有那次刻骨铭心，虽然自己只不过是个局外人。

"一等人忠臣孝子，两件事读书耕田。"韩家崖是一个非常注重文化教育与传承的村落，在外工作的人很多，从事教育者从小学、中学、大学、教员、教授到校长，保家卫国者从普通现役、退伍军人到高级教员、高级将领，遍布世界各地，各展英雄本色。

距米寿老人韩树祥回忆：生于1893年，卒于1963年，被乡邻尊称"三老爷"的韩树勋，是距今最近的知名人士。他于民国8年从上海大同大学毕业，1921年在北京参加共济社，1924年入党，也是第一位加入中国共产党的宝鸡人，其一生从事教育工作，担任中学、师范院校教员、校长职务，新中国成立后任宝鸡民盟副主委。

80年代末期，韩家崖人离开了世世代代居住的土窑洞，住上了或二层或三层小楼的院落。如今，在城中村改造中，再次乔迁，家家户户住上了出门有公交、上下有电梯的高楼洋房。

曾经养育韩家崖人的那一孔孔破败的窑洞依旧坚守,就像华发慈母,在村落搬迁后的丛生杂草中踮着脚、仰着头,护佑着她远方的子孙。

迷醉泸沽湖

自驾狂奔三千里，只为你，泸沽湖。

离开车马喧嚣、人声嚷嚷的都市。

坐在格姆女神山下8264驴友客栈简陋的床铺上，你，就在眼前。

阳光透过枝丫、透过窗口、透过纱帘，仍觉皮肤灼热，身心布满暖流。邻水榭处，几间茅屋，几块田园，恬淡、幽静。空气里裹挟着草木的清香，随风飘来，心旷神怡，湿润可人。

心渐渐静了下来，压低帽，头枕窗，眯上眼，四仰八叉躺在床上，沐浴着阳光的温暖，享受着、陶醉着。

筛除了尘嚣嘈杂，剩下的唯有清静和神宁。风吹起，凉凉水声、簌簌叶声，细细断、微微断融合起来，时断时续，似有若无，真想翻身起来，背包中取出茶台，在此醉人品茗。但浑身慵懒，无一丝气力，静静地躺着，念头已去。

几只猪槽船无拘无束、自自在在、晃晃悠悠、若止若行；两只白鹅迈着欢快的脚步，成双成对，觅食嬉戏，气宇轩昂、自信满满，看其雍容华贵、优雅自然，真是，平台很重要。

湖水泛着涟漪，水禽欢快吟唱，眼前画面，似曾相识，仿若梦里，诗意盎然，那么熟悉，那么亲切，又那么新鲜，那么陌生。

俗话说，一方水土养一方人，自己平生爱山爱水，而爱山胜于爱水。一则身处西北，多山少水；二则水至柔似阴，山至雄若阳，总觉得不论汹涌澎湃的浪涛，或是碧波婉转的涟漪，都易勾起悠悠情思，这恰是自己的软肋。

背靠中华民族的父亲山，中国南北分界线的秦岭，自小爱户外、喜登山，数次登顶秦岭主峰太白山、著名山峰鳌山，总觉得，在那里，能给我力量，给我勇气，给我信心，给我斗志。

对险崖峭壁、深山荒谷有种天生的亲近，其实，不只奇峰陡壁、怪石嶙峋，就是崖边石缝的苍松，开膛破肚仍苔藓鳞菌的枯木，都回肠荡气、清越飞扬，都是景色，俱是教材。

日落夕阳，坐起窗前。天、云、山、水、草好像凝滞了般，太阳不动、云层不动、湖光不动、草色不动，连觅食的白鹅也停下了脚步，看着这一幅明净的山水画图，那么干净，那么纯洁，那么舒适，那么淡然，无声无息间溶入在这美妙绝伦的宁静中。

在都市，这时间街上车子往来如梭，行人如流，每个人都忙得不可开交，拼命奔跑。即使相识，如无相求，也无暇寒暄问候，最多点头招呼，不知追求的是金钱美色还是名誉地位。

动了，云层倏地一抖，像魔术师的幔布。我翻身起床，向湖边奔去，可一出门，就觉得如此慌忙、这般仓促与情景不符，遂慢下脚步。你不见，将落的夕阳，透过枝叶、透过花香好奇地望着你；你不闻，隐约的湖面，波光粼粼，安谧清心，静心地听着你；你不知，枝丫草地，扯你的衣，牵你的脚，还一个从容的你。

一队青年，将车开至湖边，站上车顶，倚在车边，摆着各种造型，不厌其烦；一对伴侣，手牵手、肩并肩，依偎前行，无需语言。湖面上，游客们荡着窄长的猪槽船，乘流直下，寻找自己的彼岸；嬉戏的白鹅，好像谁也未见，依旧优雅，依旧从容，两不相干；湖边几幢木屋，几圈围栏，横七竖八地标注着距离北京3420km、拉萨1997km、愣愣神、发发呆等字眼。转过一看，名字起得好——情人度假屋。

　　沿着湖边白净的细沙轻轻低走，蓝天碧水间，满眼景物清绝碧透，内心平静自然，自由放达，无羁无绊，尘忧俗虑荡涤一净，天慢慢暗了下来，对面山峦依稀，影影绰绰，草海、里格岛的灯光亮了起来，灯火点亮村寨。

　　回到客栈，和主人闲聊，东北人，四年前来这里，开了两家驴友客栈，就再没回去。这样的人在泸沽湖比比皆是，第二天住的洛洼码头"呀呀嗦"客栈就是成功运作支教联络站的几个小青年办的。

　　羡慕他们的生活，敬佩他们的勇气。

　　夜幕降临，风声大作，呼呼作响，摇晃着门窗，挤进了门缝，静听寒风的怒吼、湖水的澎湃，白天万里碧空，飘云清风的泸沽湖怎么了？

　　莫不是知道人们的离去，呼唤着、挽留着？

　　泸沽湖的星空最迷人，想出去看看满天繁星，终究没有出去。

　　趴在窗前冰冷的玻璃上望了望，醉了，累了。

七宝古镇

随着社会经济的发展，大上海在外地人眼中高不可攀的炫目光彩渐渐消退，如今不论走进哪座城市都是高楼大厦林立，商品琳琅满目，街上花枝招展摩肩接踵，人流不息灯火辉煌。

最近几年到上海，已经没有兴趣走商业百货、繁华都市，每次总会搜寻犄角旮旯的背街古巷，特别是有深刻历史积淀、人文故事的古街古巷。七宝镇就是一个位于上海市西南部，既有江南水乡自然风光，又有悠久人文内涵的历史古镇。

据《松江府志》和《青浦县志》记载："七宝故庵也，初在陆宝山，吴越王赐以金字藏经故改名七宝。"

街边高耸的七宝古镇牌坊周边光秃秃的，显得单调孤独，看不出是古迹还是新修，应该新修成分多些，和街市有段空地，没有顺延衔接，像一个通风报信的哨兵，少了提纲挈领的庄严肃穆，和古街不像一气呵成的整体。

古街分为南北两条街，南大街以特色小吃为主，北大街以旅游工艺品、古玩、字画为主，沿街店铺排列，都是七宝特色，其中，七宝羊肉最为知名。看见店门外排队者里三层外三层，也挤上去凑个热闹，秘制配方的七宝羊肉为原味，肉烂味香，调料另放，可以蘸酸辣汁，可以蘸干辣子、五香花椒面。

一行四人，买了两斤半羊肉，顾不上风度雅致，边走边吃，越吃越香越想吃。天黑时分，夜幕降临，星光灿烂，待我们赶到田子坊，羊肉基本吃光，吃晚饭时，同行美女问再要点什么，一直没动筷子的老兄一边狂揉肚子，连打饱嗝猛摇手，急呼：再不了！

红烧羊肉也是七宝古镇的一大特色，但见酒楼人进人出，客流不息，生意好的不得了，怎奈时间有限，不能一饱口福，其他像酒酿糟肉、七宝方糕等亦是当地特色，各位若去，可以品尝品尝。

再往前走就是"七宝教寺"，整座寺庙绿水环抱，红墙琉璃瓦，晨钟暮鼓，香烟缭绕，景色十分优美。香客信徒、文人雅士在这里烧香拜佛，吟诗作画，教寺香火繁茂，人来人往，人气很旺。

据史载：晋代文学家陆机、陆云两兄弟，在家乡华亭苦读十年，有"云间两陆"之美称，晋室"八王之乱"起，陆机、陆云受到诬害，兄弟俩同时被杀，时年陆机43岁，陆云42岁，其后裔在松江立香火祠，名陆宝院，为宋初七宝镇的形成埋下了伏笔。

七宝镇在七宝教寺外围形成，元末明初已经发展到一定的规模，当时"居民繁庶，商贾骈集，文儒辈出，盖邑之巨镇"。

几千年的历史绵延，有史可据，有物铭记，民间流传着"七件宝"之说，曰：飞来佛、氽来钟、金字莲花经、神树、金鸡、玉斧、玉筷。

坐在广场休息，拱桥横跨南北，明晃晃的石板路，天地相接又长又窄的巷子，静静流淌的河水，亭亭玉立的莲花，仰望白墙灰瓦的屋舍，清澈如洗的天空，静谧安详的柳叶，仿佛回到了停滞的岁月，穿越了时空，迟迟不愿挪步。

每一个繁华都市的发展和衰败都和政治历史的变迁密切相关，战乱使得颠沛流离的仁人志士背井离乡南下求生，也带动了当地发展，但社会动荡带给百姓内心的创伤却迟迟不会平复。一路走来，流连忘返，如今，完整保留的古街越来越少，这些历史的痕迹即将消失，到那时，我们还能记起曾经的毁灭与辉煌吗？

水乡乌镇

从上海出发，到乌镇时已到中午，就近找了家店安顿住下，匆匆进入景区。

据《乌青镇志》记载：乌镇是有1300年建镇史的江南古镇，古名乌墩、乌戍，因属太湖流域水系，河流纵横交织，京杭大运河绕镇而过，河流冲积平原，沼多淤积土，故地脉隆起高于四旷，色深而肥沃，遂有乌墩之名。

景区内十字形内河水系将全镇划分为东南西北四个区块，当地人分别称之为东栅、南栅、西栅、北栅。

走在长达1.8公里，横贯东西以明清建筑为主的西栅老街，各式民居、店铺建筑依河而筑，或深宅大院，或百年老屋，或河埠廊坊，过街骑楼，无不尽显江南水乡"小桥流水人家"的风韵，不愧为中国最后的枕水人家。

一方水土养一方人，看惯了沟壑纵横的黄土高坡，连绵起伏的巍巍秦岭，高喉咙大嗓子的西北汉子，到这里就是修行，就是磨性子。前后几人相随而行，张张嘴，怕一嗓子吓趴几个，遂驻足等待，眼神交流，感觉回到了过去的岁月，时间凝滞了，脚步迟缓了，步子轻盈了，性格温柔了，心也好像灵巧活泛了。这是水一样的世界，让我们这些粗犷豪放的大西北儿女顿时手足无措，和着这淡定的环境变得慢条斯理，细声细语。

河岸边古木参天，一个个弯着腰像跳水女皇般作出亲近水面的姿态。细弱的风柔情似水，透过两岸抚弄着枝叶。心旷神怡的叶子像被心上人推着秋千的纯情少女，随着风的节奏在空中摇摆荡漾，惹得河水泛起涟漪，回环旋转，忘记离去。

架在河道上的屋舍，每家每户都有下河的台阶，最早的时候，饮用和生活用水没有分开，大家约定俗成在几点以前不能洗涤，几点之后可以淘洗，几点之后可以倾倒污水，而且一般洗涤污秽之物都会下到比较深的台阶，尽量减少对水质的污染。

立在水里的石柱撑起了沿出水面的房屋，木制板房的画格窗户古色古香，沿河二楼的一扇窗户支起，一个白发苍苍、年轮留痕的老妪若有所思地向外张望，或许是从熙熙攘攘的人群中寻找过去的影子，或许是在期盼那个永不回来的人再映眼帘，或许是疲惫，或许是伤心，或许是绝望，啪的一声，合上了窗户。

自古江南出才子，乌镇在中国文化史上，除了现代文学史上耳熟能详的茅盾兄弟及其内弟孔令镜，海外华人画家木心之外，后梁昭明太子萧统编撰的《昭明文选》中不少佳作就是在这里选辑的。太子的老师沈约也是南北朝大文学家，因父亲葬在乌镇，他每年都要回来扫墓，萧统每次都要跟着来，时间久了，索性在此住馆读书，以免荒废学业。

昭明学馆如今已不复存在，但还保留有明万历年间湖州同知全廷训所建，上有"六朝遗胜"提书和"昭明太子同沈尚书读书处"的横额。

历史上乌镇读书气氛浓郁。据说茅坤就是在乌镇自己家里完成了《唐宋八大家文钞》的编选；藏书家鲍庭博在清乾隆年间《四库全书》编撰过程中贡献的藏书居全国之首，世称最早的《聊斋志异》刻本也出自鲍庭博之手；进士夏同善与翁同龢同为光绪帝师，乌镇人家喻户晓，他们也为杨乃武和小白菜冤的案翻案起到一定的作用。

参观茅盾故居，这位我们曾经的文化部长、作协主席，现代文学史上的重要人物，于1941年发表的美文《白杨礼赞》，许多章节至今都能背诵：

> 那就是白杨树，西北极普通的一种树，然而实在是不平凡的一种树；那是力争上游的树，笔直的干，笔直的枝。哪怕只有碗口那么粗细，它却努力向上发展，高到丈许，两丈，参天耸立，不折不挠，对抗着西北风；它没有婆娑的姿态，没有屈曲盘旋的丫枝，或许你说它不美；但是它伟岸、正直、严肃、也不缺温和，更不用提它的坚强不屈和挺拔，它是树中的伟丈夫！

这些语句常常回味，字字入心，这哪里是说白杨，明明是通过白杨朴实、坚韧、顽强、积极向上的高贵品质，讴歌和礼赞千千万万普通大众坚韧不拔、威武不屈、直面困难、独立坚强的精神品格。

三位正值豆蔻年华的少女，在故居里依依不舍，窃窃私语，看着她们无比崇敬和单纯可爱的神情，想起了学生时代的自己对茅盾先生的敬意。可能感觉到了，几个女孩面含羞涩地问我能不能给她们合张影，自己当然欣然接受这一光荣任务，连拍几张，直到她们满意才依依不舍地离去。

离开茅盾纪念馆，来到一个民俗纪念馆，里面展示着晚清至民国时期乌镇民间的寿庆礼仪、婚庆习俗和岁时节令习俗等，蜡像塑出婚丧嫁娶的话剧；一个衣俗厅，以实物、蜡像、照片等不同手段展示百余年前江南民间的穿着习俗；一个节俗厅，展示着一年不同节气中乌镇人不同的生活习俗，比如春节拜年、元宵走桥、清明香市、立夏秤人、端午吃粽、水龙大会、天贶晒虫、中元河灯、中秋赏月、重阳登高、冬至祭祖等；一个婚俗厅，以喜堂拜堂为中心，通过新人、媒婆、父母等人物以及花轿、嫁妆等实物展示婚庆的热闹场景；一个寿俗厅，以老人祝寿为主题，通过厅堂的吉庆实景和字画、寿幛、寿桃、寿面等展示江南水乡特有的做寿物品。

　　传统文化中，习俗公约都是经过上百甚至几千年的积累总结的，当下都已丢的差不多了。其实，在任何时候，仪式感是要有的，比如面对国旗，比如结婚仪式，这些大关系到一个国家的尊严，小可以看出一个人的教养，丢失了仪式感，也就失去了庄严感，失去了自豪感，不能一提传统就和糟粕联系在一起。当今快节奏的发展，实实在在带来了物质生活的极大丰富，但幸福感没有同比增长，这是一个值得思考的问题。

　　东栅徐家的百花厅以木雕精美而闻名，木雕馆里的木雕取材丰富，有"八仙过海"、"郭子仪祝寿"等民间传说，有"打鱼"、"斗蟋蟀"、"敲锣打鼓"等生活场景，也有"龙凤呈祥"、"松鼠吃葡萄"、"梅兰竹菊"等传统图样。这些具有江南地方特色民俗风情、栩栩如生的木刻让人不忍挪步，不停地留下精美的印记。

　　钱币收藏大家余榴梁先生，是土生土长的乌镇人，他苦心集藏四十年，拥有世界上230多个国家和地区的历代钱币26000余种，其中，有金属流通货币、纸币、花钱等，材质有金、银、铜、铁、锡、铝、铅、锑、陶、镍、纸、竹、骨、琉璃、塑料等15种，上起夏商，下至现代，我们都是外行，看不太懂，只能满怀崇敬，依依告别。

　　出了钱币馆，又进百床馆，这是中国第一家专门收藏、展出江南古床的博物馆，又称赵家厅，面积1200多平方米，内收数十张明清时期的江南古床精品，有明代采用木架构造形式，强调家具形体的线条形象的马蹄足大笔管式架子床等；有清代黄杨木拔步千工床，此床用料为黄杨木，前后共有三叠，历时三年方才雕成，用工千余，看后只能啧啧称叹，大竖拇指。

　　不知不觉两个多小时过去了，感觉有点疲倦，围坐在临河广场边。对面是建于清乾隆十四年的古戏台，戏台南临东市河，东倚兴华桥,为歇山式屋顶,台为两层,底层用砖石围砌。进出有边门和前门,边门通河埠,底层后部有小梯通楼台,亦可通过翻板门从河埠下到船里。想过去大家闺秀不用多费周折,从二楼推开窗棂就可以和戏台上的演员交流互动,哪像我们今天只能隔着荧屏才能看见真容。

有惊喜,有回味,也有遗憾,建筑面积6261平方米的乌镇大剧院作为一个集戏剧、音乐会演出、文化艺术交流的多功能文化设施,是当地政府吸引外来游客的又一张"新名片",无论是以中空玻璃、铝型材、木头百叶组成的幕墙玻璃,还是砖砌斜墙的外部装饰,自己看来,只是不伦不类的画蛇添足,到乌镇,不是看这儿的。当然,各有观瞻,只是一家之言。

宽窄巷子

每次去成都，只要有时间，有两个地方一定去，一个是宽窄巷子，一个是锦里，若二选一，只有忍痛割爱，舍弃锦里，直奔宽窄巷子。

宽窄巷子深厚的历史底蕴，独特的旅游文化，使模仿者始终望其项背，望尘莫及。每天，在这灰墙青瓦的宽窄巷里，都重复着鲜活的故事，每次去，都有新的发现、新的惊喜和新的感动。

宽窄巷子最初是康熙五十七年，在平定准噶尔之乱后修筑的营房宿舍。当时的宽巷子叫兴仁胡同，窄巷子叫太平胡同，井巷子叫如意胡同（明德胡同），民国初年，将"胡同"改为"巷子"。

宽窄巷子由起初的营房宿舍，慢慢与川西民居融合为一，形成了具有川西风格的庭院形态，建筑构件如窗扇、雀替垂花柱等从细节上再现着老成都的生活韵味。

宽巷子街道宽7米左右，窄巷子宽5米左右，沿街大门呈现出不同风格、不同材料、不同朝向、不同尺度，有屋宇式、石库门等，加上黑灰墙与小青瓦做的窗花，整个街道呈现出浓厚的清代特征。

走在宽窄巷子，不用迈腿，熙熙攘攘的人群会推着你碎步挪行，琳琅满目的工艺品，垂涎欲滴的美食，街道两旁的民间艺术、民间艺人随处可见。

感觉最为过瘾舒坦的还是掏耳朵,手艺人手里拿着长长短短的掏耳工具,走起来咣咣当当、丁零丁零响个不停,真是简洁明了、悦耳动听的揽客广告。找了个年纪稍大皮肤黝黑、目光炯炯面露慈善的掏耳师傅,开始享受平生第一次专业掏耳的快乐。

大姑娘坐花轿——头一回,既兴奋又紧张。

戴着头灯的掏耳师傅从掏到洗,手法娴熟,随着耳屎成片、成堆地被手艺人作为战利品摆在眼前,自己为如此狭窄之地竟能藏纳如此之多秽物感到无地自容,又为决策英明,钱花得值而自豪得意。随着师傅最后将半米长的耳勺,一头放进耳洞,一头用手指轻弹发出颤音,酥麻舒爽的感觉穿透心扉时,感到无比的享受。如此的销魂,神仙亦不过如此。

送走掏耳师傅,意犹未尽,要一杯清茶,静静地坐在院落,阳光透过枝叶,洒在脸上身上,暖洋洋的。眯上眼,刚掏过的耳朵有些灼热,灵敏的很,邻桌莺莺细语,树上风吹枝叶,心里清清楚楚,其实这些本不关己,好好感受时光驻足,享受这短暂岁月吧。

依依不舍,三步一回头地走出院落,被人群簇拥着继续向前,碰上一位美国漫画家,自我介绍给美国总统克林顿画过漫画并有合影。忍不住连说带比画地告诉他自己喜欢登山,希望能在漫画中体现出来。漫画家微笑点头表示理解,待坐好后,他提起笔龙飞凤舞、一气呵成,几笔就将自己的相貌特征勾勒出来,再经简单修饰,漫画特色鲜明,栩栩如生。

这副背着硕大背包,汗流浃背却自得其乐的画至今在我的书房悬挂,在新房装修时,甚至将其翻拍刻在了进门的屏风玻璃上。每天一进门就能看到一身重装,大汗淋漓,幽默风趣,乐不可支的自己。

进入窄巷子,这是西式餐饮、轻便餐饮、咖啡、艺术休闲、健康生活馆、特色文化主题店为主题的精致生活品味区。在这里,可以要杯咖啡,闲散地度过整个下午,感受时光的停驻。

无奈总是时间太紧,还得继续赶路。

位于窄巷子32号门头的老墙上已风化斑驳的拴马石，离地约1.2米，是宽窄巷子仅存的三个拴马石之一。满蒙八旗有骑马出行的习惯，拴马石是北方文化在川西的符号性表现。

一栋中西文化合璧的小洋楼格外惹眼，罗马圆柱、西式拱形门窗、窗棂上的大五星装饰为西洋符号，木刻栏杆、雕花斜撑及挂落为传统中式构件，在这以清代建筑为主体的宽窄巷子显得鹤立鸡群，有些格格不入。

相传20世纪的30年代，一个王姓军人买下了这座带有洋楼的院落，抗日战争时，军人被召唤至前线，再也没有归来。就在这个小洋楼里，妻子一直等待丈夫归来直至去世。

川军在抗日战争中以硬战、血战闻名，前后出川350万兵员，为全国各省之冠，伤亡约占全国的20%，共64万余人伤亡，其中，阵亡26.3万多人，有7位将军献出了自己的生命，出现了无数可歌可泣、慷慨激昂、令人热血沸腾的感人事迹。

看着如今已经变成剧院，进进出出，人来人往的洋楼，心想王姓军人作为川军的一员，为了保家卫国，抛妻舍家，英勇献身，不由得对这栋楼，以及洋楼里守寡终身、望眼欲穿、盼夫凯旋的奇女子肃然起敬。

时间不早， 骑上灰墙上的自行车，仿佛时光倒转，回到了失去的岁月，随着骑车人的笑容，依依不舍地驶去，远离。

别了，宽窄巷子。

人间最美四月天

人间最美四月天，雨后尤为淑美，天雾蒙蒙，几朵乌云，诡异地悬着，伺机反扑；几滴雨星，落在花上，落在叶上，花叶鲜而生动，灵气而调皮；云儿动动身，望望板着脸的天空，又凝滞抱团，缩在一处，唯恐偌大的苍穹融化了自己。

地面似干非干，有几处泥泞，棕红、乌青的方砖和细碎的鹅卵石铺就的小道，在茂密的丛林中蜿蜒。空气中弥漫着沁人心脾的湿润与花香，粉的桃花，红的樱花，火红的刺玫，围着翠竹组成一方方美丽的图案。柳枝低垂，随着微风轻轻摇曳，抚慰过客的面颊，肌肤相亲，一丝润滑若女子的倩倩巧手，顿觉心旷神怡。

或园，或方，高高低低参差不齐的灌木，修长而亭亭玉立的翠竹，辟出一条条通往幽静的世外桃源，在喧闹的都市，隔开纷扰和焦躁，留下一片空寂和清凉。

一阵欢笑，种草的女花工们，五六个一组，除草插草。同样是草，被拔的野草心中不服，倔强地扎根于大地，心想都是草，凭什么拔我栽它。花工们笑笑，这要问领导，栽她们有人发钱，留下你有人扣钱。野草想不通，使劲地和花工拉扯，终被胖花工连身子带泥土拔离地面，甩出个美丽的弧线，和自己一帮同样命运的野草窝成一堆，等候处理。

柳枝上的花尾雀不平,气得连连跺脚,叽叽喳喳地抗议,细柳更加剧烈摇晃。花工不管不顾,继续拔草不断,雀儿气不过,飞下枝头,站在花工面前,看花工抬头,又往后退几步,保持安全距离,摇晃着身子义愤填膺地说个不停。花工的嘴也不停,几人不知说到什么喜事,如串响炮似的笑个不停。雀儿一看,和人讲理不如对牛弹琴,一震翅膀,向天空飞去,心想平日里靠这些野草种子过活,谁知道现在种下的是不是转基因草,到明年若没有种子叫我怎么过,和伙伴的交流中增添了几分凄凉和悲哀。

十二属相组成的游乐场,一帮孩子在开心玩耍,一个五六岁的小孩,胯下一骑,黑底白花。小孩身子微曲,向前呈匍匐状紧贴坐骑,两只小手紧紧抱住坐骑的脖子,涨红的脸庞泛着汗珠,摆出一副冲锋陷阵的姿势,想必大敌当前,短兵相接,一骑绝尘,疾驰而奔。

十二属相中,最适合两军交战的就是红棕战马,走进一看,小孩怀中抱着一只硕大的老鼠。看着小家伙威风凛凛的气势,真以为骑着一只下山的斑斓猛虎要闯踏连营。

白发苍苍的老者舒缓节奏,松揉有力,气息均匀地习练太极。太极讲究阴阳平衡,虚实结合,实中有虚,虚中有实,刚中有柔,柔中带刚,平和中见功夫,细微处显真人,是最符合中华传统健身、养生理论的运动形式,虽然在实战中会有很大杀伤力,但在实用健身方面对人类贡献更大,影响面更广。

老者一招一式间有些许的停滞,伴着路旁树上音响播放"高探马"的提示中慢慢琢磨体会,气血通畅的泛红面庞和几粒欲滴的汗水在额头上晶莹剔透,熠熠生辉。

正在修建的跑道,整个路面由四米多宽的绿色和一米的红棕色清晰隔开,像极了校园专业跑道。两旁刚刚移植的树木,一个个被剃了光头,无枝无蔓,直挺挺地立着,有些滑稽,有些凄凉,沿跑道大步流星、雄起起气昂昂地阔步向前,多少有些革命英烈宁死不屈、勇赴法场的壮烈。路沿下,挖掘机费劲地刨开刚刚凝结的水泥面，用心专注的程度和前日铺路时如出一辙。

　　宽阔的河道舒畅了很多，植被茂密，灌木丛生，步道林荫，花儿竟放，鱼儿、鸟儿优哉乐哉。漫步在薄云无雨的四月，天人合一，自然最美！

阳春三月

阳春三月,自然萌发,明媚的阳光暖暖地普照着大地,密林田间,大河小溪,枝头花蕾,无不展示春的气息,吟唱热烈的生活。

迎春花在田边,在崖头,在河沟,在路旁,浓艳张扬,纯净亮丽,一支支,一簇簇,耀眼刺目的黄,迎接着春,拥抱着春。

走进河堤,绿意处处,花开朵朵,洁白的玉兰,粉白的樱花,五颜六色,无不争春。就连不知名的野花也争奇斗艳,各展风姿,一派春的景象。

河道中央,亭榭扶栏,小道沿路,水流潺潺,阳光折射水面,波光粼粼,像打起褶子的屏幕,一幕幕变幻更新,像迷雾中的海市蜃楼,盛景绮丽悠远。

水中几只天鹅,几只白鹭,一群灰鸭,快乐追逐嬉戏,有时兴起,或展翅飞,或扇翅舞,美丽的身姿显露无遗,打闹过去,身后留下划水的印痕,顺着水流,泛起涟漪,渐渐消失;几尾鱼,若隐若现,摇头晃尾,或水面疾驶,一路狂飙,或伫立水中,静止不动,若有所思,享受阳光的温暖。

春天,一个怀抱希望,播种耕耘的季节。绿茵茵的麦田,黄灿灿的油菜花,桃花,梨花,奔忙的蜜蜂,奔波的人群,都在希望中得到安慰,得到期许,憧憬着无限美好的明天。

人法地、地法天、天法道、道法自然，一年年，一季季，一天天，自然是万物之源，春夏秋冬季节变换，日落日出周而复始。对人而言，唯有顺从自然，才能生存；唯有顺从自然，才能发展；唯有顺从自然，才能永恒。

破坏环境、悖逆自然的事，短期内可能会有业绩，甚至会有突破性发展，但相对于长远，只是愚昧的周折反复。

花开三月，草木丛生，是自然规律。大棚蔬菜、反季水果可以满足味觉，但早已不是自然恩赐的原始蔬果，无异于饮鸩止渴。污染的大气层，污染的水源地，无不是破坏环境、违背自然规律而致。

三月的天气，没有夏日的浓烈暴晒，没有秋季的阴雨绵绵，更没有冬季的彻骨严寒。三月是温煦闲适、柔软舒心的，是适合出游登高，放飞心情的日子。

在三月，你大可以找一块树荫、一块草坪，恣意地享受自然的雅净，带一杯茶，翻几本书，或立或坐，或躺或卧，缕缕春风，顺着呼吸的节奏，舒缓抚慰，融入经脉，沁人心脾，一人一景，一花一草，蝶飞凤舞，诗情画意，俱是景致。

三月的大地，五颜六色，姹紫嫣红，碧空万里，云朵飘逸。空气里弥漫着草木清香，花鸟鱼虫忙忙碌碌，各得其所。蜜蜂、蝴蝶优雅而兴起地授粉播种，花红少女、痴情男儿春心萌动，四处交友诉情，真是一个万物复苏，生机盎然，充满希望的季节。

三月太短，不经意间，擦肩而过，何况三月，尚有冬日不舍的反扑，有夏日急不可耐的热流，舒适的日子稍纵即逝，可能不会在意，花都谢了。

五彩缤纷的自然万物又恢复了昔日的厚重，恢复了昨日的沉寂，一切简单而重复，一切无趣而现实，没有了春的幻想，自然归于淡泊。一丝微风，柳絮飘飘，水波涟漪，澄净的天空痴痴地陶醉于春梦之中，沉醉于色彩斑斓的大地。

落 叶

　　风刮起落叶,空中打旋,无奈的叶子迟迟不得落地,不知这神助的力量来自何方。

　　落叶望着伟岸壮硕的树,那是她的根,生于此,长于此。自己每年初春冒尖发芽,绿叶茂密,金黄耀眼,有时,真抱怨为什么生在这样的家庭。

　　你看,桃李杏树,花开遍野,红粉白嫩,惹得少男少女心痒身倚,竞相合影。连感叹青春已逝的大妈大婶都浓妆艳抹,挺腰踮脚,跃跃欲试,欲攀红枝。自己的枝干却不解风情,高傲挺立,直插云霄,孤芳自赏,没有人赞赏,更无人抚慰。孤寂的叶坚定了逃离的愿望,这不,善解人意的风来帮忙了。

　　从没有这么舒展,从没有这么轻盈,从没有这么自由,从没有这么欢快,叶子随着风,远离了树。

　　解脱的快乐没能持续多久,叶一会儿攀升,一会儿坠地,一会儿落在屋顶,一会儿卷入人群,到处是烦乱喧嚣焦虑奔波的身影。

　　该歇歇了,疲惫的叶心里想。

　　可叶欲静而风不止,风挟裹着叶儿开始打旋,这是她最怕的了,叶像一个陀螺被抽得转个不停,四顾望去,却不知鞭子在哪,不知谁才是真正的执鞭人。就像大街上的人们,各个像装进笼里的松鼠，自己也不知道，为什么拼命奔跑，却仍旧在原地不动。

叶被刮得体无完肤，每一根经脉都针扎般痛，曾近饱满的身子像被风干一样极速萎缩，叶闭上眼，眷恋起树，曾经抱怨的不解风情也成了稳重担当的象征。

怪只怪自己太轻浮，树用几十年扎根，而自己来到这里转瞬即逝，却常常班门弄斧，抱怨、指点着他的木讷愚钝；怪只怪自己，没来得及读书，要知道"大智若愚"，"根有多深，叶有多茂"，也不至于这样自傲轻浮。

来不及了，尽管留恋这个世界，但注定要化为泥土，叶想着，有些落寞。

这时风像是知道了叶对树的背叛，放弃了对叶的承担，叶无奈地栽落地面。

叶努力抬抬身子，想平坦舒展地回归自然，但来不及调整，步履匆匆的人们沾满泥泞、钉着铁钉的鞋掌狠狠地踏过，几双女人的高跟鞋锥子般尖利刺骨，无人在意脚下被泥水灰尘蒙蔽而支离破碎的叶在悲鸣哭泣。

叶想，明年，我要成为一粒种子，结出饱满的果实；我要成为一棵树苗，深深地扎根大地。

后 记

　　这本书的出版,得到了万邦图书城董事长魏红建先生、总经理毛智英先生的大力支持。魏红建先生将此书与已出版的秦岭系列图书相比对,说我是一步一步从大秦岭走出来的,感触应该更深,在这个喧闹浮躁的当下,把这些东西整理出来,对自己、对驴友、对旅游、对历史都是一个交代,并对散文集做了"诗意的栖居"的完美诠释。毛智英先生更是出谋划策,献计建言,穿针引线,不厌其烦,积极推进并促成图书的出版。

　　在写作和出版过程中,亦师亦友的冰心散文奖得主孙天才老师功不可没,一直以来他都是我学习的榜样。手稿打印好以后,对出版毫无经验的我希望能得到他的指点,并为本书作序,他不仅爽快答应,当面指正,并邀我参加省作协的一些老师的见面叙谈,使自己受益匪浅。

　　文以载道,作品是生活的升华,工作是创作的基础,在出书过程中,也得到了所在单位领导的高度重视和大力支持,并时时给予关注与鞭策。当然还要感谢自己的妻子及家人,以及身后强大的"亲友团"队伍,他们常常是我的第一批读者,给了我许多批评与鼓励,使我有勇气、有力量、有时间,乐此不疲、坚持不懈地进行业余写作。

做企业的，费多少事，劳多少人，是自己的事，要的是结果，可对结果，自己真没把握。但丑媳妇总要见公婆，既然想了，又做了，就要有一颗平常心，乐享其成，坦然面对。希望不辜负大家的热心帮助和殷切期望，更乐于接受并欢迎读者的批评指正。

是好是坏，就是这了，心里嘀咕着，顿觉人轻松了，心敞亮了，明天，来了！

狄江平
2017年10月18日初稿
2017年11月19日定稿

《一城江山》跋

符中华

读过《一城江山》，感觉内容丰富，文笔优美，简洁明快，酣畅淋漓。

其实对文字，我是外行，写这个跋，总归有些底气不足。但耐不住几番盛情，又因为工作关系，作者文章里很多事、很多人都有企业的影子，同事的足迹，企业发展的历程。为他多年来坚持写作所感动，不得不说上几句。

首先，作者文如其人，人如其文，敢于创新，敢于突破，不拖泥带水、拐弯抹角。在几十年的职场生涯中，作者历经不同行业、不同岗位、不同职务，不但从工作中得到乐趣，也从工作中得到智慧。

正如作者所言，"一切经历都是财富"，这是不断学习和提升的结果，是不懈努力的结果。

应该给予祝贺，也应该向其学习。

我们每天在职场打拼，一路走来，工作的压力可想而知。事情无论大小，财富无论多少，要平衡工作和生活的关系其实是一件很难的事情，顾此失彼的事情时常发生。只有静下心来，冷静思考，才能知道我们到底想要什么，我们真正追求的目标是什么。

在作者眼中，走过的路，看到的景，遇见的事，无不成书，无不成趣，无不令人深思。

通读全书，我们可以从作者风趣幽默，看似漫不经心的叙述中得到启发和思考，能读出作者深深的人文关怀和博爱之心。比如在《老何所依》中，面对当下老龄化社会严峻的趋势，通过五种具有代表性的养老方式，以写实的手法提出养老的基本思路，提醒每一个人重视养老，提早着手养老，多种方式养老；在《径山茶》中，通过径山茶，联想到中日文化差异，提出"仪式感"问题，引人深思；在《水乡乌镇》《七宝古镇》中，通过古镇历史的变迁阐述"百姓期盼和平"的美好愿望。

全书有很多值得咀嚼回味的亮点，有很多可供学习借鉴之处。虽然惊心动魄的探险穿越并非人人可行，但亲近自然、保护自然、回归自然是大势所趋，人心所向，让我们放慢脚步，投入自然的怀抱，感受人与自然和谐相处，享受"天人合一"的幸福生活。

最后，希望作者百尺竿头更进一步，不断提高创作水平，把更好的作品奉献给读者，奉献给关心支持他的人。

（符中华：宝鸡市中小企业协会副会长，市女企业家联谊会会长，聚丰房地产开发（集团）有限公司党委书记、副董事长。）

字里行间跳动着自己的"心电图"

——《阵地文丛》总跋

白 麟

又是深秋,叶子红过之后开始纷飞,万物就要尘埃落定,只等大雪为勤快的一年封口。

这多像我们匆促的青春,许多事情还没顾及,就被风一吹而散。人生或许就是这样,让你猝不及防!到了一定时间小结甚至总结一下,就显得很有必要——

给自己出本书不妨是一个美好的选择。去年这个时候,我纠集了一帮宝鸡诗人陈浼、范宗科、武岐省、荒原子、牟小兵、秦舟、柏相、魏娜、王金辉、庄波,冒冒失失地编排出版了第一套《阵地诗丛》(11种),手忙脚乱、力不从心,却也算是吹响了新世纪宝鸡诗人集体出征的"集结号",成就了宝鸡本土第一套公开出版的诗丛。有了经验垫背,今年第二套《阵地文丛》的编印就感觉从容淡定多了。

承蒙大家多年信任继续加盟"阵地",这次《阵地文丛》还是11种。其中散文集7种,张占勤的《挑灯夜话》、赵洁的《花开半夏》、闫瑾的《我们在一起》、狄江平的《一城江山》、唐志强的《风从周原来》、杨烨琼的《乡风呓语》、车丽丽的《愿我们总能被温柔相待》;小说集2种,朱百强的中短篇合集《梦中的格桑花——朱百强新农村故事系列作品选》、姚伟的小小说集《爱的拼图》；诗集2种，寇明虎的《岁月印痕》、赶阔的《天地遥迢》。虽说杂一些却种类齐全、颇具规模。跟去年一样，这套文丛中的绝大多数作者是第一次结集，有些业余写了一辈子，出书是夙愿更多也是希望给自己和家人一个交代。但这有意无意间却展示了新世纪宝鸡文学的潜力！

春华秋实，水到渠成。从风华少年一直到花甲苍生，五味人生各有各的体味。流年飞度，万事虚浮，字里行间那跳动着的其实是自己的"心电图"，记录着各自的"情感档案"，当然值得保存。

不辜负韶华，也不辜负众望，这套书权且是人生大书中夹带的书签，慢下来翻阅一下自己的光阴故事，还是蛮有成就感的吧。

正逢路遥逝世25周年的忌日，草草写下简陋的文字以示纪念。想想也是，在人世间留下的就剩他的文字了。最后借用时下一句流行语作为文丛的总跋：不忘初心，继续前进！

2017年11月17日

（白麟：诗人、词作家、文化策划撰稿人，系中国作家协会会员，陕西省职工作协诗歌委员会主任，宝鸡市职工作协主席。）